Kate Calloway

Achter Tag

Kate Calloway

Achter Tag

Offensive Krimi

Aus dem amerikanischen Englisch
von Hilke Schlaeger

Frauenoffensive

1. Auflage, 2002

Originaltitel: *8th Day*

(Metzstr. 14 c, 81667 München)

ISBN: 3-88104-354-3

Druck: Clausen & Bosse, Leck
Umschlaggestaltung: Erasmi & Stein, München

Dieses Buch ist gedruckt auf Papier aus chlorfrei gebleichtem Zellstoff.

Die Personen

Cassidy James . . . . .Privatdetektivin
Grace Apodaca . . . . .Amazone
Connie Boone . . . . .deren Cousine
Madeline Boone . . . . .Connies Tochter
Jo Bell . . . . .Pferdeflüsterin
Tom Booker . . . . .Sheriff
Dr. Biscane . . . . .Psychologe
Coach . . . . .Trainer
Ida Evans . . . . .Verwaltungsdirektorin
Clutch Evans . . . . .Rancher
Ben Biscane . . . . .Maschinenbauer
Pat Mayberry . . . . .Köchin
Lacy Godfrey und Annie Sesson . . . . .Lehrerinnen

die Schülerinnen und Schüler
von Camp Turnaround
und viele andere

Prolog

Madeline

Maddie Boone war in ihrem Bett schon fast eingeschlafen, als die Tür zu ihrem Zimmer sich einen Spalt breit öffnete und ein dünner gelber Lichtstrahl die Dunkelheit durchbohrte. Ihr Körper erstarrte, sie hielt den Atem an und fragte sich, ob sie diesmal den Mut haben würde, laut um Hilfe zu rufen. Vielleicht war es ja eines der Male, bei denen der Lichtstrahl wieder verschwand, die Tür leise ins Schloß fiel und Schritte den Flur hinuntertappten. Und sie mit ihren Alpträumen allein ließen. Ihre Augen waren in der Dunkelheit weit offen, sie lauschte angestrengt und hörte doch nur das Klopfen ihres Herzens gegen ihre magere Brust.

Plötzlich öffnete sich knarrend die Tür, und ein Schatten füllte den Türrahmen. Es war nicht der Schatten, den sie erwartete. Diesmal waren es zwei. Plötzlich war der Raum voller Licht.

„Hab keine Angst, Madeline", sagte einer der Männer. Er war riesig, seine Muskeln spannten sein weißes T-Shirt. Er trug eine Baseballkappe, seine blauen Augen schienen sie anzulachen. Sie machte den Mund auf und schrie aus Leibeskräften. Der Schrei ging durch Mark und Bein, sie wurde selber taub davon und sofort heiser.

Der andere Mann trat einen Schritt vor und setzte sich auf die Bettkante. Er legte sanft seine Hand auf ihren Mund. „Pscht", sagte er. „Wir wollen dir nicht wehtun. Deine Eltern und Großeltern sind nebenan. Sie haben uns gebeten, herzukommen. Wir sind nicht die Bösen. Wir sind die Guten. Wenn du versprichst, nicht noch einmal zu schreien, nehme ich meine Hand weg. Okay?"

Madeline nickte mit schreckgeweiteten Augen.

Er war so groß wie der erste Mann, aber weicher, als hätten sich seine Muskeln gemächlich in Fett verwandelt. Seine braunen Augen wirkten freundlich, aber sie wußte aus Erfahrung, daß Augen lügen können. „Versprochen?“ Sie nickte wieder und wünschte sich, ihre Zähne in seine stinkende Hand senken zu können. Er roch nach Schweiß und Aftershave. Er nahm seine Hand weg, und Madeline schrie wieder, so laut sie konnte.

Diesmal machte der Muskelmann einen Schritt vorwärts. Seine Hand auf ihrem Mund war hart und gemein.

„Big Ben ist wirklich nett mit Kindern, Maddie. Er wird dir nicht wehtun. Das ist nicht seine Art. Ich will es auch nicht. Du weißt, warum wir hier sind? Du hast dich in letzter Zeit herumgetrieben. Du hast geklaut. Deine Zensuren haben sich verschlechtert. Du hast deinen Großeltern nicht gehorcht. Du warst unhöflich zu deinem Vater. Deine Mutter mußte genäht werden, nachdem du sie angegriffen hast. Du wußtest, daß dies kommen würde, stimmt's?“ Er nahm seine Hand weg, damit sie antworten konnte.

„Sie ist nicht meine Mutter, und ich habe bloß einen von ihren stinkigen Aschbechern geworfen. Ich wußte nicht, daß er sie treffen würde. Und außerdem war sie gemein zu mir.“ Ihre Worte klangen hart, aber ihre Stimme verriet sie. Sie hatte diesen zittrigen Heulsusenton, der jeden Moment in Schluchzen umschlagen konnte.

„Nun, darüber können wir uns bald unterhalten. Jetzt nehmen wir dich mit nach Camp Turnaround. Dein Vater hat doch mit dir darüber geredet?“

Er hatte gedroht, sie in ein Heim zu stecken, wenn sie sich nicht zusammenriß, aber sie hatte sich nicht vorstellen können, daß er es wirklich tun würde. Und jetzt wollten die beiden sie mitten in der Nacht abholen.

„So etwas hat er nie gesagt“, protestierte sie. „Ich will mit ihm reden. Dad! Daddy!“

Die Hand des Muskelmannes dämpfte ihre Schreie. „Pscht! Er wird dir nicht helfen, Madeline. Er war es ja, der uns gerufen hat."

Daß dies wahr sein könnte, sank in sie ein wie flüssige Lava, und sie spürte, wie ihre Gliedmaßen schwer und nutzlos wurden. Als merkte er die Veränderung, nahm der große Mann seine Hand weg, und diesmal schrie Madeline nicht.

„Warum bringt er mich denn nicht selbst?" fragte sie fast unhörbar.

„Weil du abhauen könntest. Wenn deine Eltern dich mit dem Auto hinführen, würdest du doch beim ersten Tanken ausreißen, richtig?" sagte der Muskelmann. Der nette Ben holte ein Paar Handschellen aus seiner Tasche.

„Würde ich nicht!" sagte sie und wußte, daß sie in Wirklichkeit genau das täte. „Ich will meinen Dad. Er würde das nie tun. Sie lügen." Aber der Zweifel wurde immer größer. Wenn sie dies nicht geplant hatten, warum kamen sie dann nicht, sie zu retten?

Der nette Ben ließ die eine Handschelle vorsichtig über ihr mageres Handgelenk schnappen.

„Das können Sie nicht machen!" flehte sie. „Daddy! Hilfe! Bitte! Mach, daß sie mir nicht wehtun." Aber ihre Worte trafen auf taube Ohren, und in einem Augenblick tiefer Klarheit wußte sie, daß es immer so gewesen war. Ihr Daddy hatte sie früher nicht gerettet und würde es auch diesmal nicht tun. Mit einem für ihr Alter viel zu erwachsenen Seufzer streckte sie die andere Hand aus und ließ sich von dem dicken Tölpel fesseln.

Als die Männer sie aus dem Haus führten, kamen sie am Zimmer der Großeltern vorbei, und sie sah den verräterischen Zentimeter Licht unter der Tür. Sie versteckten sich! Alle vier. Sie hörte eine gedämpfte Stimme und dann den unverwechselbaren Tonfall ihrer Stiefmutter. „Wir haben zugestimmt, Daniel. Nun laß sie auch gehen." Die darauf folgende Stille sagte ihr alles, was sie wissen mußte.

1

Ein leichter Wechsel des Windes veränderte den Rhythmus des Regens gegen die Fensterscheibe, und plötzlich war ich wach und lauschte. Die Katzen lagen zusammengerollt neben mir und schienen nichts Unangenehmes wahrzunehmen. Warum also fühlte ich mich unwohl? Vielleicht war es der Traum. Der dunkle, erstickende Tunnel, das Gefühl von Verhängnis, das Panik erzeugte. Ich träumte den Traum jetzt zum drittenmal. Aber was bedeutete er?

Ich klopfte mein Kopfkissen auf, legte mich wieder hin und versuchte mich zu entspannen. Und dann hatte ich es. Ich hatte Angst. Ich setzte mich auf und starrte in die mondlose Nacht. Wovor hatte ich Angst? Mit geschlossenen Augen versuchte ich die verschwommenen Bilder zu beleben. Etwas ließ meine Nackenhaare hochstehen, sogar jetzt in der Sicherheit des eigenen Bettes. Aber je mehr ich es versuchte, um so schwerer faßbar wurde der Traum.

Ich war nahe dran, aufzugeben. Ich legte mich hin und war schon fast wieder eingeschlafen, als ich begriff. Der Traum handelte von meinem Tod. Ich war in einem dunklen, ekligen Tunnel gefangen und sollte sterben.

Angst war mir nichts Fremdes. Auf mich war geschossen worden, ich hatte Felsen erklommen und war Wasserfälle hinuntergejagt, und all das hatte mir ein gewisses Maß an Angst gemacht. Aber die Angst war immer überlagert gewesen von Pflichtgefühl, Notwendigkeit und manchmal einer Heiterkeit, die ich nicht erklären konnte. Diesmal war da nur pure, nackte Angst.

Ich sah auf die Uhr. Halb fünf. Zeit für die Nachttiere, in

den Wald zurückzuhuschen. Bald würden die Königsfischer und Rotkehlchen den neuen Tag ankünden. Selbst bei Regen verschliefen sie nie. Ich sah durch den dunklen Raum auf das regenüberströmte Fenster. Ich hatte wie so oft die Rolläden offen gelassen. Der Himmel war schwarz wie Obsidian. Wir hatten einen nassen Tag vor uns. Ich gähnte.

Dann hörte ich ein Geräusch. Ein Brett auf der Vorderveranda hatte geknarrt. Das war weder Regen noch Wind. Und auch nicht der hüpfende Schritt eines Waschbären oder Opossums. Ich stand leise auf und zog eine Trainingshose an. Meine Katze Panic war wach geworden, ihre Ohren waren auf das Fenster gerichtet, ihre gelbgrünen Augen standen in der Dunkelheit weit offen. Ich bewegte mich zum Schrank, steckte meine Hand in die Tasche, die an einem Haken an der Wand hing, und nahm meinen Colt heraus.

Auf Zehenspitzen ging ich den Flur entlang zum Eingang und wünschte mit einemmal, ich hätte doch die Rolläden zugezogen. Fast alle Wände des Hauses waren aus Glas – Fenster vom Boden bis zur Decke oder Schiebetüren. Leicht hinauszuschauen – und ebenso leicht hinein.

Mit dem Rücken zur Wand trat ich ins Entree, meine Füße wurden kalt auf dem Schieferboden. Plötzlich stand ich stockstill. Auf der anderen Seite der Schiebetür war jemand, keinen halben Meter von mir entfernt.

Ich stupste Panic mit dem Fuß weg, spannte den Revolver und knipste beide Außenlampen an, während ich, die Waffe vor mich haltend, an die Tür trat. Die sperrige Erscheinung auf meiner Veranda, die sich gerade abwenden wollte, erstarrte in der plötzlichen Helligkeit. Langsam gingen zwei Hände in die Höhe. Kein Revolver. Jedenfalls konnte ich keinen sehen. Ich öffnete die Schiebetür einen Spalt und schob den Lauf durch.

„Umdrehen! Aber langsam!“ Meine Stimme klang ruhiger, als ich war, die Hand mit dem Revolver zitterte nicht, obwohl ich innerlich bebte.

„Ich bin's, Cass. Grace Apodaca." Die Erscheinung drehte sich langsam um, und ich blickte in die dunklen ruhigen Augen einer ein Meter achtzig großen Indianerin.

„Gracie?" Ich senkte den Revolver und schob die Tür auf. „Was zum Teufel machst du hier?"

„Es tut mir leid. Ich wollte dich nicht aufwecken. Wir wollten auf dem Steg warten, bis du aufstehst. Aber dann fing es an zu gießen, und wir dachten, wir könnten unter dem Dach warten."

Sie hatte „wir" gesagt. Ich konnte aber niemanden sehen.

„Meine Cousine Connie ist bei mir." Kaum hatte sie das gesagt, erschien eine drahtige, dunkelhäutige Frau in einem gelben Regenmantel. Sie zitterte, ihre tiefschwarzen Augen erinnerten mich an ein verwundetes Tier.

„Kommt herein", sagte ich. „Laßt eure Mäntel und Stiefel im Eingang."

Ich löschte die Außenlampen, knipste ein paar Lampen im Wohnzimmer an und schichtete im Kamin Feuerholz auf.

Ausgerechnet Gracie-die-Wunder-Butch. Ich mußte ein Kichern unterdrücken. Ich dachte an unser kurzes, aber rundum perfektes Abenteuer, das einige Zeit zurücklag. Wir hatten uns gegenseitig das Leben gerettet und uns Geheimnisse gestanden, die wir nicht mal unserer besten Freundin erzählt hatten. Wir hatten in Kontakt bleiben wollen – aber irgendwie war es dazu nicht gekommen. Und nun war sie da, aus heiterem Himmel sozusagen. Als die beiden sich aus ihren nassen Jacken und Schuhen gepellt hatten, brannte im Kamin ein ordentliches Feuer, und sie kamen sich zu wärmen.

„Es tut mir leid, dich so zu überfallen, Cass. Aber wir wußten uns keinen anderen Rat." Gracie war eine auffallende Frau, groß und grobknochig, mit kräftigem Bizeps, muskulösen Beinen, kurzgeschorenem, pechschwarzem Haar, das hier und da grau wurde, und einer wunderbaren gelbbraunen Haut, die ihre Abstammung verriet. Sie hatte den schwarzen Karategürtel, war gelernte Unfallsanitäterin und hatte in ihrer Jugend bei der Feuerwehr gejobt. Sie hatte immer noch den Körper einer Amazone, obwohl sie jetzt in der Hospizbewegung arbeitete, irgendwas mit ganzheitlicher Medizin in einer Sterbeklinik. Ihre Cousine war kleiner und zierlicher, aber die beiden hatten große Ähnlichkeit. Beide hatten die hohen Backenknochen und klassischen indianischen Brauen. Für ihre makellose Haut hätte ein Model wer weiß was gegeben. Auch ihre Haltung war gleich. Wie sie da auf Strümpfen vor dem Kamin standen, wirkten sie vollkommen ruhig – nur die geballten Fäuste unterschieden Connie von Grace.

„Du bist immer noch Privatdetektivin? Ich meine, du nimmst immer noch Aufträge an?“ fragte Grace.

„Wußt' ich's doch, daß euer Besuch nicht rein gesellschaftlich ist.“ Ich lächelte, um der Cousine offensichtliches Unbehagen zu lindern. „Ich denke, ich koche uns einen Kaffee, dann erzählt ihr mir, was ihr auf dem Herzen habt. Und dann sehen wir weiter.“ Ich ging in die Küche und setzte Kaffeewasser auf.

Mein Haus besteht aus einem einzigen großen Raum, den keine Wände unterteilen, sondern Möbel und Fußbodenmaterial. Von der Küche aus konnte ich sehen, wie Grace den Wohnbereich musterte und ihre Cousine sich auf das Sofa hockte und eine Strickdecke über sich zog. Panics Schwester Gammon kam aus der Schlafecke gewatschelt, rieb sich an meinem Bein und schlenderte hinüber ins Wohnzimmer. Sie schnupperte an Graces Socken, dann sprang sie auf die Strickdecke und rollte sich in Connies Schoß zusammen. Wenn Gammon sie mochte, dann konnte sie so schlecht nicht sein. Ich hatte gelernt, dem Instinkt einer Katze zu trauen wie meinem eigenen.

„Wir wollten Sie nicht aus dem Bett jagen“, sagte Connie und streichelte Gammon. Ich konnte das Schnurren bis in die Küche hören.

„Das macht nichts", beruhigte ich sie und brachte den Kaffee. „Ich war nämlich schon wach. Schlecht geträumt." Ich reichte ihnen ihre Tassen. „Also, was gibt's?"

Connie stieß einen Seufzer aus.

„Wir glauben, daß Connies Tochter in Gefahr ist", sagte Grace.

„Was heißt Gefahr?" fragte ich.

„Hast du schon mal von Camp Turnaround gehört? Liegt in Clackamas County, südlich von Portland. Die nächste Ansiedlung ist ein Nest namens Portsmith Grove."

Ich schüttelte den Kopf.

„Es ist eine Art Besserungsanstalt für Jugendliche, die vom Weg abgekommen sind. Es hat einen guten Ruf. Fast achtzig Prozent der Kinder, die von da kommen, machen anschließend ihren Highschoolabschluß. Die meisten sind ziemlich schlimme Finger – Junkies, Vergewaltiger, jugendliche Delinquenten."

Connie unterbrach. „Einige sind einfach Versager, Kinder mit wenig Selbstachtung. Einige sind mißbraucht oder verlassen worden."

„Stimmt", sagte Grace. „Aber die meisten sind kleine Verbrecher."

„Und da ist Ihre Tochter?" Ich sah Connie an.

„Ja." Es war eine schlichte Feststellung. Aber hinter ihren dunklen Augen brannten Wut, Scham und Schuld.

„Du fängst am besten am Anfang an." Grace setzte sich neben ihre Cousine, klopfte ihr aufs Knie und zwinkerte. „Am besten mit dem Gefängnisteil, dann hast du's hinter dir."

Connie nickte, trank einen Schluck Kaffee und seufzte. „Vor neun Jahren wurde ich zu fünfundzwanzig Jahren Strafanstalt verurteilt."

Sie sagte das so sachlich, daß ich einen Moment brauchte, um zu sehen, daß sie kurz vor dem Heulen war.

Grace warf ein: „Es war ein Autounfall. Sie wurde wegen Totschlags angeklagt und die Anklage auf Mord zweiten

Grades, also vorsätzlichen, erhöht. Erzähl ihr, was passiert ist, Connie. Am besten fängst du mit dem Arschloch an, das du geheiratet hast.“

Connie nickte und brachte ein kleines Lächeln zustande. „Vor vierzehn Jahren heiratete ich Daniel Boone. So heißt er wirklich. Wie sein Vater. Meine Familie warnte mich, einen Weißen zu heiraten, aber ich hörte nicht auf sie. Daniel war der Schwarm aller Mädchen, und er zauberte mir die Hosen vom Leib. Buchstäblich.“ Sie gestattete sich ein weiteres trauriges Lächeln.

„Wir waren einen Monat verheiratet, als ich schwanger wurde, und von da an änderte sich alles. Daniel bekam einen Job als LKW-Fahrer und fing an, wegzubleiben. Ich wußte, er betrog mich. Er bestritt das nicht mal. Als Maddie geboren wurde, dachte ich, es würde besser, aber es wurde noch schlimmer. Nach einer Weile interessierte es mich nicht mehr. Ohne ihn war mein Leben nett und friedlich. Und ich hatte eine wunderbare Tochter aufzuziehen. Wer braucht da einen Ehemann?“

„Erzähl ihr von dem Abend“, drängte Gracie.

„Als Maddie vier war, schrieb ich sie in der Vorschule ein und bekam einen Teilzeitjob als Hilfsgärtnerin am örtlichen College. Ein toller Job, weil ich draußen arbeiten konnte und viele Leute kennenlernte. Vorher hatten wir kaum Kontakte. Jedenfalls war ich eines Abends zu einer Party eingeladen, und obwohl ich mir das eigentlich nicht leisten konnte, besorgte ich einen Babysitter für Maddie und ging hin. Ich würde alles geben, diese Entscheidung rückgängig machen zu können, die Nacht einfach zurückzunehmen und den Abend mit meiner Kleinen zu Hause zu verbringen.“

Sie wischte sich eine Träne von der Wange. Ich war sicher, es ärgerte sie, daß sie ihre Emotionen zeigte. Sie wollte hart sein, es gelang ihr bloß nicht.

„Ich trank ein paar Gläser auf der Party, nichts Hartes, und ich nahm auch einige Züge von einem Joint. Ich war noch nie eine große Partygängerin, aber es war ein netter entspannter Abend, und es gefiel mir mit meinen neuen Freunden. Das bißchen Hasch machte mich übermütig, und als jemand mir einen Brownie anbot, würgte ich ihn runter, obwohl ich eigentlich gehen wollte. Ich hatte keine Ahnung, daß es Haschbrownies waren. Ich hatte noch nie von so etwas gehört. Das Hasch wirkte nicht sofort. Als ich losfuhr, fühlte ich mich vollkommen nüchtern. Zu mir nach Hause war es eine Fahrt von zwanzig Minuten, teilweise auf einer windigen Bergstraße. Ungefähr auf halber Strecke kam mir ein weißes Kabriolett entgegen. Das Verdeck war runtergeklappt, ich sah vier Jugendliche, alle vier mit wehendem, blondem Haar. Ich weiß noch, daß ich dachte, eines Tages möchte ich auch so einen Sportwagen haben. Ich sah, wie der Fahrer seine Beifahrerin küßte, dabei schwenkte das Auto auf meine Spur. Ich hupte wie verrückt und riß das Lenkrad nach rechts, aber es war zu spät. Mein Pickup kam ins Schleudern, das Heck rammte ihren Wagen. Ich sah, wie der Wagen senkrecht in die Luft ging und sich überschlug, als er den Berghang hinabstürzte. Als ich mein Auto endlich zum Halten gebracht hatte und ausgestiegen war, war von dem Kabrio nichts mehr zu sehen. Ich war nicht verletzt, aber ziemlich fertig und konnte kaum laufen. Von den Haschbrownies wußte ich nichts, ich dachte, ich hätte einen Schock, und beschloß, das Beste sei, zum nächsten Telefon zu fahren und Hilfe zu rufen. Ich stieg ein und fuhr los. Das nächste, woran ich mich erinnere, war das Polizeiauto hinter mir. Bei dem Unfall starben die vier Jugendlichen. Die Mädchen waren Cheerleader an der Highschool. Der Fahrer war ein bekannter Footballstar. Ich war eine Indianerin mit Drogen im Blut. Ich wurde angeklagt, und niemand glaubte mir, daß ich ein Telefon gesucht oder von dem Hasch in den Brownies nichts gewußt hatte. Gracie hat es ja schon gesagt, aus Totschlag wurde Mord zweiten Grades, und weil ich den Unfallort verlassen hatte, kamen noch Fahrerflucht und Böswilligkeit dazu, was bedeutete, daß sie mir lebenslänglich geben konnten."

Gracie öffnete ihre Fäuste, stand auf und erzählte weiter. „Nicht mal das Arschloch von Ehemann glaubte ihr. Niemand setzte sich für sie ein. Die Leute von der Party hielten den Mund, sie hatten wohl Angst, wegen Mittäterschaft angeklagt zu werden. Die Einheimischen hätten sie gelyncht, wenn sie gekonnt hätten. Der Richter verhängte die Höchststrafe."

„Das Schlimmste", sagte Connie, „war, daß ich Maddie verlor. Daniels Eltern beantragten das Sorgerecht und bekamen es. Was konnte ich tun? Selbst wenn ich nach fünfundzwanzig Jahren rauskam, wäre meine Tochter dreißig. Es hat mich fast umgebracht, aber ich mußte zugeben, daß es besser war, wenn sie mich für tot hielt. Besser als denken zu müssen, ihre Mutter sei eine Mörderin, und mich im Gefängnis zu besuchen." Jetzt endlich erlaubte sich Connie zu weinen. Sie hatte die Fäuste gegen die Wangen gedrückt, als wollte sie die Tränen zurückdrängen, aber die Tränen gewannen. Ich holte ihr ein Päckchen Papiertaschentücher.

„Ihre Tochter glaubt also, Sie seien tot?" fragte ich.

Sie machte ein Geräusch, das wie Lachen klang. „Sie haben ihr gesagt, daß ihre Mami weggegangen sei." Sie putzte sich die Nase und sah auf, die Augen funkelten vor Emotion. „Sie wird bald aufgehört haben zu fragen."

„Und dann wurden Sie vorzeitig entlassen."

„Im Gefängnis hatte ich viel Zeit, und ich bildete mich in Jura fort. Mein Pflichtanwalt hatte mich mit dem Honorar reingelegt. Ich schrieb an alle möglichen Leute, und schließlich antwortete jemand. Das nächste war, daß ein richtiger Anwalt meine Sache übernahm, kostenlos. Er tat das, was die Untersuchungsbeamten und der erste Anwalt hätten tun sollen. Die Bremsspuren, die die Beamten fotografiert hatten, zeigten deutlich, daß das Kabrio auf meiner Straßenseite war. Dann spürte er Leute auf, die auf der Party gewesen waren, und holte ihre Aussagen ein, was die Haschbrownies anging. Sie gaben zu, daß ich, direkt bevor ich ging, einen gegessen hatte und daß niemand mir gesagt hatte, was drin war. Es stellte sich heraus, daß es eine Weile dauert, bevor Drogen, die oral aufgenommen werden, ins Blut gelangen. Nachdem sie die Zeit gemessen hatten, die es dauert, um von dem Haus zum Unfallort zu kommen, entschieden sie, daß der Unfall wahrscheinlich passiert war, bevor das Hasch gewirkt hatte. Dann rekonstruierten sie die Strecke, die ich nach dem Unfall gefahren war, und stellten fest, daß ich das erste öffentliche Telefon nach weniger als einer Meile erreicht hätte, wenn der Polizist mich nicht gestoppt hätte. Ich bekam einen neuen Prozeß mit einem neuen Richter, der die Anklage auf Totschlag reduzierte und die Strafe auf die Zeit, die ich abgesessen hatte. Ich war frei und konnte gehen. Es war, als hätte ich ein zweites Leben bekommen. Es gibt so vieles, was ich tun will – noch mal zur Schule gehen, einen Job bekommen, bei dem ich an der frischen Luft arbeiten kann. Aber mehr als alles andere möchte ich meine Tochter wiederhaben."

Ich sah Connie mit neuem Respekt. Sie hatte ein Unrecht überlebt. Und nun wollte sie zurückhaben, was ihr gehörte. Aber so einfach sind die Dinge meistens nicht.

„Wie empfinden Ihr Mann und seine Eltern das Ganze?"

„Es ist seltsam", sagte sie. „Ich hatte solche Angst, sie würden meine Rückkehr übelnehmen, daß ich sie nicht anrufen wollte, bevor ich nicht auf eigenen Füßen stand. Zuerst wollte ich einen Job und eine Wohnung. Daniel hat wieder geheiratet, und wie mir einer der wenigen Menschen, die mit mir in Verbindung blieben, sagte, lebten er, seine Frau und Maddie bei seinen Eltern in Portland. Die neue Ehefrau und Daniel wären wenig zu Hause, was mich hoffen ließ. Wenn sie Maddie nicht wollten, vielleicht konnte ich sie dann zurückhaben. Aber so sehr ich Maddie auch wollte, ich wollte nichts tun, was ihr Leben durcheinander brachte. Wenn sie sich eingelebt hatte und glücklich war, gelobte ich, würde ich das nicht zerstören. Aber es ist nicht so einfach, als Ex-Sträfling Arbeit zu bekommen. Das Beste, wozu ich es brachte, war ein Job als Gärtnerin. Ich mietete ein kleines Apartment, das ich mir eigentlich nicht leisten kann. Mir wurde klar, wenn ich wartete, bis ich finanziell abgesichert war, wäre Maddie wahrscheinlich erwachsen. Als ich endlich den Nerv hatte anzurufen, erzählte Daniel, was los war."

„Und was war los?"

„Er sagte, daß Maddie seit einiger Zeit verrückt spielte. Sie stahl Dinge, die sie nicht brauchte, prügelte sich mit Mitschülern, solche Sachen. Ihre Zensuren, die immer erstklassig gewesen waren, gingen in den Keller. Sie fing an, ihren Großeltern zu widersprechen, mit Gegenständen um sich zu schmeißen, in der Öffentlichkeit Szenen zu machen. Vor ein paar Monaten warf sie einen Aschbecher nach Suzette und traf sie so unglücklich über dem Auge, daß es genäht werden mußte. Das war der Tropfen, der das Faß überlaufen ließ. Sie beschlossen, sie ins Heim zu stecken."

Ich goß uns Kaffee nach, und Connie fuhr fort.

„Ich glaube, Daniel hörte sich ein bißchen um und entschied sich für Camp Turnaround. Es war unter denen, die er akzeptabel fand, nicht nur das billigste, ihm gefiel auch die Idee einer Arbeitsfarm. Und es liegt nicht so weit weg. Nur einige Autostunden von ihrem Wohnort. Obwohl Besuche nicht erlaubt sind."

„Was?" fragte ich. „Was ist das für eine Schule, wo die Eltern ihre Kinder nicht besuchen dürfen?"

„Ich vermute, eine, für die du sechs Monate im voraus bezahlst." Nun brachte Connie doch ein Lächeln zustande. „Als Daniel es erklärte, schien es mir ganz sinnvoll. Zuerst wollen alle Kinder weg. Das Besuchsrecht müssen sie sich erst verdienen. Alles, was sie tun, bringt ihnen Punkte oder nimmt ihnen welche. Belohnung und Strafe. Die Hoffnung ist, daß die Kinder sehr bald die Eltern sehen möchten, die sie vorher nicht ausstehen konnten."

„Okay", sagte ich. „Daniel hat Madeline also in dieses Camp Turnaround gesteckt. Und warum glauben Sie, sie sei in Schwierigkeiten?"

„Als Daniel mir von dem Camp erzählte, fragte ich, ob ich ihn besuchen könnte, um wenigstens ein paar Fotos von Madeline zu sehen. Zuerst war er dagegen, aber dann sagte er, es könnte ja nichts passieren, da Madeline nicht da sei. Also fuhr ich nach Portland." Sie holte tief Luft. „Seine Frau sieht mich an, als hätte ich Aussatz. Seine Eltern können mir nicht in die Augen sehen, und Daniel ist so nervös, daß er sich fast in die Hose pißt. Schließlich habe ich seine Mutter gebeten, mir Maddies Zimmer zu zeigen. Oh, was war ich stolz zu sehen, wie hübsch meine Kleine geworden ist. Sie sieht aus wie Grace als Kind. So stark und gesund. Und smart wie eine Peitsche, das auch. Ihre Großmutter zeigte mir Zeugnisse und Belobigungen. Sie hat zwei Jahre hintereinander den Rechtschreibwettbewerb gewonnen." Connie strahlte, ganz stolze Mutter, obwohl der Kummer, dies nicht miterlebt zu haben, nicht zu übersehen war.

„Aber das alles schien mit der fünften Klasse zu Ende zu sein. Ihre letzten Zeugnisse waren grauenhaft. So wie die Zeichnungen in ihrer Kladde. Ich hab keine Ahnung von Psychologie, aber Maddie ist eindeutig gestört. Das zeigen auch die Briefe."

„Welche Briefe?" fragte ich.

„Aus dem Camp. Die Kids dürfen E-mail benutzen. Ihr erster Brief war genauso, wie man Daniel gesagt hatte. Daniels Frau ließ mich Kopien machen. Hier." Sie zog ein von einem Gummiband zusammengehaltenes Bündel gefalteter Blätter aus ihrer Tasche und gab mir das oberste.

Dad. Wenn du irgendwas für mich übrig hast, hol mich hier raus! Dieser Ort ist ein Gefängnis! Bitte, bitte, bitte! Ich ver-

spreche auch, wieder artig zu sein. Ich werde es jedenfalls versuchen. In Liebe, Maddie.

„Sie ist dreizehn?“

Connie nickte. „Daniel rief an und verlangte eine Besuchserlaubnis. Die Frau am Telefon sagte, er solle sich nicht aufregen – so klängen in den ersten Monaten die Briefe aller Kinder. Ein Besuch würde zu diesem Zeitpunkt nur alles kaputtmachen, was schon erreicht sei. Sie erinnerte ihn daran, daß er eine Vereinbarung unterschrieben hatte und daß die Regeln eindeutig wären. Keine Besuche in den ersten sechs Monaten und danach nur, wenn die Schülerinnen und Schüler ihn sich verdient hatten. Er sagte, nur die Anrufe des Psychologen hätten ihn davon abgehalten, hinzufahren und sie zu kidnappen.“

„Madeline macht dort eine Therapie?“

„Der Therapeut ruft einmal in der Woche an. Nach seiner Auskunft macht Maddie gute Fortschritte.“

„Wie heißt er?“ Ich hatte bisher nicht gesagt, den Fall zu übernehmen, aber aus lauter Gewohnheit machte ich mir bereits Notizen.

„Dr. Biscane. Daniel meint, daß er sich wirklich um Maddie kümmert.“

„Zeig ihr die anderen Briefe“, drängte Grace.

Connie reichte mir eine weitere zusammengefaltete Seite.

Lieber Dad, hast du wirklich geglaubt, daß aus mir plötzlich eine Pfadfinderin wird, wenn du mich hierherschickst? Was für ein Witz! Wenn du die Wahrheit wissen willst, ich hasse es. Aber ich hasse sowieso alles. Das weißt du wahrscheinlich nicht. Was weißt du überhaupt? Du verbringst deine ganze Zeit mit Suzette. Die Welt könnte untergehen, du würdest es nicht merken. Also mach dir keine Sorgen um mich. Falls du überhaupt noch weißt, wer ich bin. Maddie.

„Scheint irgendwie gut, daß das Kind einen Therapeuten sieht", sagte ich.

„Warte den nächsten ab. Zeig ihn ihr, Connie."

Lieber Dad, es ist alles nicht so schlimm, aber immer noch kalt. Ich habe keine Ahnung, wann endlich der Sommer kommt. Gestern machte ich eine Dummheit und versuchte wegzulaufen. Es war wirklich dumm, aber es machte mir klar, wie froh ich sein muß, ein Dach über dem Kopf zu haben. SIE bearbeiten mich heftig, aber ich lerne auch was. Ich sag es nicht gerne, aber manchmal ist dieser Ort gar nicht so schlecht. Grüß NEDROM von mir. Ich verMISSe ihn wirklich. Ich hoffe, er ist ein braver Hund. Sag meiner SchwESter, sie soll mein Zimmer wieder so herrichten, wie ich es verlassen habe, denn ich werde SON bald nach Hause kommen. Deine Tochter Maddie.

„Hm", sagte ich. „Den einen Tag läuft sie weg, und am nächsten ist alles plötzlich rosig?"

„Das ist nur die eine Hälfte", sagte Gracie. „Erstens hat Maddie keinen Hund namens Nedrom. Sie hat noch nie einen Hund gehabt. Und zweitens hat sie keine Schwester."

„Oh", machte ich.

„Genau", sagte Gracie.

„Und Maddie hat zweimal hintereinander den Rechtschreibtest gewonnen", fügte Connie hinzu. „Niemals würde sie *schon* falsch schreiben. Sie versucht uns etwas zu sagen." Sie sah Gracie an, dann mich – wehe, wir wagten es, dies zu bezweifeln.

„Was denkt Daniel?"

„Er sagte, Maddie hätte immer eine lebhafte Phantasie gehabt, möglicherweise wolle sie mit Hund und Schwester jemand im Camp imponieren. Der Therapeut meinte zu ihm, einige Kinder erfänden zu Anfang Geschichten über ihr Zuhause, darüber müßte man sich keine Gedanken machen.

Ich konnte nicht glauben, daß sie es dabei bewenden lassen wollten. Deshalb wollte ich die Kopien haben. Es hat eine Weile gedauert, aber dann hatte ich es. Sie hat einige Wörter in Großbuchstaben geschrieben. Wenn du nur die nimmst, hast du die Botschaft."

Ich merkte, daß Connie inzwischen die Briefe als an sie gerichtet empfand, aber ich sagte nichts dazu. Ich las laut: SIE NEDROM MISS SES SON. Ich las noch mal. „Und das macht einen Sinn für Sie?" fragte ich.

„Zuerst nicht", antwortete Gracie. „Aber wenn du ein bißchen mit den Buchstaben spielst – wie heißt es, wenn jemand Buchstaben zu einem neuen Wort gruppiert?"

„Du meinst ein Anagram?"

„Richtig. Ich glaube, NEDROM ist ein Anagram für MORDEN."

„SIE MORDEN MISS SES SON!?"

„Miss Sesson ist eine der Lehrerinnen. Connie, zeig ihr die Broschüre."

Connie gab mir ein Faltblatt, das gesunde Teenager auf Pferden vor einem wundervollen Wald als Hintergrund zeigte. Im Inneren wurden die wichtigsten Grundzüge des Camps benannt und durch Schnappschüsse von Schüler- und Lehrerschaft illustriert. Ich betrachtete die Fotos. Auf einem stand eine robuste Blondine Mitte dreißig neben einem Computer, an dessen Keyboard ein Schüler saß. Die Unterschrift sagte: „Miss Sesson, Mitglied unseres Kollegiums, beim Einzelunterricht. 80 % der Abgänger von Camp Turnaround erreichen den Highschoolabschluß."

Ich faltete die Broschüre zusammen und lehnte mich zurück. „Was bringt Sie zu der Annahme, daß Madeline nicht bloß an ihrer Kette rüttelt?" fragte ich.

„Das habe ich auch gesagt", meinte Gracie. „Aber was, wenn nicht?"

„Ich habe im Camp angerufen", sagte Connie. „Mich als Freundin von Miss Sesson ausgegeben. Man sagte mir, sie sei nicht da. Ich fragte, seit wann sie weg sei, und die Antwort war, in ihrer Familie hätte es vor einer Woche irgendeinen Notfall gegeben, und man wüßte nicht, ob sie wiederkäme. Die Dame fragte nach meinem Namen, damit sie Miss Sesson von meinem Anruf unterrichten könnte, wenn sie zurückkäme, und ich erfand einen."

„Und Daniel macht sich keine Gedanken über eine möglicherweise versteckte Botschaft?"

„Erstens denkt er, ich sehe Gespenster. Er sagt, jetzt wisse er, woher Maddie ihre Phantasie hat. Zweitens findet er, daß das Camp Wunder wirkt. Nicht nur er, auch seine Frau und seine Eltern. Sie können sich gar nicht genug über Maddies Fortschritte wundern. Selbst wenn es nicht bedeutete, Geld zu verlieren, könnte ich Daniel nicht überzeugen, Maddie zurückzuholen. Außerdem habe ich dabei nichts zu sagen. Ich habe ihnen das Sorgerecht für Maddie abgetreten." Ihre Stimme zitterte. „Nie hätte ich das getan, wenn ich gewußt hätte, daß ich früher rauskomme."

„Ich würde gern helfen, aber ich bin nicht sicher, was ihr von mir erwartet", sagte ich schließlich. Die Antwort war Schweigen. Gracie zog eine Augenbraue hoch.

„Was?" fragte ich.

„Du warst doch mal Lehrerin", sagte sie.

„Ja. Und?"

„Sie suchen einen Ersatz für Miss Sesson."

„Und woher weißt du das?"

„Weil ich gestern hingefahren bin." Sie grinste. „Vor dir sitzt die neue Stallhilfe."

„Die was?"

„Sie züchten Pferde. Nach dem Besuch bei Daniel kam Connie zu mir und zeigte mir die Briefe. Ich warf einen Blick ins Internet. Sie hatten eine Stellenliste hineingestellt, und eine davon war die Anzeige für eine Stallhilfe während des Frühjahrfohlens. Ich fuhr hin, um zu sehen, ob irgendwie ein Gefühl für den Ort zu bekommen war. Ein paar Tage, und ich würde schon merken, was los war, stellte ich mir vor. Ich rechnete nicht wirklich damit, angestellt zu werden, aber offenbar gibt es nicht viele, die für ein mittelmäßiges Gehalt den weiten Weg in die Wildnis machen. Jedenfalls fange ich morgen an und denke, zwei sind besser als eine. Wenn ich in den Ställen arbeite und du im Camp, sollten wir doch wohl herausfinden, ob etwas vor sich geht."

„Ich soll mich deiner Meinung nach also als Lehrerin bewerben?"

„Es gibt eine freie Stelle. Wirf deinen Computer an, und ich zeig's dir." Gracie sah so stoisch aus wie nur je ein Indianer in einem Western. Starke, durchdringende Augen, feste Lippenlinie. Leichte Falte zwischen den Brauen. Auch wenn ich mir denken konnte, daß sie mich beeindrucken wollte, war es doch einschüchternd.

„Ich möchte nur wissen, ob es meiner Tochter gut geht", warf Connie ein. „Der Gedanke, sie nie wiederzusehen, und ihr dann so nahe zu kommen, nur um herauszufinden, daß sie in einem Lager eingeschlossen ist, und nun auch noch zu denken, dort sei es gefährlich, das ist mehr, als ich verkrafte."

Ich trank kalten Kaffee und überlegte. „Daß Miss Sesson gegangen ist, heißt noch nicht, daß Maddie in Gefahr ist. Aber ich denke, es kann nicht schaden, sich zu vergewissern. Wenn alles gut aussieht, wollen Sie sie dann dort lassen?"

„Ich habe keine Wahl, fürchte ich. Vielleicht kommt der Therapeut ja wirklich an ihre Probleme heran. Ich will nur, daß sie glücklich ist."

„Soll ich dir was sagen?" Gracie zwinkerte ihrer Cousine zu. „Wenn sich herausstellt, daß sie einen Streich spielt, kicke ich ihren kleinen Hintern vom Camp nach China und zurück. Es wird ohnehin höchste Zeit, daß sie ihre Tante Gracie kennenlernt."

„Sie kennt dich nicht?" fragte ich.

Gracie runzelte die Stirn. „Ich war in Kanada, von ihrer Geburt bis zu Connies Unfall. Als Connie verurteilt wurde, versuchte ich das Kind zu sehen, aber Daniel meinte, meine Ähnlichkeit mit Connie könnte sie verwirren und alles noch schlimmer machen. Ich schäme mich, es sagen zu müssen, aber sie kennt mich tatsächlich nicht.“

„Ist dir klar, daß die Möglichkeit besteht, daß sie mich nicht nehmen?“

„Ich habe meine Zweifel, Cass, ob die Leute ihnen wirklich die Türen einrennen. Und ich sage dir, der Ort liegt mitten im Nichts. Warte, bis du die Ausschreibung siehst. Ich denke, sie nehmen, wen sie kriegen.“

Ich warf Gracie einen Blick zu, sie zuckte verlegen die Achseln. „Das trifft nicht ganz, was ich sagen wollte“, meinte sie. „Also, was ist?“

Ich schuldete Gracie etwas. Aber aus irgendeinem Grund zögerte ich. Es war der verdammte Traum. Zum erstenmal, seit ich Privatdetektivin war, hatte ich Angst, einen Fall zu übernehmen. Ich verlor meine Nerven. Wütend zwang ich mir ein Lächeln ab und nickte. „Ich brauche Anweisungen“, sagte ich.

Connie lächelte und sah plötzlich ganz anders aus. Die vergangenen neun Jahre hatten ihren Tribut gefordert, aber trotz Schmerz und Leid war sie eine schöne Frau.

„Wir waren ein ziemlich gutes Team, Cass.“ Grace stand auf und sah aus dem Fenster. Der Himmel wurde hell, obwohl es immer noch regnete. „Glaubst du, wir schaffen das noch mal?“

Ich dachte nach, sah von Connie zu Gracie und nickte.

„Doch. Wenn etwas vor sich geht, finden wir es. Und wenn nichts ist, helf' ich dir, Maddies kleinen Hintern nach China und zurück zu kicken.“

2

Als Gracie und Connie gegangen waren, rief ich meinen Freund Tom Booker an. Neben seinem Job als Sheriff betrieb Booker auf seinem Grundstück am Ende des Rainbow Lake, ungefähr fünfzehn Minuten mit dem Boot von mir entfernt, eine Pferderanch. Seit Jahren drohte er, sich pensionieren zu lassen, damit er die Herde vergrößern und die Ranch ganztags versorgen könnte, aber bis jetzt war mir nicht aufgefallen, daß er als Sheriff kürzer trat.

„Glaubst du, du könntest eine Hilfe für die Ranch gebrauchen?“ fragte ich und erzählte ihm von Gracies Cousine und ihren Schwierigkeiten, einen Job zu bekommen.

„Versteht sie was von Pferden?“

„Ich denke, sie kapiert schnell. Und sie kann arbeiten.“

Booker zögerte. Ich wußte, es gab dazu eine Menge Fragen, aber er wußte auch, daß ich ihn nicht bitten würde, wenn es nicht wichtig wäre. Schließlich seufzte er. „Ich hab' da draußen diese alte Hütte, kaum mehr als ein Schuppen. Sie könnte dort wohnen, wenn sie es selbst herrichten will. Arbeit gibt es genug. Vor einigen Monaten habe ich den alten Peter verloren und noch keinen Ersatz engagiert. Ich brauche eine Person, der ich trauen kann.“

„Ich bin ziemlich sicher, sie gehört zu den Anständigen, Tom. Und sie hätte eine Chance verdient.“

„Und es kann nicht schaden, ihr die zu geben, was?“

„Du hättest was bei mir gut.“

„O Cass. Ich hab schon soviel bei dir gut, daß es auf eins mehr auch nicht mehr ankommt.“ Wir mußten beide lachen, denn das stimmte.

„Wenn das so ist, kannst du für mich einen Namen überprüfen?"

Es gab eine kurze Pause, dann hörte ich sein vertrautes Seufzen. „Wen suchst du?"

„Eine vermißte Person. Vielleicht ist es nichts, aber bevor ich Gespenster jage, wäre es gut zu wissen, daß sie gefunden ist. Im Augenblick habe ich nichts als den Namen und die letzte bekannte Adresse."

Er schrieb sich das bißchen auf, das ich über Annie Sesson wußte. „Wie schnell brauchst du das?" fragte er.

„Ein paar Stunden?" Ich wußte, was kommen würde.

„Cass! Ich stehe gerade bis zum Arsch in Pferdemist."

„Ich mach es wieder gut", sagte ich. Er sagte gar nichts.

„Wie wär's mit Filets in Kognak-Sahne-Sauce?"

„Weiter", sagte er schroff, als reichte ihm das nicht.

„Und sautierte Pfifferlinge mit Artischocken in Zitronenbutter."

„Ich mag deinen Kartoffelbrei mit Knoblauch." Er kam in Stimmung.

„Den könnten wir auch machen."

„Und was ist mit Nachtisch?"

Ich seufzte. „Mousse au chocolat mit Himbeeren?"

„Gebongt", sagte er.

Ich lachte und legte auf, bevor er Zeit hatte, seine Meinung zu ändern, dann ging ich selbst auf die Suche nach Informationen über Annie Sesson. Booker würde mir sagen können, ob sie im Leichenschauhaus oder im Gefängnis gelandet war. Angenommen, das war nicht der Fall, gab es eine Menge Dinge, die ich selbst herausfinden konnte.

Ich warf den Mac an und ging ins Internet, direkt zu meiner Lieblingssuchmaschine, genannt Little Brother. Relativ neu und erheblich teurer als andere Provider, die im Privatleben der Bürger herumstochern, war Little Brother schnell und benutzerfreundlich und deshalb seine monatlichen Gebühren wert. In weniger als einer Stunde kannte ich Annie

Sessons Sozialversicherungs- und Führerscheinnummer, Alter und Geburtsdatum, Name, Adresse und Telefonnummer ihrer Eltern, ihre letzten beiden Arbeitsstellen, ihre Bank, Kontonummern und Kreditgeschichte. Mit diesen Informationen gelangte ich an den persönlichen Hintergrund und durch Ausfüllen der Lücken bekam dic Person hinter dem lächelnden Gesicht in der Camp Turnaround-Broschüre langsam Konturen.

Annie Scsson wuchs als Einzelkind in Wheatland, Wyoming auf, und verließ mit siebzehn ihr Elternhaus, um aufs College an der Colorado State University und anschließend auf die Fresno State und dann die San Diego State University zu gehen. Sie zahlte immer noch ihr Studiendarlehen zurück. Nach dem Lehrerexamen ging sie zum Peace Corps. Zwei Jahre später arbeitete sie in einer Einrichtung für Blinde in Seattle, Washington. Ein Jahr darauf kam sie nach Camp Turnaround, wo sie etwas über zwei Jahre blieb. Ein Anruf bei ihren Eltern traf auf den Anrufbeantworter, aus dem sich schließen ließ, daß ihre Eltern Harold und Irma immer noch in dem Haus lebten, in dem Annie aufgewachsen war. Ich hatte gehofft, die Eltern fragen zu können, ob Annie nach Hause zurückgekehrt war, das mußte nun warten.

Annie wäre jetzt siebenundzwanzig. Immer noch unverheiratet, immer noch nach einer Nische suchend. Hatte sie Camp Turnaround ähnlich abrupt verlassen wie offenbar das Peace Corps und das Blindeninstitut? Sie schien Jobs und Städte zu wechseln wie andere Leute die Unterwäsche. Lief sie vor etwas davon? Oder war ihr im Camp etwas passiert, wie Maddie Boone behauptete? Immerhin hatte sie seitdem weder eine Kreditkarte noch einen Benzinbon benutzt. Ich war kein bißchen näher an der Wahrheit als vorher, und als Booker anrief und sagte, er habe nichts gefunden, überraschte mich das auch nicht.

Den Rest des Tages verbrachte ich damit, soviel wie möglich über Camp Turnaround zu erfahren – seine Geschichte,

Philosophie, Struktur. Ich informierte mich zum Vergleich auch über andere sogenannte Besserungsanstalten.

Was mir als erstes auffiel, war, daß Camp Turnaround keine Lizenz hatte. Sie behaupteten, 80 Prozent ihrer Schüler machten einen Highschoolabschluß und ihr Kollegium sei hochqualifiziert, aber nirgendwo benutzten sie die Ausdrücke lizensiert, beglaubigt oder akkreditiert. Vielleicht war das der Grund, warum sie tausend Dollar im Monat billiger sein konnten als andere, über die ich im Internet las.

Das war auch so etwas. Ich konnte nicht fassen, wieviel Geld die Leute ausgaben, um ihre Kinder zu diesen Orten zu verfrachten. Fünf- bis sechstausend Dollar im Monat waren gar nichts, und darin waren Dinge wie Kleidung und medizinische Versorgung oder auch Ersatz für Zerstörungen, was häufig erwähnt wurde, noch nicht enthalten.

Aber abgesehen davon, daß keine Lizenz oder so etwas erwähnt wurde, machte Camp Turnaround einen guten Eindruck. Es lag malerisch und isoliert in einem alten Bergwerkslager. Die Fotos in der Broschüre zeigten Wälder und Weideland mit Bächen und grasenden Pferden. Zusätzlich zu einem konkurrenzfähigen Lehrplan bot die Schule eine Pferdezucht, eine computergesteuerte Lehrwerkstatt, Technologieunterricht, Sport- und Fitnessprogramme, Einzel- und Gruppentherapie, kleine Klassengrößen, Einzelberatung und ein intensives Verhaltensänderungsprogramm. Das Schüler-Lehrer-Verhältnis war ideal: achtzig Schülerinnen und Schüler und mehr als ein Dutzend Lehrkräfte. Ich verstand, warum Eltern eines mißratenen Teenies diesen Ort für das Wunder hielten, auf das sie immer gewartet hatten. Das wurde im übrigen durch Elternstimmen reichlich bezeugt.

Als ich das Gefühl hatte, hinreichend über Camp Turnaround Bescheid zu wissen, füllte ich das Online-Bewerbungsformular aus. Ich konnte mir ziemlich gut vorstellen, wonach sie suchten, und dachte mir eine Geschichte aus, die ihnen eigentlich gefallen mußte. Ich war Einzelgängerin, zur Zeit arbeitslos, hatte Unterrichtserfahrung und eine uninteressante Vergangenheit. So sagte ich das natürlich nicht, aber ich malte es soweit aus, daß sich das Bild von selbst ergab. Weniger als zwei Stunden nachdem ich die Bewerbung abgeschickt hatte, klingelte mein Telefon.

„Miss James? Hier spricht Ida Evans, Verwaltungsdirektorin von Camp Turnaround. Wir haben Ihre Bewerbung erhalten. Hätten Sie morgen für ein Gespräch Zeit?" Sie hatte einen leichten Südstaatenakzent und klang ein bißchen außer Atem.

„So schnell?" Ich bemühte mich, nicht zu ängstlich zu klingen.

„Die Stelle muß sofort besetzt werden. Sagten Sie nicht, Sie seien verfügbar?"

„Doch, natürlich."

„Und Sie haben Unterrichtserfahrung in Sprachen?"

Bevor ich antworten konnte, sprudelte sie weiter. „Das ist wunderbar. Sie sagten, Sie hätten bereits mit gestörten Jugendlichen gearbeitet. In welcher Position, wenn ich fragen darf?"

An dieser Stelle hatte ich mir eine kleine Kreativitätslizenz gegeben, davon ausgehend, daß bis zum gewissen Grad alle Jugendlichen gestört sind. „Ich habe Selbstbewußtsein unterstützende Maßnahmen unterrichtet. In der Juniorhighschool." Was genau genommen meinte, daß ich einer Schülerin oder einem Schüler, die glaubten, in meiner Klasse Unfug treiben zu dürfen, meinen Lehrerinnenblick zugeworfen hatte, worauf sie den Unfug ließen. Klassendisziplin war für mich nie ein Problem gewesen, aber das führte ich nicht weiter aus.

„Wunderbar. Wir benutzen hier ein Programm zur Verhaltensänderung, das ebenfalls Komponenten aus dem Selbstbewußtseinstraining verwendet. Wie ist es, schaffen Sie es morgen?"

„Ich werde kommen. Was soll ich mitbringen?"

„Nun, für den Fall, daß Sie genommen werden, sollten Sie vorbereitet sein zu bleiben. Vom nächsten Geschäft für den täglichen Bedarf sind wir sehr weit entfernt – Sie verstehen. Aber Sie brauchen nur Ihre Kleidung und persönlichen Gegenstände. Essen und Wohnen werden natürlich gestellt, ebenso Reinigung und medizinische Vorsorge. Sie haben in der Ausschreibung gesehen, welche Kleidung unseren Regeln entspricht? Und die Abende hier können sehr frisch sein."

„Das habe ich gesehen. Es sollte keine Schwierigkeiten machen. Noch was, das ich wissen müßte?"

„Sie sahen auch die Karte und die Angaben für die Herfahrt? Machen Sie sich auf einen längeren Weg gefaßt. Wir sind hier ziemlich abgelegen."

„Ich könnte wahrscheinlich gegen Mittag dort sein", sagte ich.

„Wundervoll. Wir freuen uns so auf das Gespräch, Miss James. Rufen Sie an, wenn Sie sich verfahren."

Damit legte sie auf und ließ mich mit dem Gefühl zurück, daß Gracie recht gehabt hatte. Die Leute schienen ihnen wirklich nicht die Türen einzurennen. Ich vermutete, daß alle, die es auf sich nahmen, hinzufahren, auf der Stelle engagiert wurden.

Das Packen war ein Problem, denn die Katzen beschlossen, in den Koffer respektive den Matchbeutel zu springen, sich auf den Rücken zu rollen, mir ihre gefleckten Bäuche zu zeigen und dringend darauf zu warten, daß ich ihnen sagte, es handle sich um ein Mißverständnis. Ich kann Menschen anlügen, aber Katzen sind etwas anderes.

Während ich um sie herum packte, versuchte ich es ihnen zu erklären. Ich steckte meinen 45er zwischen eine Jeans und ein Sweatshirt mit Kapuze und mein Mobiltelefon in ein zusammengerolltes Paar Socken, den Laptop wickelte ich in eine Daunenjacke. In die eine Innentasche steckte ich meine Dietriche, in die andere eine Rolle Isolierband. Ich wußte nicht, ob ich diese Sachen brauchen würde, aber ich fühlte mich besser, wenn ich sie mitnahm.

Als ich es geschafft hatte, Koffer und Beutel zu schließen, rief ich meine beste Freundin an, Martha Harper in Kings Harbor.

„Oho“, zwitscherte sie. „Lebt die große Märtyrerin also doch noch.“ Das galt meiner Entfremdung von Erica Trinidad, was Martha für übertriebenes Zölibat meinerseits hielt.

Ich lachte. „Sie lebt und ist sogar dabei, ein bißchen was zu unternehmen.“

„Wurde aber auch Zeit. Sag bloß, du willst uns zu einem Wochenende mit Schlemmeressen und Wein einladen.“

„Eigentlich wollte ich fragen, ob du dich ein paar Tage um die Katzen kümmern kannst. Ich weiß, das bedeutet Auto und Boot fahren, aber Rick und Towne sind in Hawai, und andere mag ich nicht fragen.“ Was Erica hieß. Martha wußte genau, wen ich meinte.

„Mit dem größten Vergnügen. Vielleicht können Tina und ich ja auch ein paar Tage bleiben. Sie war schon länger nicht mehr am See. Wohin willst du?“

„Erinnerst du dich noch an Gracie Apodaca?“

„Wie könnte ich sie vergessen. Gracie-die-Wunder-Butch. Hast du sie nicht so genannt?“

„Nicht in ihrer Gegenwart.“

Martha kicherte. „Also, was ist los?“

Ich erklärte es ihr.

„Klingt irgendwie link, Cass. Aber vielleicht ist es gut für dich, wegzukommen.“ Was weg von Erica hieß, die im Augenblick in ihrem Haus zwei Buchten weiter lebte. Sie war dort mehrmals gewesen, seit wir unsere Beziehung beendet hatten, und auch wenn wir uns aus dem Weg gingen, war es in einem so kleinen Ort schwer, sich nicht zu treffen. So gerne ich Martha widersprochen hätte, ich wußte, sie hatte recht. Ericas Anwesenheit am See erstickte mich. Der Traum letzte Nacht war nur ein weiterer Beweis dafür.

Irgendwo hatte ich gelesen, sich einer Person hinzugeben und dabei zu verbrennen, sei eine Lernerfahrung. Sich derselben Person ein zweites Mal hinzugeben und wieder zu verbrennen, sei Dummheit. Ich war mir nicht sicher, als was ein drittes Mal gelten würde, aber ich wollte es auch nicht herausfinden.

„Bist du noch da?" Martha klang ein bißchen besorgt.

„Doch. Aber du hast vollkommen recht. Natürlich tu ich das für Gracie, aber zum Teil auch für mich."

Martha lachte ihr tiefes kehliges Baritonlachen, das mich immer an Pancakes mit Sirup erinnerte, es beruhigte mich ein wenig. „Dann sag mal, was die kleinen Bestien brauchen, außer dem Üblichen."

„Viel Liebe. Vielleicht bin ich ja nur ein oder zwei Tage weg. Ich weiß es nicht. Sie müssen mich ja erst einstellen."

„Oh, sie werden dich einstellen. Wie ich dich kenne, wirst du in einigen Tagen dort die Leitung übernehmen. Versprich mir, vorsichtig zu sein."

Ich versprach's und legte auf. Vor mir lag ein kleines Abenteuer, auch wenn mich verunsicherte, daß plötzlich das vertraute Kribbeln am unteren Ende meines Rückgrats eingesetzt hatte und der Tunneltraum aufgeflackert war.

3

Sonntag morgen, der Mairegen hatte sich in Nieseln verwandelt, und als ich mein Boot an seinem Platz im Hafen vertäute, war ich mehr als nur ein bißchen naß. Ich schaffte mein Gepäck in meinen Jeep auf dem Parkplatz, schüttelte die Nässe ab und machte mich auf die lange Fahrt. Der Himmel wurde schon hell, auf den Wolken im Osten saßen rosa orange Schattierungen, aber in der Stadt war noch niemand auf, soweit ich sehen konnte. Auch gut, dachte ich. Aus irgendeinem Grund kam ich mir wie ein Einbrecher vor, der einen sauberen Abgang macht.

Vielleicht weil diesmal ich diejenige war, die die Stadt verließ. Ich war immer noch wütend, daß ich mich derart zur Närrin machte. Erica war die schönste Frau, die ich kannte. Und die sinnlichste. Aber sie hatte eine Heidenangst vor Bindung und fand im entscheidenden Augenblick immer einen Grund, sich aus dem Staub zu machen. Daß ich das verstand, hieß nicht, daß ich mich damit abfinden mußte. Sie sollte erst mal erwachsen werden – aus eigener oder wessen Kraft auch immer. Ich hatte ihr von meiner schon zuviel abgegeben.

Ich fuhr nach Norden, dann Osten, dann wieder Norden und zwang mich, nicht mehr an Erica zu denken, sondern mich darauf zu konzentrieren, was ich über Maddie Boone wußte. Egal was für ein Kotzbrocken sie geworden war, dachte ich, kein Kind verdiente es, mitten in der Nacht von Fremden weggeschleppt zu werden. Kein Wunder, daß sie durchgetickt war. Aber hatte sie wirklich gesehen, wie jemand Miss Sesson umbrachte? Oder wollte sie nur Aufmerksamkeit erregen?

Je weiter ich nach Norden kam, um so schöner wurde das Wetter. Als ich Portsmith Grove erreichte, eine ehemalige Holzfällerstadt auf halber Strecke zwischen Portland und Salem, fühlte ich mich entschieden besser. Die Stadt, oder was davon übrig war, erinnerte mich an Dutzende ähnliche an der Nordwest-Pazifik-Küste. Der Menge der jetzt geschlossenen Bars, Restaurants und Spielsalons entlang der Main Street nach zu schließen, mußte auch Portsmith Grove einst floriert haben. Es gab eine Schule, eine Post, einen Gemischtwarenladen, zwei Hotels – von denen eines sogar geöffnet war, auch wenn vermutlich das „Belegt“-Schild nicht mehr oft gebraucht wurde. Überraschenderweise hatten auch zwei Bars überlebt, eine war sogar schon geöffnet, zwei rostige Pickups parkten davor.

Am Stadtrand hielt ich an, sah auf die Karte und bog auf eine zweifelhaft gekennzeichnete Landstraße ab. Die Straße schlängelte sich durch einen dichten Fichten- und Zedernwald aufwärts. Auf einem Hügel trat ich auf die Bremse. Meile um Meile waren die prachtvollen Bäume auf beiden Seiten der Straße abgeholzt. Ich hatte abgeholztes Land schon öfter gesehen, aber noch nie soviel, so plötzlich. Neue Schößlinge trieben durch Sägemehl und abgeschlagene Äste und Zweige, in fünfzig Jahren würden sie groß genug sein, um wieder gefällt zu werden. Ein schwacher Trost für die Hirsche und Bären, die den Wald bewohnt hatten, dachte ich bedrückt.

Ich fuhr weiter, wich ungefähr alle fünf Meter Schlaglöchern aus. Die Straße war seit Jahren nicht repariert worden, aber es gab auch keinen Verkehr – genaugenommen hatte ich seit Portsmith Grove kein anderes Fahrzeug gesehen –, zwischen friedlicher Abgelegenheit und unheimlicher Verlassenheit läuft eine schmale Grenze.

Nach Gracies Angaben lag Camp Turnaround fünfzig Meilen nordöstlich von Portsmith Grove, weit entfernt von jeglicher Zivilisation. Ich hatte ungefähr die Hälfte hinter mir, als das verwüstete Land wieder in gesunden Wald überging. Nach weiteren fünfzehn Meilen malerischer Wildnis war die Straße kürzlich planiert und geteert worden, ein Zeichen, daß ich mich meinem Bestimmungsort näherte.

Geduld gehört nicht zu meinen Tugenden, aber diesmal machte mich das langsame Fortkommen nicht nervös. Es verschaffte mir die Zeit, meine Tarnung auszufeilen und einen Plan zu entwickeln. Wenn Miss Sesson etwas passiert war, mußte außer Maddie Boone noch jemand davon wissen. Was hieß, daß Maddie in Gefahr war. Wenn Maddie beobachtet wurde, mußte ich mich vorsehen, wenn ich mit ihr sprach. Aber das würde ich schon herausfinden. Bei der nächsten Erhebung sah ich keine zehn Meter entfernt ein frisch gemaltes Schild über der Straße, das die Einfahrt zu Camp Turnaround ankündigte.

Ich weiß nicht, was ich erwartet hatte – vielleicht ein von Stacheldraht umgebenes Gehege, dessen Eingang von uniformierten Gendarmen bewacht wurde. Statt dessen überraschte mich, als die letzte Kurve hinter mir lag, eines der grünsten Täler, die ich je gesehen hatte. Ich hielt an und nahm den Blick in mich auf. Vor mir lag inmitten von üppigem Weideland Camp Turnaround, auf drei Seiten von Wäldern umgeben, auf der vierten erhob sich eine steile Felswand. Kein Wunder, daß sie nicht fortlaufen, dachte ich. Wer würde hier wegwollen?

Der Ort hatte einen weiteren Vorzug. Wer hier wegwollte, brauchte ein Transportmittel oder Flügel. Selbst wenn ein Kind es schaffte, das Tal zu durchqueren, bevor es entdeckt wurde, würde es nie durch den Wald kommen. Und wohin sollte es gehen? Der nächste und – wie der Blick auf die Karte zeigte – einzige bewohnte Fleck war Portsmith Grove, woher ich kam.

Langsam fuhr ich den steilen Weg hinunter und musterte die Anlage. Sie bestand aus älteren – vermutlich den früheren Bergarbeiterbehausungen – und neueren Gebäuden. Ich hielt an und griff nach dem Fernrohr auf dem Sitz neben mir. Um einen großen, gepflegten Appellhof lagen im Halbkreis vier große Schlafgebäude, eine Krankenstation, ein Speisesaal, ein Werkstattgebäude, eine kleine Kapelle und ein Verwaltungshaus. Dahinter gab es eine Ansammlung kleiner Hütten, vermutlich die Unterkünfte der Erwachsenen. Gut eine Viertelmeile westlich lagen die Ställe, weitere Nebengebäude, Hütten und Koppeln. Auf den Weiden dahinter grasten Pferde. Westlich des Weidegrunds lag ein Teich, gespeist durch einen Bach, der vom Berghang im Osten kam und in die westlichen Wälder weiterfloß. Was immer es sonst war, Camp Turnaround war ein heimliches Paradies.

Am Ende der langen Zufahrt öffnete sich, als ich mich näherte, automatisch ein elektronisch gesteuertes Tor. Offensichtlich hatte mich jemand beobachtet. Noch bevor ich einen Parkplatz vor dem Verwaltungsgebäude gefunden hatte, begrüßte mich eine quirlige weißhaarige Frau. Sie trug eine gestärkte weiße Bluse und einen Baumwollrock, der knapp bis zu ihren halbhohen Cowboystiefeln reichte. Der Rock war ein Wickelrock, der sich bei jedem Windstoß bauschte. Sie hielt ihn mit der einen Hand fest und streckte die andere durch das Wagenfenster.

„Ida Evans. Sie müssen Cassidy James sein. Fein, daß Sie kommen konnten." Ihr Griff war kräftig genug, meine Knöchel weiß werden zu lassen, und aus den Schwielen ihrer Handflächen schloß ich, daß sie hier mehr tat als den Telefonhörer abheben und Papiere abheften. Sie winkte mich zu einem zweiten Tor, gab einen Code ein, woraufhin das Gatter zur Seite glitt, und zeigte mir, wo ich den Jeep parken sollte.

„Es ist wunderschön hier", sagte ich und stieg aus.

„Oh, Sie werden es lieben. Der Himmel auf Erden, sage ich immer. Und wenn Sie erst die Kinder sehen und wie sie aufblühen, werden Sie nicht mehr fortwollen."

Weswegen ich mich ja fragte, warum Miss Sesson so plötzlich gegangen war. Wenn sie gegangen war.

„Ich bin erstaunt, daß Sie eine freie Stelle haben. Ich kann mir nicht vorstellen, daß jemand von hier weg will."

Ida warf mir einen Blick zu, während wir auf das Verwaltungsgebäude zugingen. Das Tor glitt hinter uns zurück und schloß sich automatisch. „Es hat uns auch sehr überrascht. Miss Sesson war sehr beliebt. Aber wie ich verstanden habe, gab es einen Notfall in ihrer Familie. Hier sind wir. Wenn Sie sich ein wenig frischmachen wollen, die Damentoilette ist die erste Tür rechts. Der Vormittagsunterricht ist erst in einer halben Stunde zuende. Wenn Sie wollen, könnte ich Sie vorher noch kurz herumführen."

„Das wäre schön. Ich würde mir auch gern die Beine vertreten."

Ich betrat die Verwaltung und sah mich geschwind um. Idas Schreibtisch und Aktenschränke füllten das Hauptbüro. Davon gingen weitere Räume ab, die Türschilder wiesen auf ihren Zweck. Testraum stand auf dem einen, Videoraum auf dem zweiten, auf einem dritten Orientierung. Ich ging in den Waschraum, ich hatte ihn nötig, dann ging ich zu Ida nach draußen zurück.

„Der Unterricht findet da drüben statt." Sie zeigte auf eines der neueren Gebäude. „Außer Mathematik, Natur- und Geisteswissenschaften bieten wir Intensivunterricht in Technologie und angewandten Künsten."

„Angewandte Künste?" fragte ich und zog eine Augenbraue hoch.

„Körperliche Arbeit", sagte sie und zwinkerte mir zu. „Angewandte Künste klingt besser. Wir machen ausführliche Begabungstests, und den Kindern, die Fähigkeit oder Interesse zeigen, bieten wir eine ziemlich moderne Ausbildung in unserer computergestützten Maschinenbauwerkstatt. Selbst die handwerklich Unbegabten lernen an Maschinen zu arbeiten – alle Kinder beteiligen sich an der Werkstatt und der Ranch."

„Das heißt, die Kinder liefern die Arbeit, und Sie liefern das Training."

„Genau. Wir haben ein wunderbares Ausbildungsprogramm, in dem sie außer den Fertigkeiten an den Maschinen Landwirtschaft lernen – Zäune bauen, Gräben ziehen, Entwässerungspumpen installieren, den Garten pflegen, die Pferde füttern und versorgen undsoweiter. Sie machen außerdem Schichtdienst im Speisesaal und in der Wäscherei. Wenn sie gehen, haben sie nicht nur ein intaktes Selbstwertgefühl, sondern Kenntnisse, die sie gebrauchen können. Die meisten haben, wenn sie ankommen, in ihrem Leben noch keinen Handschlag getan. Wenn sie gehen, machen sie nicht nur den Highschoolabschluß, die meisten bekommen auch gute Jobs."

„Klingt fast zu schön, um wahr zu sein", sagte ich und hätte es am liebsten sofort zurückgenommen. Ida sah aus, als hätte ich sie angespuckt.

„Nun, kann sein, daß es für Außenseiter so klingt. Und verstehen Sie mich nicht falsch. Die Kids sind hier nicht auf Rosen gebettet. Sie sind hart und böse, wenn sie kommen. Die meisten wollen sofort wieder weg, und einige versuchen es auch. Der Erfolg kommt nicht über Nacht, auch hier nicht. Es braucht viel Arbeit und viel Liebe. Wir bringen ihnen Respekt bei – erst lernen sie uns zu respektieren und dann sich. Die meisten jedenfalls. Wir können nicht allen helfen, aber wir kommen nahe dran."

„Was geschieht mit denen, die abhauen? Ich kann mir nicht vorstellen, daß sie sehr weit kommen."

„Wir lassen sie gehen. Natürlich haben wir ein Auge auf sie. Coach könnte eine Schlange im Sumpf verfolgen, wenn es sein müßte. Stadtkinder im Wald sind keine große Herausforderung für ihn. Natürlich ist er zu Pferde. Manchmal ist ein Kind mutig genug, ein Pferd zu stehlen, obwohl alle die Konsequenzen kennen. Aber das macht nichts. Coach bringt sie immer zurück, bevor sie draußen aufgefressen werden. Allerdings erst, wenn die Angst sie fast verrückt gemacht hat. In der Regel versucht niemand es ein zweites Mal."

„Was sind die Konsequenzen?" fragte ich.

Ida sah mich seltsam an. „Alles in Camp Turnaround hat Konsequenzen", sagte sie. „Gutes Betragen bringt Privilegien, schlechtes Betragen nimmt Privilegien. Die Schwere des schlechten Betragens bestimmt die Schwere des Verlusts an Privilegien. Abendessen, zum Beispiel, ist ein Privileg. Soziale Interaktion ist ein Privileg. Duschen, ein ruhiger Schlaf, Toilettenpausen, all das sind Privilegien. Es dauert nicht lange, bis die Kinder diese kleinen Privilegien zu schätzen wissen. Und sie behalten wollen."

Sie schien bei diesem Thema gleichzeitig stolz und leicht in der Defensive, deshalb ließ ich es. „Coach ist einer der Lehrer?"

„Sein offizieller Titel ist Ausbilder für Sport und Fitness, aber er tut wesentlich mehr als die Kinder körperlich fit zu machen. Er lehrt sie Disziplin. Er zeigt ihnen, wie sie ihre Wut in produktive Energie verwandeln können. Er unterrichtet Teambildung, Gruppenverantwortlichkeit, Selbstwertgefühl. Er hat die Gabe, mit Problemjugendlichen arbeiten zu können. Hinter seinem Rücken nennen sie ihn Coach. Wenn sie mit ihm reden, sagen sie Coach, Sir."

„Ich kann es kaum erwarten, ihn kennenzulernen", sagte ich.

„Oh, da müssen Sie nicht lange warten. Er sitzt im Aufnahmekomitee. Wenn wir uns beeilen, können wir gerade noch die letzten Minuten vom Exerzieren ansehen."

Ida führte mich herum, zeigte mir die Maschinenhalle, aus der Arbeitsgeräusche kamen, den Speisesaal, in dem Kinder und Kollegium dreimal am Tag gemeinsam aßen, die Krankenstation, in der eine staatlich geprüfte Krankenschwester arbeitete, die außerdem Naturwissenschaften unterrichtete, und die Schlafbaracken der Kinder. „Ihre Hütte ist dahinten", sie zeigte auf die Holzhäuschen hinter den Schlafsälen. „Das heißt, wenn Sie den Job nehmen."

Sie sagte nicht: Wenn Sie den Job kriegen. Offenbar hatte ich ihn, wenn ich ihn wollte.

Wir kamen zurück auf den Appellplatz, wo ungefähr zwanzig Teenager in blauen Hemden zu gleichmäßigen heiseren Kommandos Liegestütze machten. „Auf, nieder! Auf nieder!" Während der aknenarbige Übungsleiter die schwitzenden Teenies antrieb, schritt ein gut gebauter, tief gebräunter Mittdreißiger die Reihen ab, gelegentlich einen Fuß auf einen Hintern stellend, um eine bessere Haltung zu erzwingen. Er lüftete eine schweißfleckige Baseballkappe, fuhr sich mit kurzen Fingern durch seinen sandfarbenen

Militärhaarschnitt, setzte die Mütze wieder auf und griff nach der Pfeife, die an einer Kette an seinem Hals hing. Muskeln beulten sein weißes T-Shirt aus. In der rechten Hand hatte er einen sechzig Zentimeter langen Stachelstock, wie sie zum Viehtreiben benutzt werden, mit dem er gegen sein Bein schlug und manchmal einem Jungen auf die Schulter oder den Hintern. Dabei murmelte er etwas, das ich nicht verstehen konnte. Plötzlich hielt er seine linke Hand hoch, pfiff dreimal kurz auf seiner Pfeife, und der Gruppenführer bellte: „Achtung!“ Wie ein Mann sprangen die Jungs auf die Füße.

In der letzten Reihe kämpfte ein übergewichtiger Junge um festen Stand. Nach Luft ringend, stolperte er und murmelte: „Shit!“ Es war gerade laut genug, daß alle es hören konnten. Er wirkte wie fünfzehn, sein kürzlich geschorener Kopf war rosa verbrannt. Keiner der anderen wagte ihn anzuschauen, aber es schien, als wüßten alle, daß eine Ungehörigkeit geschehen war. Die Stimme des Gruppenführers glitt eine Oktave höher. „Auf die Füße, Kröte!“

„Ich kümmere mich darum, Dobberteen. Führ die Gruppe zum Duschen.“

„Ja, Sir, Coach, Sir. Kehrt marsch!“ Die Jungen schwenkten um neunzig Grad und joggten auf Kommando Richtung Schlafsäle. Der Mann, den sie Coach nannten, blickte in unsere Richtung, aber wenn ihn meine Anwesenheit überraschte, zeigte er es nicht. Er trat zu dem dicklichen kahlköpfigen Jungen, der jetzt aufrecht stand, obwohl seine Knie sichtbar flatterten. Coach sagte leise etwas, dann hob er mit dem Stock das Kinn des Jungen an, so daß der ihm in die Augen sah. Seine Stimme war ruhig, aber wohl nicht beruhigend, denn der Junge fing an zu weinen. Der Stachelstock hob nicht mehr nur sein Kinn, sondern preßte sich in seinen Adamsapfel, und ich sah, daß der Junge ausweichen wollte, sich aber nicht traute. Coach hob die Stimme, und ich verstand ihn gut.

„Du möchtest mich schlagen, Kröte, stimmt's? Aber du bist ein Hasenfuß, ein fettarschiges Muttersöhnchen. Sonst würdest du es tun."

Der Junge hatte ein rotes Gesicht, nicht von der Sonne oder dem Exerzieren. Wut stieg in ihm auf, und ich spürte, wie Ida neben mir sich versteifte.

„Willst du was sagen, Fettklops?" Der Stachelstock drückte immer noch gegen Krötes Kehle.

„Scheißkerl!" spuckte der plötzlich aus und schob den Stock mit überraschender Kraft zur Seite. Sein Gesicht war fleckig vor Wut. Und noch einmal: „Scheißkerl!" So flink und gelassen, wie eine Schlange ihre Beute schnappt, stieß Coach dem Jungen den Stock in die Magengrube, ein elektrischer Schlag hob ihn in die Luft und schickte ihn platt auf den Asphalt.

Ohne zu überlegen, wollte ich hinlaufen, aber Ida hielt mich zurück, ihre Fingernägel krallten sich in mein Handgelenk, ihr Griff war überraschend heftig. Der Junge lag eine Sekunde bewegungslos da, dann zuckten seine Füße ein paarmal und vom Schritt breitete sich ein feuchter Fleck die Hosenbeine hinunter aus.

Coach ging zu ihm und stuppste ihn mit seinem Tennisschuh. „Möchtest du das noch mal sagen, Kröte?"

Der Junge wandte sein tränenüberströmtes Gesicht ab.

„Ich weiß, du bist wütend auf mich. Aber ich bin nicht der Feind. Jedenfalls nicht, solange du das nicht willst. Das liegt bei dir. Ich weiß, du hast noch nie so exerziert wie heute, und alle deine Muskeln brennen. Ich verstehe das. Aber egal wie müde du bist, wenn dein Gruppenführer Achtung sagt, hast du Habachtstellung einzunehmen. Begreifst du das?"

Der Junge nickte mit abgewandtem Gesicht.

„Vielleicht brauchst du ein paar Tage, damit sich deine Muskeln wieder lockern und du ein bißchen nachdenken kannst. Hat dein Gruppenführer dir über Isolation erzählt?"

Der Junge nickte, seine Unterlippe zitterte.

„Hab keine Angst, mir ins Gesicht zu sehen, mein Sohn. Was hat er gesagt?“

Der Junge drehte Coach sein Gesicht zu, und ich konnte sehen, wie aus Wut Furcht wurde.

„Sprich, mein Sohn.“

„Er sagte, das wäre etwas, das man vermeiden müßte... um jeden Preis vermeiden müßte. Bitte, Sir. Schicken Sie mich nicht dahin. Ich werde mir Mühe geben.“

Plötzlich lachte Coach. „Ja, das kann ich mir vorstellen. Weißt du was. Diesmal werd ich dich laufen lassen.“ Er wirbelte den Schlagstock herum und schob ihn in eine Schlaufe an seinem Gürtel. „Teufel auch, Junge. Als ich so alt war wie du, war ich fetter als du. Und zweimal so bedient. Du wirst es mir jetzt nicht abnehmen, aber eines Tages wirst du auf diesen Moment als einen Wendepunkt blicken. Jetzt komm, ich bring dich persönlich zum Duschen. Du kannst es gebrauchen.“ Coach streckte die Hand aus, die der Junge ignorierte. Er stemmte sich hoch und schien zum erstenmal zu bemerken, daß er sich beschmutzt hatte.

„O Scheiße“, sagte er.

„Mach dir nichts draus, Junge. Früher oder später bepißt sich jeder mal.“

Coach ging zu einem Geländefahrzeug am Rand des Appellplatzes. Unbeholfen kletterte der Junge in den offenen Metallanhänger. Ich sah Coach, als er aufstieg, Ida verstohlen zuzwinkern. Dann fuhr er los. Der Anhänger holperte hinter dem Buggy her, der Junge hielt sich mit fetten weißen Fingern an den Seitenwänden fest, seine Augen blickten tödlich verwundet.

„Wie ich es Ihnen sagte“, meinte Ida. „Es ist nicht nur ein Rosenbett. Kommen Sie. Wir wollen nicht zu spät zu Ihrem Interview kommen.“

4

Madeline – sechs Wochen früher

Drei Tage an diesem Ort, und Maddie war soweit, sich die Haare einzeln auszureißen. Obwohl davon kaum noch was übrig war, seit diese höllische Krankenschwester sie abgehackt hatte. An der Länge der Haare konnte sie erkennen, wer wie lange hier war. Ihre Hausssprecherin, eine Rothaarige namens Belinda Pitt, trug einen Pferdeschwanz den halben Rücken hinunter, sie trug ihn wie ein Ehrenabzeichen. Ständig zog sie daran, wickelte ihn um den Zeigefinger, breitete ihn aus, als wäre es eine Nerzstola. Und sie hatte eine Art, wie Mutter Oberin zu lächeln, daß Maddie sie am liebsten erschlagen hätte. Aber Belinda war sechzehn, und selbst wenn sie nicht doppelt so stark wie Maddie gewesen wäre, hatte sie etwas in ihren blauen Augen, das Maddie sich ducken ließ, wenn ihre Blicke sich trafen. Im Augenblick belehrte Belinda sie über die fehlende Qualität ihres Bettenmachens.

„Welche Ecken hast du nicht getroffen?" fragte Belinda und zog die Bettdecke von Maddies Schlafstelle.

„Was ich nicht einsehe", sagte Maddie, „ist, was das Ganze soll. Ich will ja nur am Abend wieder rein. Es soll ja niemand sonst in meinem Bett schlafen. Ich mag es, wenn die Decke lose draufliegt." Sie wußte, daß sie sich auf gefährlichem Grund bewegte. Der Hausssprecherin wurde nicht widersprochen. Einige Mädchen, die ebenfalls ihre Betten machten, standen still und hörten zu.

„Was das Ganze soll, ist, daß du gesagt bekommen hast, wie es gemacht wird. Nicht wie du es machst. Niemand gibt auch nur einen Rattenarsch dafür, wie du deine Zudecke möchtest. Kapierst du? Niemand. Ich habe mir persönlich die Zeit genommen, dir zu erklären, wie du das Bett machen mußt, und du setzt dich darüber weg. Das heißt Privilegienverlust, Kröte. Du legst die Decken nicht richtig, also kriegst du keine Decke." Sie zog die nächste Decke herunter und ließ nur ein dünnes weißes Bettuch übrig. „Falte sie ordentlich zusammen und bring sie sofort zu meiner Koje." Sie ließ die zweite Wolldecke auf den Boden fallen, wo schon die erste lag, und schlenderte davon, ihr Pferdeschwanz schwang hochnäsig hinter ihr her.

Maddie schluckte und zwang sich nicht zu weinen. Sie faltete die kratzigen Decken in säuberliche rechteckige Häufchen. Sie hatte schon die letzten drei Nächte gefroren. Nun würde sie wahrscheinlich erfrieren. Auch eine Möglichkeit, hier rauszukommen. Sie fühlte die Augen der anderen auf sich, als sie die Decken den Gang entlang zu Belindas Schlafstelle trug. Sie wußte nicht, ob sie sie mitleidig oder schadenfroh ansahen, denn sie sah nicht zurück. Augen geradeaus, Kinn hochgereckt, marschierte sie zum Ende des Schlafsaals und ließ das Bündel auf Belindas Bett fallen. Belinda war schon gegangen, wenigstens mußte sie sich keine weitere rotzige Bemerkung anhören.

Eine Glocke kündigte den morgendlichen Namensappell an, die Mädchen im Schlafsaal stürzten sich in ihre Trainingsanzüge und drängten durch die Tür. Zu spät zu kommen, war keine Art, den Tag zu beginnen. Maddie machte eilig ihr Bett nach der korrekten Methode und zog die gelbe Trainingshose an, die sie bekommen hatte. Wenigstens mußten sie keine Röcke tragen. Die Hose war ihr zu groß, aber bequem. Nach der Morgengymnastik würde sie duschen, dann ihr gelbes T-Shirt und blaue Jeans anziehen, frühstücken und den langen Arbeitstag beginnen. Der Unterricht schien in Ordnung zu sein, obwohl sie die meiste Zeit bisher mit Tests und Orientierung beschäftigt gewesen war. Letzteres schien ein Programm zu sein, mit dem den

Insassen die Flausen ausgetrieben wurden. Insassen durfte man natürlich nicht sagen, aber wenn sie was sagen dürfte, genau das waren sie. Meistens hielt sie den Mund geschlossen und die Augen offen und versuchte herauszufinden, wie sie am besten hier rauskam. Nicht daß sie nach Hause zurückwollte, aber sie hatte auch nicht die Absicht, im Gefängnis zu bleiben.

Sie war die letzte im Schlafsaal und rannte zum Appellplatz, wo die anderen schon in Hab acht-Stellung auf ihren Plätzen standen. Einige Jungs hatten sich ebenfalls verspätet, so war sie wenigstens nicht die einzige. Trotzdem bemerkte Coach ihr Zu-spät-Kommen und kam auf sie zu, dieser idiotische Stock schlug gegen seine kräftigen Schenkel. Sie hatte den Stachelstock bisher nicht in Aktion gesehen, aber instinktiv wußte sie, daß es nichts war, mit dem sie Bekanntschaft machen wollte.

„Haben wir einen schlechten Morgen, Kröte?" nuschelte er, so daß nur die am nächsten Stehenden es hören konnten. Sie haßte es, daß alle sie unbedingt Kröte nennen mußten. Sie hatte zwei Tage gebraucht, um zu kapieren, daß es nicht an ihrem neuen Haarschnitt lag, sondern daran, daß sie neu war.

„Nein, Sir", nuschelte sie zurück. Sie wußte, daß sie deutlich sprechen, ihm gerade in die Augen sehen und ihn Coach, Sir nennen sollte. Das Orientierungsvideo hatte das klargemacht. Aber sie schäumte immer noch wegen des mitternächtlichen Kidnappings, spürte immer noch seine kalte harte Hand auf ihrem Mund und konnte sich kaum dazu bringen, ihn überhaupt anzusehen.

„Ich höre, es fällt dir schwer, den Anordnungen deiner Gruppenführerin zu folgen. Das geht unter gar keinen Umständen." Er klopfte mit dem dämlichen Stock gegen seinen Schenkel, seine kalten blauen Augen bohrten sich in ihre. „Du verstehst, daß das nicht akzeptabel ist." Das war keine Frage.

„Ja.“ Ihre dunklen Augen starrten zurück, aller Zorn, den sie in sich hatte, konzentrierte sich auf seine gebräunten hübschen Gesichtszüge. Wäre sie größer und stärker, sie würde dem Hundesohn eine knallen und abhauen.

„Fein. Und keine weiteren Zwischenfälle, hörst du? Nach der Morgengymnastik, wenn die anderen frühstücken, wirst du die Meile laufen. Das gibt dir Zeit, über dein Verhalten nachzudenken.“

Er drehte sich auf dem Absatz um und schlenderte vor die Front der nun vollständig versammelten Truppe. Die Hände in die Hüften gestemmt, musterte er eine Reihe nach der anderen auf der Suche nach Verstößen gegen die Kleiderordnung, nachlässige Haltung, ungekämmte Haare und Gott weiß was noch. Es war fast eine Erleichterung, als er schließlich dem Führer des Blauen Hauses zunickte, mit den Übungen zu beginnen.

Maddie machte das Training nichts aus, und sie regte sich auch nicht darüber auf, daß das Frühstück ausfiel und sie die Meile laufen sollte. Laufen hatte sie immer belebt. Manchmal lief sie im Traum wie ein wildes Fohlen über grüne Wiesen, sprang über Zäune, ihr langes Haar wehte im Wind.

Aber ihr Haar war nicht mehr lang, und als die Übungen zu Ende waren, klebte es verschwitzt auf ihrem Schädel. Die meisten Jugendlichen, auch die älteren, schnauften und hielten sich die Seiten, als sie sich zu den Duschen schleppten. Maddie stand auf ihrem Platz und wartete darauf, daß Coach ihr Anweisungen gab.

„Du kannst es dir aussuchen, Madeline.“ Jetzt, da niemand ihnen zuhörte, ließ er den Krötenquatsch weg, als wollte er sie für sich gewinnen, obwohl sie sich nicht vorstellen konnte, warum. „Du kannst die Route durchs Gelände nehmen oder um den Appellplatz rennen.“ Er zog eine Augenbraue hoch.

„Gelände“, sagte sie, immer noch dabei, zu Atem zu kommen. Er lächelte, als hätte er es gewußt.

„Du weißt, wo die Ställe sind?“ Sie nickte. „Du nimmst den Weg dahin, biegst nach rechts zur alten Mine hinauf. Du kommst an einer alten Lore vorbei. Du weißt, was eine Lore ist? So eine Art Güterwagen?“ Sie nickte wieder. Das war vielleicht schon ihre Chance, hier wegzukommen.

„Da drehst du um und nimmst den gleichen Weg zurück. Es ist alles zusammen mehr als eine Meile. Wenn es dir lieber ist, kannst du siebenmal um den Appellplatz laufen.“

Sie schüttelte den Kopf. Und wenn es das Doppelte war, sie nahm die Geländeroute. Coach lächelte, als wüßte er, was sie dachte.

„Du weißt, daß du weder schnell genug noch weit genug laufen kannst, daß ich dich nicht kriege?“

Sie sah ihn an, als wäre ihr dieser Gedanke nie gekommen.

„Gut.“ Er nahm das Walkie-Talkie vom Gürtel und sprach hinein. „Sag Clutch, bei euch kommt gleich eine Läuferin vorbei. Habt ein Auge auf sie, ja?“

„Zehn-vier“, kam die Antwort.

Coach streckte seinen Finger, als wäre es ein Revolver, zog den imaginären Abzug durch, und Maddie schoß los wie eine Kanonenkugel.

Die Straße zu den Ställen war so angelegt, daß ein großer LKW mit Pferdeanhänger darauf fahren konnte, und war leicht zu laufen. Maddie fiel in einen gemütlichen Trab, ihr Geist rannte vor ihr her. Sie war versucht, es zu riskieren. Aber sie war nicht vorbereitet. Sie hatte keine Nahrung, keinen Kompaß, keine Jacke für die Nacht. Schlimmer war, daß sie nicht wirklich wußte, wo sie war oder wohin sie gehen sollte. Auf der Herfahrt war es zu dunkel gewesen, um etwas zu sehen. So sehr sie wünschte wegzukommen, sie mußte den richtigen Zeitpunkt abpassen und einen durchführbaren Plan machen. Das Beste, was sie jetzt tun konnte, war, sich alles zu merken. Was davon zu gebrauchen war, würde sich später zeigen.

Sie war schneller als gedacht bei den Ställen und verminderte ihr Tempo – teils um das Stechen in der Seite zu beruhigen, teils um die Pferde zu betrachten. Dutzende grasten auf der Weide hinter den Ställen. Gelbe, kastanienbraune mit weißen Blessen und pechschwarze mit seidigen Schwänzen. Dazwischen Fohlen mit langen dünnen Beinen. In einiger Entfernung am Bach sah sie noch mehr Pferde grasen. Auf einem Zaun saß eine Handvoll Cowboys und sah zu, wie der Mann, den sie Clutch nannten, mit einem herrlichen glänzend schwarzen Hengstfohlen arbeitete. Der Jährling blähte die Nüstern und stolzierte schnaubend und scharrend durch die Koppel. Clutch sprach mit leiser Stimme zu ihm, nannte ihn einen hübschen Jungen, ein feines Fohlen, lauter schmeichelhafte Dinge, und die dunklen Augen des Pferdes glitten seitwärts, als wollte es herausfinden, ob Clutch sich lustig machte oder nicht. Mit der gleichen Stimme, die er für das Pferd gebrauchte, sagte Clutch: „Solltest du nicht laufen?"

Maddie merkte plötzlich, daß er mit ihr sprach. Sie war stehengeblieben, um das schöne Pferd zu betrachten.

„Wie heißt er?" fragte sie.

„Hat noch keinen Namen. Wartet noch auf 'ne Eingebung." Der Jährling schlug aus, Clutch beruhigte ihn, indem er gerade soviel an der Leine zog, daß das Pferd stehenblieb. „Der Knabe erschrickt vor dem eigenen Schatten", gluckste er. „Hast du eine Idee? Wie er heißen soll, mein' ich."

Sie mochte nicht glauben, daß er sie fragte. Es war die erste Freundlichkeit nach langer Zeit, fast hätte sie geweint.

„Denk drüber nach. Ich glaube, er mag dich. Schau, wie er sich aufspielt." Clutch hatte die Leine gelockert, und das Hengstfohlen, den Spielraum spürend, wandte sich Maddie zu und wieherte. Die Cowboys auf dem Zaun lachten, und Maddie wurde rot. „Du läufst jetzt besser weiter. Wenn Coach rausfindet, daß du bei den Pferden abhängst, bringt er es fertig und läßt dich mehr als eine Meile laufen."

Maddie wandte sich Richtung Güterwagen, den sie schon sehen konnte. Zum erstenmal seit wie langer Zeit lächelte sie. Für einen Augenblick vergaß sie das Fortlaufen. Sie vergaß ihre schmerzenden Beine und einen Teil ihrer Wut. Sie dachte nur an das schönste Fohlen, das sie je gesehen hatte, und zerbrach sich den Kopf über einen Namen, der ihm gerecht würde.

5

Das Interview fand in einem Nebenzimmer des Speisesaals statt, und um zwei Fliegen mit einer Klappe zu schlagen, wie Ida sagte, während des Mittagessens.

Wir trugen unsere Tabletts zu einem runden Tisch, und Ida schloß die Tür wegen des Lärms, bevor sie mich dem Komitee vorstellte. Mit Ida waren sie zu fünft, und ich war doch nervös. Meine Vorstellung würde ja nicht nur darüber entscheiden, ob ich den Job bekam, sondern auch die Grundlage bilden für alle weiteren Kontakte zum Kollegium.

Zu meiner Erleichterung war die Atmosphäre entspannt – sie schienen am Falschen Hasen genauso interessiert wie an meinen Antworten, und deshalb entspannte ich mich auch, als sie anfingen, von sich zu erzählen und mir Fragen zu stellen.

Als erster stellte Dr. Biscane sich vor, Psychologe und Mitbegründer von Camp Turnaround. Ein großer hagerer Mann Mitte fünfzig, mit tiefliegenden Augen unter einer markanten Stirn. Sein schwarzes Haar hatte er zurückgekämmt, um die kahle Stelle auf seinem Kopf zu verdecken. Er trug sauber geschnittene Koteletten und einen Spitzbart, der sein Pferdegesicht noch länger machte. Sein tiefer Bariton hatte einen leichten Befehlston. „Wie haben Sie von Camp Turnaround erfahren, meine Liebe?“ fragte er, als ich gerade eine Gabel Kartoffelbrei einschob, der erstaunlich gut war.

Ich schluckte. „Im Internet. Ich bin schon eine Weile auf der Suche nach alternativen Erziehungseinrichtungen.“

„Desillusioniert, vermute ich, vom öffentlichen Schulsystem?“ fragte er und strich seinen Spitzbart.

„Ein bißchen schon. Mir fehlt das Unterrichten. Und die Jugendlichen. Auf alles andere kann ich gut verzichten.“

„Ach ja, der Bürokratenkram.“ Dr. Biscane lächelte, und die anderen lachten. Coach beugte sich vor, die Ellbogen auf dem Tisch.

„Es ist nicht sehr wichtig, aber ich bin einfach neugierig. Sie sind zu jung für die Rente. Haben Sie gekündigt? Oder hat man Sie gefeuert?“

Ida, die neben ihm saß, schubste seine Ellbogen vom Tisch. „Nehmen Sie's ihm nicht übel, Miss James. Coach geht immer vom Schlimmsten aus. Es ist nicht wichtig, warum Sie den Santa Bonita-Distrikt verlassen haben. Uns interessiert nur, warum Sie bei uns arbeiten wollen.“

Nirgendwo in meiner Bewerbung hatte ich angemerkt, für welchen Bezirk ich gearbeitet hatte. Glücklicherweise hatte ich in meiner Bewerbung genügend Wahrheit untergebracht, um meine Geschichte plausibel zu machen. Ich hatte tatsächlich vor Jahren den Schuldienst verlassen, aber nicht aus dem Grund, den ich angegeben hatte. Meine erste Geliebte, Diane, war an Krebs gestorben, und instinktiv hatte ich gewußt, ich würde ihren Tod nur überleben, wenn ich mit allem brach, was wir gemeinsam hatten. Aber das ging die hier nichts an.

„Das ist schon in Ordnung“, sagte ich. „Es ist eine faire Frage. Die Wahrheit ist, sie hätten mich feuern können, aber sie taten es nicht. Aus Rücksicht vor allem. Die Jugendlichen mochten mich. Auch die Eltern mochten mich. Aber ich versaute es, und die Verwaltung konnte das nicht einfach ignorieren. Ich nahm also eine Auszeit, und es war klar, daß ich nicht wiederkommen würde. Es war eine mündliche Übereinkunft, in meine Beurteilung kam nichts hinein. Ich verschwand einfach und hätte jederzeit irgendwo anders neu beginnen können."

„Aber das taten Sie nicht", sagte Dr. Biscane. „Warum nicht?"

„„Weil ich nicht hundertprozentig sicher war, daß das, was passiert war, nicht wieder passieren könnte."

„Und was war passiert?" fragte Coach trotz Idas Blick, der ihm sagte, er sollte den Mund halten. „Hatten Sie was mit einem Schüler?" Seine kühlen blauen Augen taxierten mich und signalisierten mir, er würde es verstehen, wenn ein Jugendlicher mich attraktiv fände. Ich ignorierte seinen Blick und auch mein plötzliches Verlangen, ihm den Kartoffelbrei ins Gesicht zu klatschen.

„Ich habe einen Jugendlichen geschlagen", sagte ich und sah ihn direkt an.

„In der Klasse?" fragte Lacy Godfrey, die neben Dr. Biscane saß. Sie war Ende zwanzig, rundlich, großäugig und trug eine gekräuselte weiße Bluse, die ihren üppigen Busen betonte. Sie unterrichtete Mathematik und die Computerkurse für Anfänger, aber sie sah aus, als könnte sie jeden Augenblick einen Countrysong anstimmen.

„Ja. Was geschah, war folgendes – meine neunte Klasse in Englisch war gerade mitten in einer wirklich spannenden Diskussion über das Thema Gut und Böse in der Literatur, als dieser Schüler, der erst ein paar Tage bei uns war, zu spät kam und den Unterricht unterbrach. Er wollte einfach Anerkennung von seinen neuen Mitschülern. Ich hätte das verstehen müssen, statt dessen brachte er mich auf die Palme. Wie auch immer, ich sagte, er solle sich setzen und nicht weiter stören, und er machte irgendeine freche Bemerkung, an die ich mich nicht mehr erinnern kann. Ich weiß aber, daß einige Schüler lachten, was mich nur noch mehr aufbrachte. Ich hätte es übergehen sollen, aber ich sagte irgendwas lächerlich Erwachsenes wie ‚wenn dein Gehirn nur halb so groß wäre wie dein Maul, könntest du vielleicht was zu unserem Thema beitragen. Aber da das offensichtlich nicht der Fall ist, würde ich es begrüßen, wenn du dich hinsetzt und den Mund hältst, so daß wir anderen unsere Diskussion fortführen können.'"

„Gut gegeben." Lacy klatschte in die Hände. Sogar Dr. Biscane wirkte amüsiert. Nur Schwester Beckett sah mich mißbilligend an. Sie war groß und knochig, das Haar trug sie wie einen Helm um ihr strenges Gesicht. Sie verschmähte Kartoffelbrei und Hackbraten und aß Salat und Gemüse. Sie war die einzige, die das Interview ernst zu nehmen schien.

„Und was geschah dann?" fragte Ida.

Ich zögerte. „Er sagte: ‚Zwingen Sie mich doch.'"

„Und?" drängte Coach.

„Er stand immer noch neben seinem Platz. Er war größer als ich, aber sicher nicht so stark. Ich weiß nicht im einzelnen, wie es ablief, aber ich war mit drei Schritten bei ihm, packte ihn am Hemdkragen und warf ihn gegen die Tür."

Schwester Beckett machte den Eindruck, als wollte sie aufstehen und den Raum verlassen. Coach und Ida nickten. Dr. Biscane strich seinen Spitzbart. Lacy hatte die Augen noch weiter aufgerissen. Ich fuhr fort: „Ich denke, dabei hätte ich es bewenden lassen sollen."

„Es geht noch weiter?" fragte Ida.

„Nun, der Schüler versuchte mir eine zu knallen. Es war ein kläglicher Schwinger. Aber bevor ich wußte, was ich tat, schlug ich zurück. Traf ihn direkt auf die Nase. Um das Maß vollzumachen – als er das Blut sah, wurde er ohnmächtig."

„Gut so!" Lacy klatschte wieder.

„Es ist nichts, worauf ich stolz bin", sagte ich mit einem Blick auf Schwester Beckett und Dr. Biscane. „Es hat mich zu Tode erschreckt." Schwester Beckett schien aufzutauen, aber nur ein bißchen.

„Was machte Ihnen am meisten Angst?" Dr. Biscane beugte sich vor. „Daß er verletzt war? Daß Sie Ihren Job verlieren könnten?" Er sah mich eindringlich an, und ich fragte mich, ob er wußte, daß ich das Ganze erfunden hatte.

„Das ging mir durch den Kopf, natürlich. Aber was mir wirklich Angst machte, war, daß es mir Spaß gemacht hatte. Er war ein Kindskopf, und das machte es doppelt falsch. Aber er war... kann ich offen sprechen?"

„Das haben Sie schon." Dr. Biscane lächelte. „Bitte fahren Sie fort." Die anderen nickten. Schwester Beckett schien von meiner Geschichte ebenso fasziniert wie abgestoßen.

Ich räusperte mich. „Er war ein Arschloch. Ich habe Arschlöcher nie gut ertragen können."

Dr. Biscane sah mich an. „Hier wimmelt es von Arschlöchern, fürchte ich. Deswegen kommen sie ja zu uns."

„Das ist mir klar", antwortete ich. „Deshalb bin ich wohl hier. Ich muß diesen Vorfall hinter mich bringen. Ich muß mir selbst beweisen, daß es bessere Möglichkeiten gibt, mit solchen Leuten umzugehen, als ihnen das Licht auszublasen."

Endlich nickte Schwester Beckett.

„Manchmal muß man das anfangs tun, um ihre Aufmerksamkeit zu bekommen", sagte Coach und stopfte sich einen Keks in den Mund.

„So wie Sie die Aufmerksamkeit des Jungen mit dem Viehstock bekamen?" fragte ich.

Coach hörte auf zu kauen. Die Runde war still.

„Haben Sie ein Problem damit?"

„Es gefiel mir nicht, zuzusehen."

„Es gefiel mir nicht, es zu tun", antwortete er mit halbvollem Mund. Er trank ein halbes Glas Milch auf einmal und fuhr fort: „Aber ich bekam seine Aufmerksamkeit, oder? Und in einigen Monaten wird er die Welt mit anderen Augen betrachten. Wenn seine Eltern ihn das erstemal besuchen, werden sie ihn nicht wiedererkennen."

Ich sagte nichts, und die Runde schien mein Schweigen als Zustimmung zu nehmen.

„Was machten die anderen Kids?“ fragte Lacy. „Ich meine, als Sie ihm eine knallten.“

Ich fand zurück zu meiner Geschichte. „Sie klatschten Beifall. Wenn ich den Vorfall nicht selbst gemeldet hätte, hätte die Verwaltung wahrscheinlich nie davon erfahren. Die Klasse war auf meiner Seite, und dem Neuen war die Sache viel zu peinlich, als daß er sie erzählt hätte.“ Wieder schwieg die Runde.

„Nun, das genügt mir, mehr will ich nicht wissen.“ Dr. Biscane strich Butter auf einen Zwieback. „Noch Fragen?“

Die anderen blickten sich an und bestätigten schweigend meinen neuen Status als Kollegin. Selbst die Krankenschwester schien besänftigt durch meine Bereitschaft, Fehler zuzugeben, obwohl sie mein Verhalten damals immer noch sichtlich mißbilligte.

Ida strahlte. „Ich hatte gleich das Gefühl, daß Sie zu uns passen. Lacy zeigt Ihnen Ihre Hütte und hilft Ihnen beim Einräumen. Dann kommen Sie bitte ins Büro, und wir erledigen den Papierkram. Sogar hier in Camp Turnaround gibt es immer noch Reste von dem Bürokratenkram.“ Die anderen lachten, standen auf und schüttelten mir die Hand und gratulierten mir. Ein Teil von mir war beschämt, diese Menschen so unverfroren anzulügen, aber der größere Teil war erleichtert, daß die Geschichte ihren Zweck erfüllt hatte. Wenn jemand Miss Sesson ermordet hatte, konnte er auch jetzt dabeigewesen sein. Es war wichtig, daß sie mich für ehrlich und vertrauenswürdig hielten.

Die Jugendlichen und einige aus dem Kollegium waren noch beim Essen, als wir durch den Speisesaal gingen. Ich versuchte Gracie zu entdecken, sie war nicht da. Es waren alles in allem etwa achtzig Jugendliche, sie saßen an langen Tischen, gruppiert, soweit ich das sehen konnte, nach Geschlecht und der Farbe ihrer T-Shirts. An einem Tisch saßen

Jungen in orangenen Shirts, an einem zweiten Jungen in grün, am dritten Jungen in blau und am vierten Mädchen in gelb. Jede Gruppe bestand aus etwa zwanzig Heranwachsenden unterschiedlichen Alters und ethnischer Herkunft. Trotz aller Unterschiede aber hatten sie etwas Gemeinsames. Etwas in ihrer Haltung oder ihrem Benehmen. Und dann ging es mir auf. Als wir den Saal betraten, schien es, als nähme die ganze Gruppe Haltung an, obwohl niemand ihnen gesagt hatte, sie sollten gerade sitzen. Sie unterhielten sich weiter, nahmen von den Erwachsenen keine Notiz, waren sich aber unserer Gegenwart sehr bewußt. Wachsam war wohl der bessere Ausdruck. Wie das Rotwild, das in meinem Vorgarten äste – scheinbar entspannt, aber bereit, beim ersten Anzeichen von Gefahr davonzuspringen.

Am Mädchentisch entdeckte ich ziemlich sofort die magere langbeinige Madeline. Sie hatte die gleichen pechschwarzen Haare und Augen wie ihre Mutter. Sie sah aus wie ein dünnes Fohlen. Das Haar hatte man ihr kurzgeschoren. Trotz ihres finsteren Blicks war zu sehen, daß sie in ein paar Jahren eine Schönheit sein würde. Was mochte in der fünften Klasse passiert sein, das diesen Blick hervorgerufen hatte? Ich fragte mich, ob Dr. Biscane ihr helfen konnte.

Um Maddie nicht anzustarren, musterte ich die anderen. An der Stirnseite des blauen Tisches saß der aknevernarbte Dobberteen, den ich schon gesehen hatte. Er wachte über die ihm Unterstellten wie eine nervöse Gänsemutter. An jedem Tisch gab es jemand in dieser Position.

„Wer sind die Jugendlichen an den Stirnseiten der Tische?“ fragte ich Lacy, während wir zur Tür gingen.

„Das sind die Haussprecher. Eine ziemliche Ehre. Braucht lange Zeit, bis jemand den Rang erreicht. Sie sind eine Art Polizei unter gleichen, obwohl hier der Begriff *Konfliktmanager* bevorzugt wird. Sie erledigen einen großen Teil der Disziplinarprobleme. Sie sind dafür verantwortlich, daß in ihrem Haus alles in Ordnung ist.“

„Und was, wenn nicht?“ Wir standen an der Tür und sahen zurück in den Saal.

„Verstöße berichten sie Coach“, flüsterte Lacy. „Der übernimmt dann.“

„Und wenn sie einen Verstoß nicht weiterleiten?“

Sie sah mich an, als tickte ich nicht richtig. „Wenn sie es nicht tun und jemand anders berichtet es, werden sie ebenfalls bestraft.“

„Und wenn niemand was sagt?“

Sie faßte mich am Ellbogen und führte mich hinaus. Als wäre ich schwer von Begriff, faßte sie noch einmal zusammen: „Nehmen wir an, zwei Jungen im orangenen Haus reden weiter, obwohl das Licht ausgemacht wurde. Wenn Dillinger, der Haussprecher, sie nicht sofort stoppt und/oder den Vorfall beim Morgenappell nicht meldet, erhalten die beiden Jungen das doppelte Strafmaß, und Dillinger wird ebenfalls bestraft. Weil immer die Möglichkeit besteht, daß jemand anders den Vorfall meldet, verstehen Sie? Dillinger kann es nicht riskieren, nicht zu melden. Wenn es ein zweites Mal passiert, ist Dillinger seine Position los. Zu wissen, jemand anders könnte berichten, genügt, um einen wie Dillinger zu motivieren, alles zu melden. Haussprecher wollen ihren Status und ihre Privilegien nicht verlieren.“

Lacy dirigierte mich zum Parkplatz, und als wir uns dem elektronischen Tor näherten, schwang es wie auf Kommando auf. Ich sah mich um – keine fünf Meter hinter uns zielte Coach mit einer Fernbedienung in unsere Richtung. Ich winkte ihm dankend zu, obwohl seine Gegenwart mich irritierte. Es war, als würdest du von einem Dobermann bewacht, dem du nicht ganz traust. Ich nahm mein Gepäck aus dem staubigen Jeep und gab Lacy den leichteren Matchbeutel. Lacy führte mich zu den Lehrerhütten, die ich schon gesehen hatte.

Hinter uns hatten Schülerinnen und Schüler den Speisesaal verlassen und gingen zu ihren Nachmittagskursen. Dabei schien die Farbe keine Rolle zu spielen, ich fragte Lacy danach.

„O nein. Doc ordnet sie den Häusern nach Verträglichkeit zu und den Klassen nach Interessen und Fähigkeiten. Auf diese Weise haben Jungen und Mädchen die Möglichkeit zu kommunizieren, was Doc für wichtig hält."

Maddie, sah ich, war auf dem Weg zur Werkstatt.

„Die letzte am Ende ist Ihre." Lacey zeigte auf den ungepflasterten Weg, an den sich mehr als ein Dutzend kleine Hütten schmiegten. Sie waren durch Bäume und Büsche voneinander getrennt, was ihnen ein Stück Privatheit gab. Für die letzte Hütte galt das besonders, die Föhren, die die Veranda beschatteten, ließen fast nichts mehr von ihr sehen. Lacy öffnete die knarrende Tür und winkte mich herein wie ein Hotelpage, der mir meine Suite zeigt.

„Nett, was?" Sie stellte den Matchbeutel auf den Holzfußboden und seufzte erleichtert.

„Nicht schlecht", stimmte ich zu. Die Hütte war einfach, aber sauber, ein Panoramafenster blickte auf die üppige Wiese dahinter. Die Sonne fiel durch die Spitzengardinen. In der Mitte des Hauptraums stand ein mit einem Quilt bedecktes Doppelbett, das zum Hineinschlüpfen einlud. Lacy ließ sich auch prompt hineinfallen und schwang ihre Beine zur Seite. Sie benahm sich, als hätte sie das schon hundertmal getan.

„Nicht gerade das Hilton, aber es hat alles, was man braucht." Sie stand auf und zeigte mir den Minischrank. Die rechte Seite des Zimmers war zwischen einer winzigen Teeküche und einem Duschbad aufgeteilt. „Sie könnten sich sogar selbst was kochen, aber mit Pat als Köchin im Speisesaal, warum sollten Sie? Sie müssen sie bald kennenlernen. Sie wohnt in der Hütte nebenan. Soll ich Ihnen beim Auspacken helfen?"

„Danke, nein", sagte ich hastig. „Um die Wahrheit zu sagen, würde ich mich gern einen Augenblick hinlegen und dann duschen, bevor ich den Vertrag unterschreibe. Die Fahrt hat mich doch ziemlich angestrengt." Was ich wirklich wollte, war, einen Platz für die Sachen zu finden, über die andere nicht stolpern sollten, vor allem den Revolver.

Lacy wirkte ein bißchen geknickt. Vielleicht hätte sie mir wirklich gern geholfen, vielleicht – der Gedanke kam mir plötzlich – war sie mit Miss Sesson befreundet gewesen, und sie fehlte ihr.

„Gehörte diese Hütte der Lehrerin, die gegangen ist?" fragte ich beiläufig.

„Und ob", sagte sie und seufzte wieder. „Annie hatte ein Händchen, es gemütlich zu machen. Sie hatte Bilder an den Wänden und immer eine Vase mit Wildblumen auf dem Tisch. Auch der Quilt von ihrer Großmutter macht das Zimmer gemütlich, stimmt's?"

„Das tut er. Warum hat sie ihn dagelassen?"

„Das habe ich mich auch gefragt. Immerhin räumte sie die Hütte mitten in der Nacht und ging, ohne sich zu verabschieden. Vielleicht war sie einfach in zu großer Eile. Er hing draußen auf der Wäscheleine, sie hat ihn wohl vergessen, aber er gehörte doch ihrer Großmutter. Ich hab' überlegt, ihn an mich zu nehmen, aber es schien mir nicht richtig. Ich würde mich komisch fühlen, wenn sie zurückkäme, und der Quilt ihrer Großmutter läge auf meinem Bett."

„Ich weiß, was Sie meinen. Vielleicht sollte ich ihn zusammenlegen und für sie aufheben."

„Nicht doch. Annie hat bestimmt nichts dagegen, wenn Sie ihn benutzen. Sie ist sehr großzügig. Manchmal zu großzügig. Sie gehört zu den liebenswertesten Menschen, die Sie sich denken können. Die Art, die andere Leute manchmal ausnutzen."

„Wirklich? Wie das?" Ich wollte nicht zu interessiert klingen, sie sollte aber weiterreden.

„Ach, ich weiß nicht. Als wüßten alle, daß sie eine Klasse übernähme, wenn man sie fragte, weil sie nicht gern nein sagte. Also fragten die Leute sie natürlich, und am Ende arbeitete sie nur noch."

„Haben Sie eine Ahnung, warum sie gegangen ist?" versuchte ich mein Glück.

Sie kreuzte die Arme über ihrem Busen und spitzte die rosa Lippen. „Oh, ich habe so meine Vermutungen."

„Was zum Beispiel?" Nicht drängen. Ganz vorsichtig.

„Es ist eine lange Geschichte", sagte sie. „Und nicht meine Sache, sie zu erzählen. Wie auch immer, wenn wir uns nicht vorher treffen, wir sehen uns beim Abendessen. Ich wohne vier Hütten weiter. Rufen Sie, wenn Sie was brauchen." Damit stürmte sie aus der Tür.

Ich begann auszupacken und überlegte, wie ich es anstellen sollte, Lacy zum Reden zu bringen. Die Kleider und Toilettenartikel unterzubringen, ging schnell, länger dauerte es, Verstecke für mein Mobiltelefon und den Revolver zu finden. Soweit ich wußte, waren Mobiltelefone auf dem Gelände nicht verboten, aber ich hatte gelernt, daß es gut war, ein paar Überraschungen in Reserve zu haben. Schnell mit der Außenwelt in Verbindung treten zu können, konnte im Notfall nützlich sein. Ich gab meinen Pin ein und wartete darauf, daß die Computerstimme sagte, ich könnte telefonieren. Statt dessen blinkte eine Antenne auf dem kleinen Bildschirm, die mir anzeigte, daß ich keinen Anschluß hatte. Soviel zum Notfall. Vielleicht funktionierte das Mobiltelefon, wenn ich aus dem Bergschatten herauskam. In der Zwischenzeit mußte ich einen sicheren Platz dafür finden. Nicht daß ich damit rechnete, daß jemand meine Sachen durchsuchte. Eher aus Gewohnheit.

In der Hütte gab es nicht viele Verstecke. Ein großer Weidenkorb, der vermutlich als Wäschekorb diente, war zu offensichtlich. Natürlich konnte ich Telefon und Revolver unter die Matraze schieben, aber wenn jemand die Hütte durchsuchte, würden sie da nachsehen. Schließlich beschloß ich, beides mit dem Isolierband, das ich mitgebracht hatte, hinter den Schubladen in der kleinen Kommode neben dem Bett zu befestigen. Nicht eben leicht zu erreichen, auch nicht für neugierige Nachbarn.

Ich zog die oberste Schublade heraus und stellte sie umgedreht auf das Bett. Mir blieb der Mund offen stehen – auf der Rückseite der Schublade klebte bereits etwas. Mein Herz klopfte, als ich das Klebeband entfernte. Ich hielt drei kleine rosa Plastikpäckchen in der Hand, sie wogen fast nichts und sahen harmlos aus. Ich riß eine harte Plastikkarte von der Größe einer Kreditkarte von einem Päckchen ab und starrte auf einundzwanzig grüne Tabletten, halb so groß wie Aspirin. Ich drehte das Päckchen um und las eine Verschreibung für Annie Sesson. Offenbar nahm Annie die Pille und hatte das aus irgendeinem Grund verheimlicht.

Ich untersuchte die anderen Schubladen, fand aber sonst nichts. Ich klebte meinen Revolver und das Halfter so hinter die unterste Schublade, daß sie sich noch schließen ließ. Annies Pillen klebte ich wieder an ihren Platz. Wenn Lacy recht hatte und Annie aus heiterem Himmel zurückkam, wollte ich nicht, daß sie über den Revolver stolperte, wenn sie nach ihren Pillen suchte.

Dann setzte ich mich aufs Bett und grübelte, warum eine, die beschließt, mitten in der Nacht zu verschwinden, Großmutters Quilt und einen Drei-Monatsvorrat Anti-Baby-Pillen zurückläßt. Vielleicht hatte jemand anders die Hütte ausgeräumt und nicht gesehen, daß der Quilt draußen hing, und nicht gewußt, daß unter der Schublade die Pille versteckt war.

Durch Grübeln kam ich der Wahrheit nicht näher. Ich sah auf die Uhr. Zeit für eine Dusche, eine weitere Sitzung mit Ida und, falls ich es einrichten konnte, eine private Tour über das Gelände, bei der ich vielleicht meine Freundin Gracie treffen würde.

6

Die Sitzung mit Ida war umständlicher, als ich angenommen hatte – als wir fertig waren, war es fast Zeit fürs Abendessen. Der Papierkram, wie sie es nannte, brauchte nur wenig Zeit, aber meine „Orientierung" war sehr intensiv. Zuerst mußte ich ein Video über Camp Turnaround anschauen, dasselbe, das den Eltern gezeigt wurde. Dann bekam ich das Lehrervideo gezeigt, das größtenteils die gleichen Informationen enthielt, aber mit einer anderen Tendenz. In beiden Videos lag der Akzent auf Verhaltensänderung. Unakzeptables Verhalten in wünschenswertes zu verwandeln, war das Ziel von Camp Turnaround. Das Elternvideo konzentrierte sich auf die Unterrichts- und Arbeitsprogramme, das Lehrervideo betonte die Konsequenzen angemessenen und unangemessenen Verhaltens. Ich wartete die ganze Zeit darauf, daß Coach ein Kind mit dem Viehstock fertigmachte, aber sie hatten wohl entschieden, diese spezielle Methode der Verhaltensänderung nicht in das Video aufzunehmen.

Ein drittes Video stellte sich als das interessanteste heraus. Es bestand aus persönlichen Zeugnissen von Campabgängerlnnen und ihren Eltern, Lehrern, Pfarrern und sogar Arbeitgebern. Einer nach dem anderen sangen sie das Lob Camp Turnarounds. Offenbar waren alle Abgänger erfolgreich geworden und dankten dem Camp, daß es sie auf den richtigen Weg gebracht hatte. Niemand erwähnte den Viehstock oder Isolation, obwohl einige darüber sprachen, daß sie gelernt hatten, für ihre Taten verantwortlich zu sein, und daß Selbstdisziplin zu Selbstachtung führte. Als ich die Videos gesehen hatte, war ich fast überzeugt, daß alle

Jugendlichen mindestens für einen Sommer nach Camp Turnaround geschickt werden sollten und die meisten Erwachsenen ebenfalls einen Monat oder zwei gebrauchen könnten.

Nach den Videos zeigte mir Ida eine Karte des Geländes mit allen Anlagen und einen täglichen Stundenplan, der mit Anwesenheitsappell und Morgengymnastik um sechs begann, vier Stunden Unterricht und vier Stunden Arbeit umfaßte, eine Stunde Sport, eine Stunde Einzel- und/oder Gruppentherapie, eine Stunde Freizeit, eine Stunde gelenkte soziale Aktivitäten, eine Stunde Teamarbeit und natürlich die drei Mahlzeiten am Tag. Das Licht wurde um zehn gelöscht, was wenig Zeit für Hausarbeiten oder Lesen ließ, aber ich nahm nicht an, daß viele sich daraus was machten. Am Ende des Tages waren sie wahrscheinlich fix und fertig. Es gab kein Fernsehen, keine Computerspiele und kein Telefon. Die Kontakte nach Hause, E-mails zum Beispiel, wurden streng überwacht. Die Besuche der Eltern fanden an festgelegten Besuchstagen statt.

„Das ist alles ja richtig durchorganisiert", sagte ich zu Ida.

„Das muß es auch sein. Als Doc, Clutchie und ich anfingen, hatten wir keine Ahnung, worauf wir uns einließen. Wir merkten schnell, entweder Organisieren oder Untergehen."

„Wer ist Clutchie?"

„Clutch für Sie." Ida lachte wie ein Schulmädchen. „Nur ich darf Clutchie sagen." Sie zwinkerte mir zu. „Er ist mein Mann. Und außerdem der beste Pferdezüchter und Pferdetrainer diesseits von Kentucky." Sie strahlte, es war klar, daß sie Clutchie für den Größten hielt und daß sie nichts lieber tat, als über Camp Turnaround zu reden.

„Clutch und ich fingen an mit dem Traum von einem Kindersommerlager mit Pferden. Seinem Onkel gehörte das Land hier und die wertlose Goldmine darauf, die er in jüngeren Jahren wieder in Gang bringen wollte. Onkel Joe brauchte ein halbes Leben, um zu kapieren, daß das Land mehr wert ist als die Mine, und da fing er an, Pferde zu züchten. Er hat Clutch praktisch auf der Ranch großgezogen und ihm beigebracht, was er wußte, und als er starb, hat er ihm das Land vermacht. Während ich in der Ausbildung zur Schulberaterin war, wurde Clutch nach Vietnam eingezogen. Als er zurückkam, war sein einziger Wunsch, hier mit Pferden zu arbeiten. In die Nähe einer Stadt bekam ich ihn nicht mehr. Entweder mußte ich ihn aufgeben oder meinen Wunsch, mit Kindern zu arbeiten. Die Idee mit dem Camp schien da der natürliche Kompromiß. Er hatte seine Pferde, ich hatte meine Kinder, und wir konnten im Paradies bleiben. Langweile ich Sie?"

„Nein, nicht im Geringsten. Ehrlich."

„Nun, nach dem ersten Sommer, der ein Albtraum war, hatte Doc die Idee, aus der Ranch ein Camp für auffällig gewordene Jugendliche zu machen. Er und Clutch hatten in Vietnam zusammen gedient und waren danach in Kontakt geblieben. Nach dem Krieg hatte er seine Medizinausbildung beendet, aber er wußte, daß er fürs Krankenhaus nicht geschaffen war. Er wollte mit Heranwachsenden arbeiten und therapeutisch tätig sein. Ihm fehlte nur der richtige Ort, die richtige Umgebung. Was Clutch und mir fehlte, war Kapital. Und an dieser Stelle kommt Docs kleiner Bruder Ben ins Spiel. Er war Maschinenbauer und wollte eine eigene kleine Maschinenfabrik aufbauen, was ihm fehlte, war der Baugrund. Und eins haben wir hier ja wirklich – viel Platz. Also baute Ben seine Fabrik, und die Jugendlichen lernen wertvolle Fertigkeiten, die sie mitnehmen können, und Ben hat billige Arbeitskräfte. Clutch hat die Hilfe, die er in der Hauptsaison braucht, und die Jugendlichen machen praktische Erfahrungen in der Landwirtschaft. Und Doc und ich können mit den Jugendlichen arbeiten. Manchmal laufen die Dinge doch so, wie sie sollen." Ida platzte vor Stolz.

„Das ist ein langer Weg von einem Sommerlager bis hierher", mußte ich zugeben.

„Das kann man wohl sagen. Nach den ersten Jahren wurden wir immer größer und mußten zusätzliche Kräfte einstellen. Schließlich mußten wir sogar Jugendliche abweisen. Heute hat das Camp eine Warteliste von einer Meile. Sobald jemand geht, haben wir Platz für einen neuen. Ich langweile Sie auch wirklich nicht?"

„Ich finde es faszinierend."

„Das Härteste ist zu wissen, daß einige Jugendliche in ihre Verhaltensweisen zurückfallen können, wenn sie in ihre alte Umgebung zurückkommen. Wir machen jetzt auch Elternseminare und geben den Eltern ein paar Instrumente an die Hand. Aber manchmal sind die Eltern ein Teil des Problems der Kinder."

„Trotzdem denke ich, daß es für die meisten Eltern nicht leicht ist, ihr Kind wegzugeben." Ich dachte an Connie, obwohl das eine andere Geschichte war.

„Oh, meine Liebe, die Eltern sind so verdammt dankbar, daß jemand ihr Kind nimmt, daß sie auch das Doppelte bezahlen würden, wenn sie es sich leisten könnten. Wenn sie zu uns kommen, haben sie alle Hoffnung aufgegeben. Sie haben auch das Kind aufgegeben. Es aufgeben ist leichter, als Sie denken. Wir kennen tausend Geschichten, wie zum erstenmal seit Jahren ihr Haushalt wieder normal läuft, seit das böse Kind aus dem Haus ist."

Ich dachte an Maddie. Sie hatte nicht als böses Kind angefangen. „Fragen Sie sich nicht manchmal, warum die Kinder böse werden?"

Sie lachte. „Glauben Sie mir, darauf gibt es mehr als eine Antwort. Einige sind auf Drogen. Einige Eltern waren auf Drogen, und ihre Kinder sind sogenannte ‚Drogenbabys'. Das sind die, mit denen wir die meisten Schwierigkeiten haben, weil ihnen der natürliche Sinn für gut und böse zu fehlen scheint, den der Herr uns gegeben hat. Einige wurden verlassen, andere wurden mißbraucht. Die Liste ist lang. Darin ist Doc so gut – er kommt an den Grund ihrer Wut heran. Clutchie und Ben zeigen ihnen den Wert harter Arbeit und Rücksichtnahme auf anderes als nur sich selbst. Doc berührt die Dinge, die sie ticken lassen."

„Und was tut Coach?" fragte ich.

Sie runzelte einen Augenblick die Stirn. „Sie dürfen Coach nicht vorschnell beurteilen, Cassidy. Es ist mehr an ihm dran, als auf den ersten Blick zu sehen ist. Wie er Ihnen gesagt hat – er erreicht ihre Aufmerksamkeit. Natürlich muß er sie erst herunterziehen. Dann können Clutch und wir anderen sie wieder aufbauen. Dann kann Doc sein Zauberwerk tun. Jemand muß den bösen Polizisten spielen. Und Coach kennt den Wert seiner Rolle. Er ist ein wichtiger Grund für unsere hohe Erfolgsrate."

„Sie haben mich überzeugt", sagte ich, und sie lachte schon wieder.

„Ich kann reden, was? Das nächste Mal stoppen Sie mich, wenn ich anfange, über die Verdienste von Camp Turnaround zu philosopieren. Sie sollten mich erst hören, wenn ich mit den Eltern rede."

Ich lachte, aber ich fing an mich zu fragen, ob Ida nicht ein bißchen überdreht war, so als würde sie pharmazeutisch ein wenig nachhelfen. Abmagerungstabletten hatten manchmal diese Wirkung; aber Ida hatte beim Essen nicht den Eindruck gemacht, als wäre sie auf Diät. Und es gab ja Menschen, die von Natur aus übersprudelten. Jedenfalls hatte Clutch wohl selten die Chance, mit einem Satz dazwischenzugehen.

Gerade als ich dachte, nun sei alles erledigt, brauchte Ida noch eine halbe Stunde, um mit mir meinen Stunden- und Klassenplan durchzugehen. Und zum Schluß belud sie mich mit einem Packen Bücher, die ich vor dem ersten Unterricht durchgehen sollte. Soviel zu dem Vorhaben, Gracie zu treffen. Wenn ich meiner Rolle als Vertretungslehrerin gerecht werden wollte, mußte ich mich diesen Büchern widmen und ein Unterrichtskonzept entwerfen. Außerdem hatte ich gesehen, wie Ida meine neu angelegte Akte in einen unverschlossenen Metallschrank mit der Aufschrift Personal gelegt hatte. Bevor ich irgend etwas anderes unternahm, mußte ich soviel wie möglich über Annie Sesson herausfinden, und wo ging das besser als in ihrer Personalakte? Was hieß, ich mußte zurückkommen, sobald Ida Evans gegangen war. Danach zu urteilen, wie sie ihr Mittagessen hinuntergeschlungen hatte, bestand kein Zweifel, daß sie zum Abendessen pünktlich wäre.

Ida brachte mich zur Tür und fragte, ob ich in einem der Camp-Buggys zu meiner Hütte gebracht werden wollte. Der arme dicke Junge fiel mir wieder ein, der wie ein verwundetes Tier zu den Duschen geschleppt worden war, gerade noch der Isolation entkommen. Beinahe hätte ich Ida gefragt, wo diese Isolation stattfand, ich ließ es – es hätte vermutlich einen weiteren Vortrag bedeutet, und dem war ich nicht mehr gewachsen.

Ich war bereits halb bei den Hütten, als ich ein Summen hörte. Dann raschelte Papier. Dann setzte das Summen wieder ein. Ich bog einen Fichtenzweig beiseite. Schwester Beckett saß auf einem Stein und aß einen Schokoladenriegel. Ganz versunken faltete sie das Papier nach unten und aß. Mit der Frau, die ich beim Lunch kennengelernt hatte, hatte sie kaum noch Ähnlichkeit. Ihr Körper schien entspannter, sie sah aus wie eine Katze, der jemand das Bäuchlein streichelt.

Ich würde sie nicht verraten. Irgendwie mochte ich Schwester Beckett nun, da ich wußte, daß sie ein heimlicher Junkie war, lieber als vorher.

Sobald die Glocke zum Abendessen rief, verließ Ida das Verwaltungsgebäude und eilte zum Speisesaal. Clutch und eine Reihe Cowboys standen bereits vor der Tür, Ida gesellte sich dazu. Ich wartete, bis sie hineingingen, und nachdem ich mich vergewissert hatte, daß mich niemand beobachtete, machte ich mich auf den Weg zum Verwaltungsgebäude.

Natürlich war es abgeschlossen. Ich besah das Schloß und wählte einen Dietrich aus meinem Bund, den Gebrauch hatte mich mein alter Mentor Jake gelehrt. Ich war inzwischen ziemlich geschickt damit, und auch jetzt dauerte es nicht lange, bis das Schloß geöffnet war. Ich sah mich noch einmal um und schlüpfte hinein.

Annie Sessons Akte zu finden, brauchte keine Minute. Ich überflog die Seiten – die letzte Eintragung war: Abgereist, 7. Mai 2000.

Die Akte selbst war nicht besonders erhellend, das meiste kannte ich schon. Annie hatte zwei Jahre in Camp David gearbeitet und war von den Jugendlichen zweimal zur beliebtesten Lehrerin des Jahres gewählt worden. Selbst bei einem kleinen Kollegium war das eine Ehre. Sie war auch während ihrer Ferien im Camp geblieben, statt zu reisen oder Familie und Freunde zu besuchen.

Ich griff nach dem Telefon auf Idas Schreibtisch und wählte die Nummer der Eltern. Diesmal wurde nach dem zweiten Klingeln abgenommen. Der Mann hatte eine rauhe Stimme, als hätte ich ihn aus dem Schlaf geholt.

„Harold Sesson“, sagte er.

„Guten Tag. Mr. Sesson. Hier spricht eine Schulfreundin von Annie. Wir veranstalten ein Klassentreffen, und ich wollte fragen, ob Sie wissen, wie ich Annie finde. Ich habe sie seit Ewigkeiten nicht mehr gesehen.“ Während ich redete, zog ich Idas Schreibtischschublade auf.

„Wir auch nicht“, sagte er. Er hustete in den Hörer und war nun besser zu verstehen. „Wahrscheinlich ist sie wieder bei einer ihrer guten Taten. Erst dieser Collegekram, dann das Peace Corps, darauf die Blindenschule und jetzt so ein Besserungscamp in Oregon. Als nächstes versucht sie wahrscheinlich ein Kloster.“

„Sie haben also nichts von ihr gehört?“

„Ihre Mutter bekommt hie und da einen Brief. Aber nach allem, was sie uns angetan hat, einfach auf und davon und den Jungen am Altar stehen lassen, uns vor der ganzen Stadt blamieren, warum sollte ihre Mutter viel mit ihr zu tun haben wollen. Kann nicht sagen, daß ich das nicht verstehe. Waren Sie dabei? Bei der Hochzeit?"

„Nein, Sir. Ich war bereits auf dem College. Das letzte, was Sie von ihr gehört haben, war also dieses Camp in Oregon?" In Idas Schreibtischschublade fand ich zwei halbleere Arzneimittelflaschen auf Rezept. Das eine war Lithiumkarbonat, das andere hieß Fluoxetin. Die Rezepte stammten von Dr. Biscane. Interessant, dachte ich.

„Das letzte, was ich gehört habe", bestätigte er. „Ich sagte ja, sie zieht alle paar Jahre um. Gott weiß, was ihr als nächstes einfällt. Vergeuden Sie nicht Ihre Zeit. Annie kommt nicht nach Wheatland zurück. Sie weiß, daß sie hier nicht willkommen ist."

„Gibt es andere Familienmitglieder, die sie besuchen könnte?"

Sein Lachen war mehr ein Bellen. „Wir sind die letzten, die übrig sind. Sie hätte das bedenken sollen, bevor sie uns beleidigte."

Soviel zum Notfall in der Familie. Ich bedankte mich und legte auf, dann wählte ich meine Nummer zu Hause und legte auf, als der Anrufbeantworter ansprang. Falls Ida durch einen dummen Zufall auf Wiederwahl drückte, würde sie wenigstens nicht auf Annie Sessons Nummer stoßen. Der Anruf würde natürlich auf der Telefonrechnung auftauchen, aber bis dahin hatte ich nicht vor zu bleiben.

Vielleicht hatte Annie ja wirklich aus eigenem Entschluß Camp Turnaround verlassen und war zu neuen Abenteuern aufgebrochen. Gerade als ich ihre Akte in den Schrank zurücklegte, ging die Tür auf.

„Cassidy. Was tun Sie hier?"

Ich wirbelte herum und lehnte mich mit dem Rücken gegen den offenen Aktenschrank. „Ach, entschuldigen Sie. Ich hätte vorher fragen sollen. Ich habe Ihr Telefon benutzt.

Die Tür war offen, und es war ein R-Gespräch, es macht also keine Kosten." Mein Herz schlug heftig, während ich den Aktenschrank mit dem Rücken zuzustoßen versuchte.

„Die Tür war offen?"

„Ja. Ich rief Ihren Namen, und als ich merkte, daß Sie nicht da waren, wollte ich wieder gehen, aber die Sache ist die – ich vergaß, dem Typ, der mein Haus gemietet hat, während ich weg bin, den Schlüssel zu geben, und ich dachte, es sei besser, ihm zu sagen, wo er ihn findet, bevor er die Tür einschlägt oder so."

„Diese Tür war offen?" fragte sie noch einmal, als wäre das für sie unvorstellbar. „Ich weiß, daß ich abgeschlossen habe."

„Ehrlich." Während sie die Tür anstarrte, schob ich die Tür des Aktenschranks zu und trat einen Schritt vor. „Als ich vor einer Minute kam, war sie offen. Ich wollte nicht eindringen, nur das Telefon benutzen."

„Das ist schon in Ordnung. Sie können das Telefon jederzeit benutzen. Ich bin nur verwirrt, daß ich nicht abgeschlossen haben soll. Es heißt ja, der Geist geht als zweites, Sie verstehen?" Sie zwinkerte mir zu und kicherte. „Und? Haben Sie ihn erreicht?"

„Ja. Und es war gut, daß ich angerufen habe. Er wollte gerade losfahren, und ich bin sicher, er hätte ein Fenster eingeschlagen oder so. Der Typ ist nicht sehr clever."

„Das sind die wenigsten Männer", sagte sie.

Ich ging hinaus und spürte, wie mir Idas Blick folgte. Das war knapp, dachte ich. Aber es war es wert gewesen. Ich wußte jetzt, daß es in Annies Familie keinen Notfall gegeben hatte und daß die einzigen Menschen, die sie nicht mochten, ihre Eltern waren. Je mehr ich über Annie Sesson herausfand, um so mehr hoffte ich, daß Maddies kryptischer Brief wirklich nur ein dummer Streich war.

7

Madeline – vier Wochen früher

Schattentänzer! dachte sie und saß senkrecht im Bett. Endlich! Der Name paßte genau. Sie konnte es kaum erwarten, es Clutch zu sagen. Ein Lächeln ging über ihr Gesicht, aber da war niemand, der diese Seltenheit bemerkt hätte. Im Schlafsaal war es stockdunkel, diverse Schnarchgeräusche sagten ihr, daß alle schliefen. Sie schlang die kratzige Wolldecke um sich, froh, sie wiederzuhaben, und sah in die schwarze Nacht hinaus. Das Schlimmste an ihrer Koje war auch das Beste – sie lag direkt am Fenster. Es war immer verschlossen, um Fluchtversuche zu verhindern, aber mit einem Schraubenzieher waren die vier Schrauben, die die Angeln hielten, ein Klacks. Bisher hatte sie noch keinen gefunden, aber sie war auf der Suche. Der Sprung auf die Erde war nicht ohne, denn der Schlafsaal war, wie alle Gebäude, auf Stelzen errichtet. Vermutlich, um während der Regensaison Überschwemmungen zu verhindern, aber für sie war es nur eine Komplikation. Sie hatte jetzt fünfzehn Tage überlebt und die meiste Zeit damit zugebracht, Fluchtpläne zu schmieden. Jetzt sah sie, in ihre Wolldecke gewickelt, aus dem Fenster und überlegte.

Das Fenster war zwar verschlossen, aber undicht, es machte Maddies Bett zu einem der kältesten und damit am wenigsten begehrten im Saal. Aber es war auch ein Luxus, den sie genoß. Beim ersten Dämmerlicht, noch bevor die verhaßte Glocke zum Appell rief, konnte sie durch die Bäume auf die Weide sehen, wo Pferde grasten. Natürlich war die Entfernung zu groß, aber sie bildete sich gern ein, unter ihnen Schattentänzer auszumachen. Im Augenblick allerdings war in der mondlosen Nacht gar nichts zu sehen, also lehnte sie sich zurück und dachte über ihren Plan nach.

Sie brauchte Feuer, also Streichhölzer oder wenigstens ein Feuerzeug, beides war im Camp verboten. Aber gestern hatte sie in der Küche Maxistreichhölzer gesehen – ein paar, vielleicht zwei am Tag, konnte sie beiseiteschaffen, wenn Pat, die Köchin, gerade nicht hinsah. Für ihre erste Arbeitsschicht war sie als Küchenhelferin eingeteilt worden, was ihr Zeit gab, herumzustöbern.

Ihr bester Einfall bisher war gewesen, die kleine Tasche mit Reißverschluß aus dem Müll zu fischen. Letzte Woche hatte sie eine Sicherheitsnadel gefunden, die sie in ihrer Hose befestigt hatte, und nun konnte sie das Täschchen daran hängen und hatte damit ein Versteck, in dem sie ihre Kostbarkeiten bei sich tragen konnte. Bisher hatte sie zwei Streifen Dörrfleisch, die sie aus einer offenen Zellophanpackung genommen hatte, die bei ihrem letzten Besuch bei den Ställen auf einer Bank lag. Sie schämte sich, Clutch zu bestehlen, aber sie hatte ja auch nicht alle genommen. Wahrscheinlich war es ihm gar nicht aufgefallen.

Außerdem besaß sie eine Handvoll Papiertaschentücher, die sie sorgfältig zu einem kleinen Päckchen zusammengefaltet hatte. Im Wald gab es kein Toilettenpapier. Und sie konnten helfen, ein Feuer anzuzünden. Ihr kostbarster Besitz aber war eine Dose Thunfisch. Die meisten Dosen in der Speisekammer waren Riesenpackungen, aber sie hatte einen Karton mit normal großen Thunfischdosen gefunden und sich eine genommen. Der Thunfisch würde sie satt machen, die Dose konnte sie als Wasserbecher nutzen, und der Deckel war scharf genug, um als Messer zu dienen. Auf der anderen Seite hatte sie noch keinen Dosenöffner, bisher also war der Thunfisch nutzlos.

Er hatte sie aber auf eine Idee gebracht – gestern hatte sie den weggeworfenen Deckel einer großen Dose Tomaten abgestaubt. Sie hatte es geschafft, den Deckel so zu biegen, daß die eine Seite einen Rand hatte, den sie anfassen konnte, und die andere zwei scharfe Kanten zum Schneiden. Im Dunkeln hatte sie mit dem Deckel ihre Matraze an der zum Fenster liegenden Seite aufgeschnitten – gerade so weit, daß sie ihre Beute einschließlich des Deckels darin verschwinden lassen konnte. Belinda machte spontane Razzien, und Maddie war klar, früher oder später würde sie ihr Versteck unter der Matraze finden. So, mit den Vorräten in der Matraze, fühlte Maggie sich bereits sehr viel besser.

Während sie ihre Einkaufsliste durchging, dachte sie daran, was Dr. Biscane in der letzten Therapiesitzung gesagt hatte. Er hatte sie gefragt, ob sie glaubte, sie habe gestohlen, um Aufmerksamkeit zu erzeugen. Zuerst hatte ihr Herz wild geklopft, weil sie gedacht hatte, er sei irgendwie hinter ihren Plan gekommen. Sie brauchte eine Weile, bis ihr klar wurde, daß er von der Zeit vor ihrer Einkerkerung sprach. Sie hatte begonnen, ihr Leben in die Zeit v. E. (vor der Einkerkerung) und n. E. (nach der Einkerkerung) einzuteilen. Doc sprach von v. E.-Themen, über die sie nicht nachdenken wollte.

„Warum glaubst du, Aufmerksamkeit erregen zu wollen, Maddie? Wir sprechen beim nächstenmal darüber. Vielleicht fällt dir etwas dazu ein. Hm?"

Er beendete seine Ausführungen gern mit diesem kleinen „Hm?", als wüßte er, daß sie die Antwort kannte und nur zu schüchtern war. Das war ihr unangenehm, denn es stimmte, wenigstens teilweise. Aber sie hatte schon vor langer Zeit gelernt, unangenehme Erinnerungen in Schachteln zu stekken und an Orten aufzuheben, wo sie sie nicht sehen mußte. In einer Talkshow hatte sie den Begriff dafür gelernt – selektive Amnesie. In dieser Weise sah Maddie darauf, wenn sie sich gestattete, überhaupt darauf zu schauen. Und sie fand, sie hatte das Recht zu vergessen, was sie vergessen wollte.

Sie rollte sich auf ihrer leicht verklumpten Matraze vom Fenster weg und zwang sich, nicht an Dr. Biscane und an ihr Leben v. E. zu denken. Statt dessen dachte sie an das schwarze Fohlen, das schnaubte und den Boden stampfte, ein schönes, ungezähmtes Tier, das auf sie wartete. Sie stellte sich vor, auf seinem Rücken zu sitzen, über die Wiesen zu fliegen, mit ihm in den Wald zu laufen.

8

Am Montag morgen warf mich die Glocke aus dem Bett, die jedes Ereignis in Camp Turnaround anzukündigen schien. Obwohl ich weder Morgenappell noch Morgengymnastik mitmachen mußte, sprang ich aus dem Bett und unter die Dusche. Als das Wasser gerade lauwarm war, stand ich schon wieder bibbernd auf der briefmarkengroßen Badematte und rieb meine Gänsehaut mit einem steifen weißen Frotteehandtuch trocken. Ich zog mich rasch an und machte mir eine Tasse Nescafe, dankbar für die bescheidenen Vorräte in Annies Küche. In der Luft lag definitiv noch Frühlingskälte. Ich saß am Tisch, die Hände um den heißen Becher gelegt, und dachte nach.

Daß Annies Abreise nichts mit einem familiären Notfall zu tun hatte, änderte die Dinge. Ob unter Zwang oder aus freien Stücken, jedenfalls war sie nicht zu Mami und Papi gerannt. Warum hatte Ida von einem Notfall gesprochen? Hatte Annie es ihr so gesagt oder sonst jemand? Aber für wen war Annie ein Feind? Andererseits – Unmengen netter Menschen hatten Feinde. Eifersucht, Zorn, Abneigung, Furcht, Neid, unerwiderte Liebe – die Liste war endlos.

Annie nahm die Pille, was annehmen ließ, daß sie mit jemanden im Camp schlief und dies aus irgendeinem Grund geheimhalten wollte. Sie hatte weder Pillen noch Großmutters Decke mitgenommen, was entweder hieß, sie war so in

Eile, daß sie sie vergaß, was nicht zu ihr paßte, oder jemand hatte für sie gepackt und von der Decke und den Pillen nichts gewußt. Wenn jemand anders für sie gepackt hatte, wußte diese Person mit Sicherheit, wohin sie gegangen war. War sie auf eigenen Füßen gegangen? Oder entführt worden? Oder war sie, was Maddie zweifellos sagen würde, im Camp ermordet worden? Aber warum sollte jemand Annie Sesson umbringen?

Lacy glaubte zu wissen, warum Annie verschwunden war, aber sie schien ihre Ahnung nicht mitteilen zu wollen. Ich mußte mit ihr ins Gespräch kommen. Vielleicht wußte sie wenigstens, mit wem Annie geschlafen hatte. Und ich mußte dringend mit Maddie Boone sprechen. Das Problem war nur: Wenn im Camp etwas Unrechtes vorging, dann konnte ich nicht jetzt schon meine Tarnung aufgeben. Ich konnte nicht einfach im hellen Licht des Tages Maddie fragen, was ihre kryptische E-mail bedeuten sollte. Wenn jemand uns sah, konnte das sie oder uns beide in Gefahr bringen. Bevor ich keine Möglichkeit gefunden hatte, mit ihr allein zu sprechen, mußte ich die Ereignisse, die zu Annies Verschwinden geführt hatten, selbst rekonstruieren.

Da mein Unterricht erst um zehn begann, hatte ich Zeit genug, mit Gracie zu sprechen, durch das Lager zu schlendern und zu frühstücken. Ich stellte den Becher in die Spüle und machte mich auf den Weg zu den Ställen.

Die Sonne warf einen orangenen Schweif über die Berge im Osten, der Morgenwind war kalt, so daß ich mich über meine Jacke freute. Nach der Morgengymnastik hatten die SchülerInnen eine Stunde zum Duschen, Ankleiden und zur freien Verfügung vor dem Frühstück. Ich wußte, wieviel sich über Menschen lernen ließ, wenn sie beobachtet wurden, ohne es zu wissen. Bisher hatte ich die Jugendlichen nur in Begleitung irgendeines Wächters gesehen; mich interessierte, wie sie sich gaben, wenn niemand auf sie aufpaßte. Also versteckte ich mich in einer Baumgruppe und wartete.

Das Geräusch von Schritten sagte mir, daß die Morgengymnastik beendet war, und daß sie aus Coachs Blickfeld entschwunden waren, sagte mir der Wechsel zu undiszipliniertem Chaos. Aus meinem Versteck sah ich ein paar verschwitzte Blauhemden zu ihrem Haus rennen. Lachend und sorglos jagten sie sich, ganz anders als während ihrer Übungen gestern unter den strengen Augen von Coach. Ihr Gruppensprecher war nirgends in Sicht, das erklärte vielleicht ihre Unbeschwertheit. Oder die Aussicht auf eine ganze Stunde für sich.

Einige Jungen in orangenen Hemden kamen vorbei, weniger eilig, sie hänselten einen in ihrer Mitte – völlig normal für ihr Alter, fand ich. Ich hörte mehr Stimmen auf dem Weg und trat tiefer ins Gebüsch. Sie kamen zu zweit und zu dritt, in Haufen und einige auch allein. Der dicke Junge zum Beispiel – er hatte die Fäuste geballt und versuchte zu Atem zu kommen, sein T-Shirt war schweißdurchtränkt. Am Ende der Prozession kam Maddie, begleitet von einer stachelhaarigen, magersüchtigen Blonden, die kaum mit ihr Schritt halten konnte, obwohl sie einige Jahre älter war. Maddie sah plötzlich auf und in meine Richtung, ihre dunklen Augen waren offen und wachsam. Sie konnte mich nicht gesehen haben, aber sie schien meine Gegenwart zu fühlen – oder die einer anderen Person. Sie machte den Eindruck, als fürchtete sie, daß ihr jemand nachging.

Als ich dachte, nun seien alle vorbei, kamen zwei Nachzügler – der schlaksige, aknenarbige Dobberteen und Belinda Pitt. Belinda löste ihren Pferdeschwanz und schüttelte ihr langes rotes Haar, die sinnliche Bewegung schien Dobberteen zu faszinieren. Ihre Haut war blaß, fast durchscheinend, über der kecken Nase saß ein Haufen Sommersprossen, sie hatte volle Lippen und melonenförmige Brüste, die Dobberteen über die eigenen Füße stolpern ließen.

„Es müßte nicht so sein wie überall oder so", stotterte er und ging rückwärts vor ihr her.

„Vergiß es, Dino. Du bist zu jung, zu dumm und zu... wie soll ich sagen? Zu provinziell."

„Was soll das heißen? Provinziell?" Er war stehengeblieben, was sie zwang, ebenfalls stehenzubleiben.

Sie warf ihren Kopf zurück und lachte. Plötzlich stürzte er sich auf sie, schlang die Arme um sie und zog sie an sich. Er preßte seinen Mund auf ihren, und für einen Augenblick schien es, als gäbe sie nach, ihre blassen Finger umklammerten seinen Nacken. Dann sprang Dobberteen zurück und stieß einen Schrei aus.

„Du verdammte Schlampe!" schrie er und befühlte seine Lippen, zwischen denen sich eine Blutblase bildete.

Belinda sauste an ihm vorbei und drehte sich erst um, als sie in Sicherheit war. „Üb erst mit den Jüngeren, Dino, dann komm in ein oder zwei Monaten mal wieder vorbei. Und lern was Interessanteres mit deiner Zunge anzufangen." Sie warf ihr rotes Haar über die Schulter und stolzierte davon, Dean Dobberteen seinen blutenden Lippen und seinem verletzten Stolz überlassend.

Als sie außer Hörweite war, murmelte er: „Ich wette, Coach hast du noch nie gebissen, du verdammte Schlampe." Er konnte ja nicht wissen, daß ich keine zwei Meter entfernt stand.

Ich wartete, bis auch er verschwunden war, dann setzte ich meinen Weg zu den Ställen fort. Bei den äußeren Koppeln blieb ich stehen und genoß die Aussicht, die ich schon bei meiner Ankunft gesehen hatte. In der Ferne hörte ich einen Wasserfall, Bäche durchzogen die Weiden. Schließlich riß ich mich los und wandte mich den Ställen zu. Gracie stand in einer Koppel und sattelte eine graubraune Stute. Ein drahtiger, wettergegerbter Mann mittleren Alters in ausgebleichten Jeans, schwarzem T-Shirt und einem weizengelben Cowboyhut sattelte ein zweites Pferd. Als Gracie mich sah, ging ein Lächeln über ihr Gesicht, dann warf sie dem Mann einen Blick zu, ob er etwas bemerkt hatte.

„Tag", sagte der Mann, als ich näherkam.

„Hi. Ich bin Cassidy James. Gestern eingestellt. Ich dachte, ich sehe mir mal die Pferde an, bevor der Unterricht anfängt."

„Willkommen, Cassidy. Ich bin Clutch Evans. Und das ist Gracie. Sie sind der Ersatz für Miss Sesson?"

„Der bin ich. Und Sie sind Idas Mann."

„Schuldig im Sinn der Anklage." Er grinste. Er hatte ein auf grobe Weise hübsches Gesicht, mit Krähenfüßen um die Augen vom ständigen Blinzeln. „Reiten Sie?"

„Früher mal. Ist 'ne Weile her, aber was mich an dem Job hier gereizt hat, war zum Teil auch die Ranch. Ich hoffe, daß es möglich sein wird, hier und da auszureiten."

„Teufel auch, Mädchen. Sie können reiten, soviel Sie wollen. Um diese Jahreszeit können wir jede Hilfe gebrauchen. Gracie, nehmen Sie Miss James doch einfach mit, das Tor zu öffnen. Dann kann ich mir die Mühe sparen." Er winkte mir. „Werden Sie mit diesem Wallach fertig?"

Ich nahm die Zügel, setzte den linken Fuß in den Steigbügel und zog mich in den Sattel. Clutch war kein großer Mann, trotzdem waren die Steigbügel etwas zu lang.

„Danke, Clutch", sagte ich, als er sie angepaßt hatte. Ich sah mich um. „Junge, wie kann jemand nur einen solchen Ort verlassen. Diese Miss Sesson muß verrückt gewesen sein."

„Ja, daß sie uns verlassen hat, hat mich auch überrascht. Es schien ihr immer gefallen zu haben, soweit ich das beurteilen kann. Aber es ist das Vorrecht einer Frau, ihre Meinung zu ändern."

„Ist sie geritten?" fragte ich möglichst gleichgültig. Gracie verdrehte die Augen, als ginge ich zu weit.

„O ja. Sie liebte es. Sie nahm immer den kleinen Appaloosa, sagte, der sei genau richtig. Ich glaube, sie ritt sogar noch mal an dem Abend, bevor sie ging. Wollte vielleicht noch 'ne Runde drehen, bevor sie türmte."

„Warum sie bloß gegangen ist." Ich beugte mich vor und klopfte meinem Pferd den Hals.

Clutch sah mich mit zusammengekniffenen Augen an. „Ich sagte ja, wir waren alle überrascht. Wahrscheinlich werden wir's nie erfahren." Damit klatschte er dem Wallach auf den Hintern, der machte einen Sprung vorwärts, dann hatte ich die Zügel straff und das Pferd unter Kontrolle. Gracie lachte.

„Sie sind ein bißchen eingerostet", sagte sie. „Kommen Sie, ich führ Sie herum."

Sobald wir die Koppel hinter uns hatten, beugte Gracie sich zu mir und flüsterte: „Ich wußte, du kriegst den Job. Was ist dein Eindruck bisher?"

Ich ließ mein Pferd neben ihrem trotten. „Ich denke, Coach mag seinen Job etwas zu sehr. Ich denke, Camp Turnaround bricht ein paar Gesetze über Kinderarbeit, und ich denke, wenn dieser Ort nur halb so gut ist, wie Ida Evans sagt, dann sollten alle Kinder eine Weile hierher und die Hälfte der Erwachsenen, die ich kenne, ebenfalls." Gracie lachte. „Und ich denke nicht, daß Annie Sesson freiwillig gegangen ist." Ich berichtete ihr von den Antibabypillen und der Decke.

Gracie ritt auf eine Gruppe grasender Pferde zu. „Ich habe mich auch ein bißchen umgesehen. In der Nacht, als Annie Sesson verschwand, war hier allerhand los. Wenn wir das Tor geöffnet haben, treffen wir auf jemanden, mit dem wir reden sollten."

Sie fiel in einen leichten Trab, dem ich mich anschloß. Sobald Gracie sah, daß ich klarkam, ging sie in Galopp über, mein Wallach schoß vorwärts, seine Mähne flog im Wind. Wir jagten über die Wiese, sprangen mühelos über den Bach, der unseren Weg kreuzte. Am Zaun hielt Gracie an.

„Ich hatte ganz vergessen, wie sehr ich das vermißt habe." Ich beugte mich vor und klopfte dem Wallach den Hals.

„Für eine Weiße reitest du ganz gut", sagte sie und glitt vom Pferd. „Komm, hilf mir. Dieses Tor braucht zwei."

Ich stieg ab und hängte die Zügel nach vorn, damit der Wallach grasen konnte. Dann half ich Gracie mit dem riesigen eisernen Maschendrahttor, das gut dreißig Meter überspannte. Es hing in einer Angel, und es brauchte uns beide, um es aufzuschieben.

„Das passiert jeden Tag?" fragte ich.

„Nach Sonnenaufgang und vor Sonnenuntergang. Berglöwen", erklärte sie. „Früher auch Grizzlys, aber Clutch sagt, die habe es seit Jahren hier nicht mehr gegeben. Aber es gibt immer noch genug andere Gefahren. Die Zäune werden jede Nacht unter Strom gesetzt, um Eindringlinge abzuschrecken, an manchen Stellen gibt es Stacheldraht. Trotzdem gehen jedes Jahr ein paar Pferde verloren."

„Kein Wunder, daß die Kids nicht weglaufen." Ich blickte auf den dunklen Wald, der die Wiesen und Weiden umschloß.

„Da wir gerade davon sprechen, du erinnerst dich an Maddies Bemerkung übers Weglaufen? Das passierte in der Nacht bevor Sesson verschwand. Und sie war noch draußen, als Annie ging."

„Wirklich?" Es war nicht leicht, sich das Kind zwei Nächte allein im Wald vorzustellen.

„Mehr weiß ich leider nicht. Nur daß der, den man fragen könnte, ein Pferdetrainer namens Joe Bell ist. Der beste, den ich je gesehen habe. Neben ihm ist der alte Clutch ein Amateur. Weißt du, was ein Pferdeflüsterer ist?"

„Ich habe den Film gesehen. Wußte nicht, daß es sie wirklich gibt."

„Dieser Typ ist einer. Erzählt einem wild die Augen rollenden Pony Zaubersprüche und macht ein Lamm aus ihm. Ich habe versucht, ihn allein zu erwischen, aber kein Glück gehabt. Vielleicht gelingt es uns heute morgen. Er scheint jeden Morgen die Umgrenzung abzureiten und die Zäune zu prüfen. Wenn wir ihn hier verpassen, weiß ich, wo er wohnt."

Sie schwang sich auf ihr Pferd, jeder Zoll die Fernsehindianerin, und wir galoppierten auf die Ostseite der Weide.

„Was ist das?" Ich wurde langsamer und zeigte auf eine Lore, die unpassend auf einem Gleis saß, das direkt aus einem klaffenden Loch im Berg zu kommen schien. Gracie hielt ebenfalls.

„Clutch sagte, das sei der Eingang zu einer alten Goldmine. Die Lore wird benutzt, um den Abfall aus der Maschinenwerkstatt in die Schlucht zu schaffen." Sie zeigte hinter uns, wo die Wiese abrupt abfiel. Die rostigen Gleise liefen am Berg entlang und endeten an der Kante. „Clutch sagt, das sei das einzige, wozu die Mine noch gut sei. Viel Gold hat sie nie produziert."

„Die Mine steht also in Verbindung zur Werkstatt?" Ich versuchte es mir vorzustellen. Die Maschinenwerkstatt lag eine gute Meile östlich der Ställe am äußersten Ende des bebauten Geländes direkt an dem Berg, der von Nord nach Süd das ganze Tal begrenzte. Die Straße zu den Ställen folgte einem üppigen Baumbestand, der Schulgelände und Wiesen trennte, weshalb für den Weg von einem Ende des Camps zum anderen in der Regel die Straße benutzt wurde. Aber wenn ich darüber nachdachte, war ein Tunnel durch den Berg eine wirkliche Abkürzung.

Plötzlich stieg Angst in mir auf, der Traum fiel mir ein, den ich in der Nacht, als Connie und Gracie gekommen waren, geträumt hatte. Ohne Vorwarnung fühlte sich meine Kehle wie zugeschnürt an, und meine Hände wurden feucht.

„Alles in Ordnung?" fragte Gracie.

„Ja", log ich, als die Panik nachließ. Aber das Gefühl von Grauen war überwältigend. Eigentlich wollte ich nur noch mein Pferd wenden und geradewegs aus dem Camp reiten. Wie konnte ein lausiger Traum mich alle Nerven kosten? Wütend zwang ich mich zu einem leichten Ton.

„Warst du schon in der Mine?“

„Ich? Nie und nimmer. Alles unter der Erde macht mir Todesangst.“

Aus irgendeinem Grund mußte ich lachen und fühlte mich gleich besser.

„Gracie, hast du je vom Sterben geträumt?“

Sie sah mich prüfend an. „Nun ja, schon. Aber ich lebe noch.“

Nun mußten wir beide lachen. „Möchtest du mir etwas sagen?“ fragte sie.

So war es. Aber ich wußte nicht, wo ich anfangen sollte. Wie konnte ich ihr sagen, ich hätte gerade entdeckt, daß ich trotz jahrelang vorgetäuschter Tapferkeit im Grunde feige war? Daß der Gedanke an meinen Tod mich paralysierte? Ich hatte mich immer auf meine Fähigkeit verlassen, in einer Krise schnell zu denken und zu handeln. Plötzlich stand ich vor der Möglichkeit, beim nächstenmal zu versagen. Stocksteif dazustehen und nichts zu tun. Ich könnte sterben.

Ich überging ihre Frage. „Hast du Angst vor Höhen?“

„Nein. Nur die Tiefe. Vielleicht wurde ich in einem früheren Leben lebendig begraben. Schon der Gedanke, unter die Erde zu müssen, macht mich nervös.“

Mich auch, dachte ich, sprach es aber nicht aus. Ich wechselte das Thema.

„Da wir gerade von nervös reden – Ida Evans kommt mir ein bißchen überdreht vor. Und sie nimmt Lithiumkarbonat und etwas, das sich Fluoxetin nennt. Ist dir das in deiner medizinischen Laufbahn mal untergekommen? Könnte es sie aufputschen?“

Gracie kniff die Augen zusammen. „Eigentlich nicht. Wie hast du das entdeckt?“

Ich erzählte ihr von meinem Besuch in Idas Büro.

„Hm. Das einzige Mal, daß ich etwas dieser Kombination Ähnliches gesehen habe, war es zur Behandlung bipolarer Erkrankungen.“

„Du meinst so etwas wie manisch-depressiv?“

„Genau. Wenn Ida überdreht wirkt, sind es bestimmt nicht die Medikamente. Wahrscheinlicher ist, daß sie sie nimmt, um sich auf einem gleichmäßigen Level zu halten. Komm, da drüben, das könnte er sein.“

In der Ferne stand eine Gestalt neben einem Pferd. Als wir näherkamen, wurde deutlich, daß ein Stutenfohlen sich im Stacheldrahtzaun auf der Ostseite der Weide verfangen hatte und Joe Bell versuchte, es zu befreien. Gracie bedeutete mir abzusteigen, wir ließen schweigend die Zügel fallen, damit unsere Pferde grasen konnten, und gingen näher.

Das Stutenfohlen war zu Tode erschreckt, mehrere Wunden klafften auf dem dunklen, verklebten, verfilzten Fell. Offensichtlich saß das Pferd schon einige Zeit in der Falle. Die Ohren waren zerrissen, helles rotes Blut mischte sich mit dem bereits schwarz geronnenen auf der gezackten weißen Blesse auf ihrer Nase. Wir hörten beim Näherkommen, wie Joe sie mit sanfter Stimme beruhigte. „Braves Mädchen. Du schaffst es. Komm schon.“

Fliegen summten um die Wunden, und jedesmal wenn das Pferd sie verscheuchen wollte, geriet der Schweif noch schlimmer in die Stacheln. Obwohl das Tier eindeutig in Panik war, schien Joes Stimme ihm gut zu tun.

„Vorsichtig, Mädchen. Laß mich nur dies eine Bein freimachen, und dann sind wir so gut wie neu. Paß auf deinen Schwanz auf, so ist es gut. Ich weiß, das tut weh, ich wünschte, ich müßte es nicht tun. So ist es gut, braves Mädchen.“ Währenddessen bog der Junge die beiden ineinander verwickelten Drähte auseinander und riß sich bei dem Versuch, den Huf zu befreien, das eigene Fleisch auf. Sein schwarzer Hut fiel ihm herunter, darunter kamen blondes Haar und überraschend feine Gesichtszüge zum Vorschein.

Gracie sprach so leise, daß selbst ich sie kaum verstand. „Würde es helfen, wenn ich die beiden Drähte festhielte, oder würde ihr das bloß noch mehr Angst machen?“

Joe drehte sich nicht mal um. Seine sanfte beruhigende Stimme blieb sich gleich, obwohl seine Hände mit Blut verschmiert waren, und einiges davon war seines.

„Ich möchte sie nicht noch mehr erschrecken, als sie es schon ist. Ich hab es gleich. Braves Mädchen, einmal noch. Okay. Ja. Das ist es, Liebling. Du schaffst es, laß mich nur den Schwanz halten."

Das Bein war endlich frei, aber der Schwanz war immer noch hoffnungslos in den Stacheldraht verwickelt. Das Gefühl, mit dem Huf auf festen Boden zu kommen, veranlaßte die Stute vorwärtszustürmen. Als ihr klar wurde, daß ihr Schwanz immer noch festhing, legte sie die Ohren zurück, verdrehte ihre Augen, schrie markerschütternd, schlug mit beiden Hinterbeinen aus und riß den Schwanz aus dem Zaun.

Joe bekam den Hauptteil des Stoßes gegen die Hüfte und fiel rücklings in den Zaun. Das Stutenfohlen raste davon, und wir stürzten zu der Gestalt im Stacheldraht.

„Scheiße. Halt still. Du bist ziemlich zerschnitten." Gracie zog die Drähte auseinander, und ich versuchte, das Flanellhemd von den Stacheln zu lösen, an denen es hängengeblieben war. Blut strömte über Joes Arme.

„Halt still. Ich hab's gleich", sagte ich. Mit einem letzten Zug kam Joe frei, ich hörte den Flanell reißen. Joes Brust lag frei, und mein Gehirn vermochte nicht zu benennen, was meine Augen sahen.

„O je." Gracie saß auf ihren Fersen. Wir sahen uns an, dann wieder Joe, der vor uns lag. Blut lief kreuz und quer über seine braune Haut. Aber nicht das ließ Gracie und mich glotzen. Joe Bell, ungeachtet aller äußeren Hinweise auf das Gegenteil, war kein Mann, sondern eine trotz der widrigen Umstände bezaubernde Frau.

9

Madeline – dreieinhalb Wochen davor

Am zwanzigsten Tag ihrer Einkerkerung, während der Küchenschicht, hatte Maddie Glück. Ihr Plastiktäschchen war zum Platzen gefüllt und zog an ihrer Hose, aber sie konnte kaum das Grinsen unterdrücken, das ihre übliche stoische Miene zu überrumpeln drohte. Zehn richtige Streichhölzer, ein Kasten mit Geburtstagskerzen und, Wunder über Wunder, ein echtes Schweizer Armeemesser! Dieser Fund war unglaublich – obwohl Diebstahl sicher der passendere Ausdruck gewesen wäre. Es war eine Sache, etwas aus den Küchenschubladen zu klauen. Und etwas ganz anderes, die Handtasche der Köchin zu durchsuchen, die im Kleiderschrank hing. Es war eine riskante Unternehmung, aber sie hatte sorgfältig darauf geachtet, nichts anzurühren, dessen Fehlen der Köchin hätte auffallen können – Geld oder persönliche Dinge.

Sie wollte die Handtasche gerade zurückhängen, als sie eine harte Ausbeulung in einem der Fächer fühlte. Sie zog den Reißverschluß auf, steckte die Hand hinein und zog das kirschrote Messer heraus. Sie konnte ihr Glück kaum fassen. Sie steckte das Messer in ihr Plastiktäschchen und hängte die Handtasche dahin zurück, wo sie sie gefunden hatte. Als sie die Schranktür zumachte, ging eine Tür auf, und Pat kam um die Ecke.

„Maddie, da bist du ja. Was machst du denn hier? Du solltest mir doch beim Tischdecken helfen."

„Ich dachte, ich hätte eine Katze gehört." Maddie fand, eine lahmere Entschuldigung hätte sie nie erfunden, aber zu ihrer Überraschung hatte sie den gewünschten Effekt.

„Wirklich? Draußen oder drinnen?"

„Draußen, glaube ich."

„Eine von den Stallkatzen wahrscheinlich. Hat wohl Hunger." Sie machte die Tür auf und sah hinaus. „Komm, Kitty Kitty. Komm, Kitty Kitty."

Maddie folgte ihr auf den Fersen. „Komm, Kitty Kitty."

Pat streichelte Maddies Kopf auf eine Weise, die ihr nicht vollkommen unerträglich war. „Sie kommt schon, wenn sie wirklich hungrig ist. Wir kümmern uns lieber um unsere Gäste."

„Okay." Maddies Herz schlug in ihrer Kehle, aber sie hatte es geschafft. Später, im Dunkeln, würde sie die Beute in der Matraze verstecken und das Messer untersuchen. Vielleicht hatte es ja einen Schraubenzieher. Dann wären die Riegel am Fenster ein Kinderspiel.

Sie nahm ihren Platz am Ende der Serviertheke ein. Heute hatte sie Erdbeergötterspeise auszuteilen. Rebecca Patterson, die noch neuer im Camp als Maddie und zwei Jahre älter war, stand am Ende und spritzte Schlagsahne auf jeden Klecks Götterspeise, den Maddie ihr zuschob. Es war der bessere Job von beiden, und Maddie hatte ihn Rebecca überlassen, weil Rebecca aussah, als könnte sie ein bißchen Spaß gebrauchen.

Seit Rebecca da war, hatte niemand mehr zu Maddie Kröte gesagt. Die Kröte war jetzt Rebecca. Rebecca war sehr mager. Ihr blondes Haar war so kurz, daß Schwester Beckett nichts abzuhacken gefunden hatte. Die Löcher in Ohrläppchen und Nasenflügeln verwiesen darauf, daß sie mal eine beachtliche Kollektion Reifen und Schrauben getragen hatte. Schmuck war in Camp Turnaround nicht gestattet, also blieben die Löcher leer. Sie hatte eine Tätowierung an der linken Schulter und eine zweite am Knöchel, wie Maddie in der Dusche gesehen hatte. Maddie nahm an, daß sie Drogen genommen hatte und deshalb mit dem Gesetz in Konflikt gekommen war. Sie sprach mit niemandem, machte lustlos ihre täglichen Übungen, schlurfte von einer Unterrichtsstunde in die nächste mit der Begeisterung einer Schnecke und hatte ganz allgemein einen Ausdruck extremer Gleichgültigkeit. Selbst Coach hatte sie nicht auf Vordermann bringen können. Sie war nicht verbockt oder unverschämt. Es schien ihr einfach egal zu sein, ob sie lebte oder nicht.

Maddie wartete, daß Rebecca die Götterspeise mit Schlagsahne krönte, dann schob sie ihr die nächste Portion hin. Rebecca hielt den Betrieb auf, aber Maddie tat sie so leid, daß sie nichts sagte. Sie sah auf, und da stand Belinda Pitt und wartete auf ihr Dessert.

„Mach zu, Kröte. Wir haben nicht den ganzen Tag Zeit."

Rebecca war für einen Moment aus ihrer Trance gerissen und ließ Bellindas Teller fallen. Götterspeise und Schlagsahne landeten auf dem Boden. Sie sah auf die Schweinerei und bückte sich dann, um den Teller aufzuheben.

„Versuch ja nicht, mir diesen Teller wiederzugeben. Hol mir einen sauberen."

„Jetzt hältst du den Betrieb auf", sagte Maddie ruhig zu Bellinda. „Warum holst du dir nicht selber einen. Wenn du sie nicht angeschrien hättest, wäre das nicht passiert."

Bellinda wurde puterrot. „Was hast du gesagt?"

„Welchen Teil hast du nicht verstanden?" Maddie wußte, daß sie gerade Selbstmord beging, aber es war ihr egal. Sie hatte von Belinda Pitt die Schnauze voll.

Hinter Belinda hatte sich eine Schlange gebildet. Die Mädchen, die Belinda umschwirrten wie Motten das Licht, wollten nichts verpassen.

„Das wirst du schon sehen, Kröte", zischte Belinda. Völlig unerwartet lächelte Rebecca.

„Was gibt's da zu grinsen?" fuhr Belinda sie an und bohrte ihren Zeigefinger in Rebeccas Brust.

Rebecca machte einen Schritt zurück und sagte mit dünner Stimme: „Ich dachte, ich bin die Kröte. Jetzt ist sie die Kröte. Bin bloß verwirrt. Oder du bist verwirrt."

Belinda schnaubte, bereit zum Angriff. „Nein, du kleines Arschloch. Du bist's. Offenbar hast du vergessen, wer's hier zu sagen hat. Oder ist dein Gehirn noch so voll mit Methyl, daß du nicht geradeaus denken kannst?"

„Laß sie in Ruhe, Belinda", sagte Maddie. „Du brauchst die Götterspeise doch sowieso nicht. Sag mir, wenn ich mich irre, aber du scheinst in letzter Zeit ein paar Pfunde zugelegt zu haben. Du solltest das Dessert für eine Weile weglassen."

Unter Belindas Gefolgschaft erhob sich ein Kichern, bis sie sich umdrehte und mit einem wütenden Blick Ruhe herstellte. Dann richtete sich ihr Zorn voll auf Maddie.

„Du bist erledigt, du beschissene niggerfarbene Indianerin."

Maddie war wie betäubt, aber sie verbarg ihre Furcht. Sie hob ihre Stimme, so daß die Mädchen hinter Belinda sie hören konnten, und sagte zu Rebecca: „Offensichtlich ist sie nicht nur eine fettarschige Schinderin, sondern auch noch rassistisch. Hey, Dee", wandte sie sich an das schwarze Mädchen vor ihr. „Hast du gehört, wie deine Freundin mich genannt hat?"

„Halt's Maul!" kreischte Belinda. Sie packte Maddie an den Haaren, drückte sie mit dem Gesicht in die Götterspeise und hielt sie mit beiden Händen unten. Maddie keuchte und geriet in Panik. Verzweifelt fuhr sie hoch und schlug Belinda mit aller Kraft ins Gesicht. Belinda ließ los, und Maddie richtete sich auf, von ihrem Gesicht tropfte Erdbeergötterspeise. Belinda lag auf dem Boden, aus ihrer Nase strömte Blut.

Die nächsten Minuten waren ein einziges Chaos. Schwester Beckett wurde gerufen, und Belinda, umgeben von ihrer Gefolgschaft, wurde davongetragen wie ein gefällter Held. Coach, der in den Speisesaal gekommen war und nur das Ende der Vorstellung mitbekommen hatte, packte Maddie am Ellbogen und führte sie aus dem Speisesaal, sein Stock preßte sich in ihren Brustkorb, seine Stimme drohte in ihr Ohr.

„Mach ja kein Theater, Madeline. Du steckst so voll im Schlamassel, daß du mich nicht auch noch brauchst. Steig ein!"

Sie hatten den Buggy mit dem kleinen Anhänger erreicht, und Maddie kletterte hinein und fing an zu zittern. Das letztemal, als sie jemandem in dem Wagen gesehen hatte, kam einer für zwei Tage in Isolation. Als der Junge zurückkehrte, war er so klein wie eine Maus gewesen.

10

Gracie und ich brachten sie zu ihrer Hütte. Ich brannte vor Neugier. Warum hatte Jo Bell getan, als sei sie Joe Bell? Ihre Hütte lag in einem Wäldchen am Rand der Weide, und als wir da waren, suchte ich in ihrer Hausapotheke nach Wasserstoffsuperoxyd und Neosporin. Während Gracie Jos Wunden versorgte, warf ich einen Blick auf ihre Habseligkeiten: Im Schrank hingen nur Männerklamotten, aber es gab doch einige Hinweise. Ihre kleine Bibliothek enthielt zum Beispiel ein Exemplar von *Patience und Sarah* und einiges von Emily Dickenson. Unter dem Waschbecken im Badezimmer war eine Packung Tampons. Unter ihren Küchengeräten befanden sich, für einen Cowboy eher ungewöhnlich, eine kleine Kupferpfanne und -kasserole. Es gab Gläser mit Gewürzen und Kräutern, die sie offensichtlich in dem Gärtchen hinter dem Haus gezogen hatte. Eine Kiste Wein, die Flaschen sorgfältig liegend gelagert, stand neben dem Tisch. Ein halbes Dutzend Aquarelle an den Wänden zeigten Bewegungsstudien wilder Pferde. In einer Ecke lehnte eine Gitarre.

Aber was sie wirklich enttarnte, waren ihre Gesichtszüge. Mir war schleierhaft, wie jemand sie allen Ernstes für einen

Jungen halten konnte. Sie hatte anmutige Hände mit langen Fingern und schmalen Handgelenken und muskulöse, wohlgeformte Arme. Hohe Wangenknochen, starke Augenbrauen, blaugraue Augen. Sie merkte, daß ich sie anstarrte, und runzelte die Stirn. Ich warf einen Blick zu Gracie, die mich verwundert ansah. Ich merkte, daß ich rot wurde.

„Ich muß nach dem Stutenfohlen sehen“, sagte Jo und schob Gracies Hände weg.

„Die Wunden könnten sich infizieren, wenn wir sie nicht behandeln. Halt still.“

Jo sah auf das Muster aus Striemen und Schnitten auf ihrer Brust. Ich wußte, ich müßte mich abwenden, aber ich konnte nicht. Ihre kleinen Brüste waren rund und fest, und ich beneidete Gracie, die sanft die aufgerissene Haut berührte. „Danke“, brachte Jo fertig. „Es war wohl gut, daß ihr vorbeigekommen seid.“ Als Gracie die Wunden auf der Brust versorgt hatte, griff sie nach einem Handtuch und hielt es vor sich, während Gracie sich den Armen zuwandte.

„Wir haben uns noch nicht vorgestellt, aber ich habe dich schon gesehen“, sagte sie. „Ich bin Grace Apodaca, und das ist meine Freundin Cassidy James.“

„Ich habe dich auch schon gesehen.“ Jo lächelte erst Gracie an, dann mich. Wieder merkte ich, wie mir die Wärme ins Gesicht stieg. „Dich noch nicht. Du mußt neu sein.“

„Gestern“, sagte ich. Wenn ich nicht in den nächsten fünf Minuten ging, kam ich zu spät in meine erste Stunde. „In fünfzehn Minuten muß ich im Unterricht sein, und meine Bücher liegen noch in der Hütte. Kann ich später noch mal kommen und schauen, wie es dir geht?“

Es hörte sich an, als bäte ich um ein Rendezvous. Gracie grinste, was ich übersah. Jo lächelte ebenfalls.

„Das wäre schön, Cassidy James.“

Graacie konnte ihr Lachen kaum noch unterdrücken. „Ich bring dich zur Tür, um dein Pferd mußt du dich nicht kümmern. Du weißt, wie du zurückkommst?“

Ich verdrehte die Augen, aber meine Farbe verriet mich. Ich hatte mich nicht mehr so schwindelig gefühlt, seit – ja, seit ich zum erstenmal meine Augen auf Erica Trinidad geworfen hatte. Diese Erinnerung genügte, um die Gefühle dahin zurückzustopfen, woher sie kamen, und dafür zu sorgen, daß sie dort blieben. Aber als ich in die strahlende Frühlingssonne trat, lächelte ich und joggte den ganzen Weg zurück zu meiner Hütte. Kann sein, daß ich sogar ein oder zweimal in die Luft gesprungen bin, aber es sah mir ja niemand zu.

Ich hatte Schmetterlinge im Bauch – ob wegen der Aussicht, wieder vor einer Klasse zu stehen, oder weil ich Jo Bell am Nachmittag wiedersehen würde, wollte ich nicht wissen. Ich hatte auch nicht viel Zeit, darüber nachzudenken. Ich kam nämlich leider ein paar Minuten zu spät zum Unterricht.

Es waren zwanzig Jungen und Mädchen, aus den verschiedenen Häusern zusammengewürfelt. Maddie war nicht dabei. Ich wußte aus dem Stundenplan, daß sie nach dem Mittagessen in meiner zweiten Klasse sein würde. Aber Belinda Pitt und Dean Dobberteen saßen nicht weit voneinander, und ich merkte, daß Dean von Zeit zu Zeit seine Lippen betastete und Belinda keinen Blick gönnte.

Seltsam, wie die Dinge wiederkehren, dachte ich. Diese Kids unterschieden sich nicht sehr von denen, die ich vor Jahren unterrichtet hatte. Ich hatte eine Klasse, in der sie alle Disziplinprobleme zusammengeworfen hatten. Camp Turnaround war das gleiche, nur verzehnfacht. Aber unter ihrer Arschloch-Attitüde waren auch diese Kinder Kinder und genau so neugierig auf mich wie ich auf sie. Einige versuchten mich auf der Stelle auszutesten. Das hatte ich erwartet. Ich bedachte sie mit dem alten Lehrerblick und schleuderte ein paar gut gezielte Spitzen, die sie zu überzeugen schienen, daß ich mein Handwerk verstand. Das beruhigte alle, und am Ende der ersten Stunden schrieben sie ihre erste Arbeit für mich.

Was ganz besonders zurückkehrte, war meine Freude am Unterrichten. Ich liebte das Geben und Nehmen, die Bedürftigkeit in den Augen der Kinder, ihre Verletzlichkeit und die Macht, die sie mir gab, es ihnen recht zu machen. Ich hatte das alles schon fast vergessen, und nun kam es wieder, während ich vor diesen Kindern stand, die es so sehr viel nötiger hatten als die, die ich früher unterrichtet hatte.

Ich wollte soviel wie möglich über sie herausfinden und ließ sie wählen, ob sie ein Gedicht, einen Rap-Song, einen Essay oder eine Kurzgeschichte über ihre persönlichen Stärken und Schwächen schreiben wollten. Ich sagte, sie sollten sich anstrengen, damit ich ihre Schreibkompetenz und ihre Interessen kennenlernte. Aber in Wahrheit wollte ich etwas über ihre Persönlichkeiten erfahren. Wenn Miss Sesson wirklich ermordet worden war, war nicht ausgeschlossen, daß es auch ein Schüler oder eine Gruppe von Schülern gewesen sein konnte. Und egal ob Kriminelle oder Teenager, Menschen enthüllen auf dem Papier Dinge über sich, die sie nie und nimmer laut gesagt hätten. Wenn mir etwas auffallen sollte, wäre das schön, aber ich hielt deswegen nicht gerade die Luft an.

Der erste Zwei-Stunden-Block verging wie im Flug, und als die Glocke das Mittagessen ankündigte, hatte ich einen Stapel Papiere zum Lesen und einen knurrenden Magen. Trotzdem überflog ich zuerst die Arbeiten und sortierte sie nach Typen: sechs Rap-Songs, acht Gedichte, drei Kurzgeschichten und drei Essays. Ein Blick genügte, um zu wissen, daß die Rapper nicht sehr begabt waren, die meisten hatten das Medium gewählt, weil es sich witzig anhörte, nicht weil sie eine besondere Beziehung zu Rhythmus oder Reim gehabt hätten. Auch einige von den Gedichten waren ziemlich furchtbar, aber abgesehen vom Talent war in beiden Genres viel Emotion. Wut und Groll und Verzweiflung.

Die Essays waren unvoreingenommener, aber nicht weniger entlarvend. Belinda Pitt zum Beispiel schrieb in großen schwungvollen Buchstaben über ihre Stärken; sie hatte sich im Griff, war sauber, verantwortungsvoll, fleißig, reif und ehrgeizig. Zu allem Überfluß war sie auch bescheiden, nie hochmütig, obwohl sie immer und überall die Beliebteste war. Ihr einziger Fehler bestand darin, daß sie ihren Eltern übelnahm, sie im Camp abgestellt zu haben, damit sie in Ruhe durch Europa trödeln konnten. Alles wegen eines kleinen Vorfalls mit den Jungs vom Footballteam. Als wäre sie das einzige Highschoolmädchen, das je geflirtet hätte. Bald wäre sie sie ja los und müßte sie dann auch nicht mehr ablehnen. Womit sie fehlerlos wäre, schloß ich daraus.

Die übrigen Texte hob ich mir für später auf und ging zum Essen. Der Duft begrüßte mich schon von weitem. Das Essen in Camp Turnaround war tatsächlich seinen Ruf wert.

Pat, die Köchin und Küchenmanagerin, stand hinter dem Tresen und überwachte die Küchenschicht. Sie war eine rundliche, fröhliche Frau mit freundlichen braunen Augen und einem herzlichen Lachen.

„Sie müssen die Neue sein. Ich hab mich schon gefragt, wann ich Sie kennenlerne. Ich bin Pat Mayberry. Unsere Hütten liegen nebeneinander.“

„Cassidy James“, sagte ich. „Hach, riecht das gut.“

Pat grinste. „Brathähnchen, grüne Bohnen, Kartoffeln und Soße und zum Nachtisch Buttermilchbiskuit und Schokoladen-Sahne-Torte. Oder die Salattheke da drüben.“ Pat sah nicht aus, als würde sie viel Zeit an der Salatbar verbringen. Ich konnte mir nicht vorstellen, daß Schwester Beckett und sie Busenfreundinnen waren.

„Ich bleib lieber hier“, sagte ich.

„Eine Frau nach meinem Herzen. Füllt ihr den Teller, Kinder.“

Die Jugendlichen hinter den einzelnen Töpfen schaufelten Berge auf meinen Teller und reichten ihn weiter. Maddie stand hinter mir in der Schlange. Ich versuchte ihren Blick zu erhaschen – sie sah mich kurz an und gleich wieder weg.

Pat paßte mich am Ende der Theke ab. „Kommen Sie mal vorbei“, sagte sie. „Für gewöhnlich bin ich gegen acht fertig und in meiner Hütte. Wenn Sie Lust haben, trinken wir ein Glas Wein und tauschen Frontgeschichten aus.“

„Gern“, sagte ich.

Lacy Godfrey winkte mich an den Tisch, an dem sie mit Schwester Beckett und Ida Evans saß. Ich setzte mich zu ihnen, obwohl sie fast fertig waren. Schwester Beckett beäugte mein vollgeladenes Tablett mit Verachtung.

„Ich verstehe nicht, warum sie immer auf diesen Riesenportionen besteht“, sagte sie und knabberte zierlich an ihrem Salat.

„Sieht gut aus.“ Ich packte meine Gabel voll und schob sie in den Mund. „Schmeckt auch gut. Ich hoffe bloß, daß ich hinterher noch Platz für die Torte habe.“ Ich stellte die Torte mit Absicht Schwester Beckett direkt vor die Nase. Sie warf einen gierigen Blick darauf, dann zwang sie sich wegzugucken. Der Junkie in ihr weinte bitterlich.

„Und wie lief es?“ erkundigte sich Ida. „Haben die Kids Schwierigkeiten gemacht?„

„Sie haben's versucht, aber es lief nicht. Ich war ein bißchen nervös, muß ich zugeben, aber nach den ersten Minuten hat es richtig Spaß gemacht. Ich freu mich schon auf den Nachmittagsunterricht.“

„Ich wußte es doch. Ich habe gehört, Sie reiten?“

Offenbar blieb im Camp nichts unbeobachtet. Ich nickte und schluckte einen Bissen grüne Bohnen. Pat hatte sie in Hühnerbrühe mit Speck und Zwiebeln bereitet, wie ich es liebe. „Ich habe Clutch kennengelernt“, sagte ich. „Er gab mir heute früh ein Pferd. Ich hatte ganz vergessen, wie gern ich reite. Aber nun kann ich kaum laufen. Meine Beine sind nicht mehr daran gewöhnt.“

Ida lachte. „Das hat er mir erzählt. Sie haben gerade die Stalltruppe verpaßt. Sie sind immer die ersten beim Essen. Ein Wunder, daß für uns überhaupt noch was übrig bleibt.“

Sie klopfte Schwester Beckett auf die Hand. „Los, nun holen Sie sich schon ein Stück. Es wird Sie nicht umbringen."

Schwester Beckett wurde rot und stand auf. „Ich weiß überhaupt nicht, wovon Sie reden", sagte sie pikiert und brachte ihr Tablett zum Tresen. Ida folgte ihr kichernd.

Lacy nahm mit ihrer Gabel ein bißchen Sahne von meiner Torte und leckte mit der Zungenspitze daran. „Schwester Beckett ist ein bißchen paranoid, was Cholesterin und Fett angeht. Aber so verklemmt, wie sie scheint, ist sie auch wieder nicht. Bei der Weihnachtsfeier letztes Jahr war sie betrunken wie ein Stinktier. Sie hätten sie sehen sollen, wie sie an Coach hing, gottvoll. Sie brachte sogar Doc zum Tanzen."

„Klingt lustig", sagte ich. „Hat sie was mit Coach? Er scheint ja nicht wirklich ihr Typ."

Lacy lachte. „Falls es Ihnen noch nicht aufgefallen ist – es gibt hier wenig Junggesellen. Nach genügend Weihnachtspunsch sieht sogar Coach einigermaßen akzeptabel aus."

„Hört sich nicht an, als wären Sie sehr von ihm angetan."

„Ich? Keineswegs. Und schon gar nicht, seit er Annie so behandelt hat." Sie hatte es kaum gesagt, da schien sie es zu bedauern. Sie legte die Gabel hin und fuhr sich verärgert mit der Serviette über den Mund.

„Coach und Annie waren ein Paar?"

„Psch", flüsterte sie und sah sich um. „Es war nicht allgemein bekannt, aber sie gingen miteinander."

„Aber warum hätten sie das verheimlichen sollen? Sie sind doch beide erwachsen."

„Ich vermute, weil Coach irgendwie zu den Chefs gehört. Doc, Ida, Clutch, Ben und Coach. Die anderen im Kollegium hätten vielleicht denken können, Annie würde vorgezogen, weil sie mit Coach ging."

„Aber Sie wußten es." Ich schob Lacy meine Torte zu, sie überlegte kurz, dann langte sie zu.

„Annie war meine Freundin", sagte sie mit vollem Mund. „Eines Tages fand ich sie weinend und wußte, daß irgendwas nicht in Ordnung war. Dann hat sie mir alles erzählt. Die Art, wie Coach sie behandelte, wenn sie allein waren, und seine Kälte in der Öffentlichkeit. Wie er Versprechen machte und dauernd brach. Und der letzte Schlag war – Annie nahm an, er träfe sich mit einer anderen. Sie sagte nicht wer, aber sie war wütend. Ich denke, deswegen ist sie gegangen. Ich denke, Coach zeigte ihr die kalte Schulter, und sie packte ihre Sachen und ging, bevor er ihr das Herz brach."

„Klingt einleuchtend", sagte ich. „Vielleicht hat sie ihn ja mit der anderen erwischt."

„Genau! Das glaube ich auch. Wenn ich wüßte, wer es ist, ich würde ihr was erzählen."

„Ist es möglich, daß es eine Schülerin war?" fragte ich.

„Eine Schülerin?" wiederholte sie sichtlich bestürzt. „Nicht mal Coach würde soweit gehen. Wissen Sie, wie schnell Doc und Clutch ihn rausschmeißen würden, wenn sie dächten, er hätte was mit einer Schülerin? Coach ist ein Egoist, aber dumm ist er nicht."

In dem Moment signalisierte die Glocke den Beginn des Nachmittagsunterrichts. Wir eilten in unsere Klassen.

In meiner, die mehr oder weniger eine Wiederholung der ersten war, saß Maddie Boone. Es stellte sich heraus, daß sie zwar zu den Jüngsten im Camp gehörte, aber auch zu den intelligentesten. Sie schien mich ebenso zu mustern wie ich sie. Weil ich ihre Lehrerin ersetzte und sie mich deshalb ablehnte? Oder weil ich ihr irgendwie meine Neugier signalisiert und damit ihre Neugier geweckt hatte?

Sie schrieb ein Gedicht – es machte neugierig.

Meine Stärken, wenn Sie es hören wollen,
sind eigentlich Schwächen, fürchte ich
Die Dinge, die ich am besten kann
Verabscheue ich insgeheim
Die Teile, die andere ändern wollen
Gehören zu meinen Lieblingssachen

Wer also kann sagen, was Schwäche ist
Oder was wir einfach vergeben sollten
Und wer sagt, was uns stark macht
Denn wir wissen doch, sie können sich irren.

Sie gab zwar nicht viel preis, aber mich beeindruckte eine Dreizehnjährige, die begriff, daß ihre Schwächen auch ihre Stärken waren und umgekehrt. Eine Menge Erwachsene, zeitweise auch ich, schafften das nicht. Weil ich von ihrem Hang zu verborgenen Botschaften wußte, las ich das Gedicht mehrmals – schließlich beschloß ich, mich mit dem zu begnügen, was es über Maddie preisgab.

Als die Glocke das Unterrichtsende verkündete, bat ich Maddie, noch einen Augenblick zu bleiben.

„Warum?" fragte sie beunruhigt.

„Ich wollte dein Gedicht mit dir durchsprechen. Nichts Besonderes."

„Ich bin bei Dr. Biscane angemeldet", sagte sie und zog sich zur Tür zurück. „Er mag es nicht, wenn wir zu spät kommen."

„Dann ein andermal", versuchte ich sie zu beruhigen. Irgend etwas machte ihr Angst.

11

Nach dem Nachmittagsunterricht las ich die Arbeiten und sortierte sie – in die, die nur angaben, die, die Scham oder Schuld zeigten, und die, die keines von beidem taten. Maddies Gedicht war ein Beispiel für die letzte Kategorie. Einige degradierten sich geradezu jammervoll. Sie zählten Fehler und Schwächen auf, bis die Zeit vorbei war – und kamen so nie zu ihren Stärken. Andere waren wie Belinda – so von sich eingenommen, daß sie eine Schwäche nicht mal erkennen würden, wenn sie sie am Kopf traf. Ich beschloß mit dieser Gruppe anzufangen – zum einen weil es der kleinste Haufen war, zum anderen, weil die Soziopathen und Kriminellen, die ich kennengelernt hatte, meist Aufschneider gewesen waren. Wenn Miss Sesson tatsächlich ermordet worden und es einer der Schüler gewesen war, tippte ich auf die Soziopathen. Bisher hatte ich nur die eine Hälfte der Jugendlichen gesehen. Morgen würde ich die gleiche Aufgabe der anderen Hälfte stellen.

In meiner Hütte angekommen, beschloß ich ein zweites Mal an diesem Tag zu duschen und zog meinen Lieblingspullover an, den blauen, von dem Erica Trinidad sagte, er paßte zu meinen Augen. Jäh ging mir auf, daß ich den ganzen Tag kaum an Erica gedacht hatte. Das war eindeutig ein Fortschritt.

Ohne daß ich es wollte, verglich ich Erica und Jo Bell. Die eine war dunkel, sinnlich und feminin, die andere blond und – maskulin? Nicht wirklich. Aber sie war als Junge durchgegangen, oder? Das kurze Haar aus der Stirn gekämmt, Cowboyhut, Jeans und Flanellhemd – sie sah aus wie die anderen Cowboys auf der Ranch. Aber du konntest nicht behaupten, daß sie unsinnlich war. Oder unelegant. Auf den ersten Blick mochten Jo und Erica wie Gegensätze wirken. Aber es gab auch Ähnlichkeiten – fesselnde Augen, anmutige Hände, hohe Wangenknochen und das Lächeln... Mach dich nicht lächerlich, ermahnte ich mich.

Immerhin konnte ich die Attraktion nicht abstreiten. Vielleicht war es der Schock gewesen, ihre Brüste zu sehen. Oder wie ihre Augen meinen Gesichtsausdruck spiegelten. Verdammt, dachte ich. Vielleicht war ich einfach nur einsam.

Ich verbannte den Gedanken aus meinem Kopf. Ich hatte keine Zeit, über Jo nachzudenken, von Erica oder einer anderen Frau ganz zu schweigen. Ich eilte den nun schon vertrauten Weg zu den Ställen. Dort rannte ich praktisch direkt in Maddie Boone, die aus einer Sattelkammer kam und etwas in der Hand verbarg.

„Hallo, hübsches Gedicht“, sagte ich.

Sie sah überrascht hoch. „Sie haben es gelesen?“

„Natürlich. Du hast eine Menge Einsicht. Bei mir sind auch meine Stärken meine Schwächen.“

„Wirklich? Zum Beispiel?“ Sie sah mich herausfordernd an und schlenderte zu einer Koppel, wo ein schwarzes Hengstfohlen in der Nachmittagssonne herumtobte. Ich folgte ihr.

„Zum Beispiel kapiere ich die meisten Sachen ziemlich schnell. Das ist eine Stärke, oder?“

Sie sah mich an und zuckte die Schultern, öffnete ihre Faust, hielt einen Zuckerwürfel auf der Handfläche und flüsterte dem Fohlen zu: „Komm, Schattentänzer. Komm, mein Junge.“

„Gleichzeitig macht es mich ungeduldig, wenn andere nicht so schnell sind. Das ist eine Schwäche.“

Sie sah mich wieder an, ihr Blick gab zu, daß das einleuchtend war. „Was noch?“ Offensichtlich testete sie mich.

„Ich kann gut reden. Manche sehen das als Stärke. Auf der anderen Seite sind Leute, die gut reden können, oft lausige Zuhörer. Da muß ich aufpassen.“

Sie nickte, als hätte sie in ihrem Leben eine Unmenge lausiger Zuhörer kennengelernt. „Das ist ein gutes Beispiel.“

Das Fohlen tat, als sei es an ihrer ausgestreckten Hand absolut uninteressiert, gleichzeitig kam es näher, als wäre das reiner Zufall.

„Mögen Sie Pferde?“ fragte Maddie.

„Sehr. Und du?“

„Manche schon. Dieses auf jeden Fall. Ich habe es Schattentänzer genannt.“

„Das paßt zu ihm. Ein schönes Pferd.“

„Danke“, sagte sie feierlich, als hätte sie das Pferd selbst auf die Welt gebracht. Mir ging auf, daß Maddie einsam war und dieses Pferd wahrscheinlich ihr engster Gefährte im Camp. Wahrscheinlich auch der einzige, dem sie traute. Schattentänzer war inzwischen so nahe gekommen, daß er sie anstupsen konnte, tat aber immer noch, als interessiere es ihn viel mehr, den Boden zu stampfen.

„Ich weiß, daß du den Zucker möchtest. Du weißt, daß du ihn möchtest. Hör mit den Spielchen auf."

Als hätte es sie verstanden, richtete sich das Fohlen auf und beugte seinen Nacken zu ihrer Hand. Es öffnete seine Lippen, zeigte große gelbe Zähne und wieherte leise, dann nahm es vorsichtig und sanft das Stück Zucker.

„Braver Junge." Maddie fuhr behutsam mit einem Finger über seinen Nasenrücken. „Das ist das zweitemal, daß er sich von mir anfassen läßt", sagte sie aufgeregt.

„Er mag dich. Maddie, da ist etwas, worüber ich mit dir reden möchte."

Ihre Augen verdüsterten sich. Sie sprang vom Zaun, und in dem Moment kündigte von weitem die Glocke das Ende der Freistunde an.

„Ich muß gehen. Wir sehen uns morgen." Maddie sprang davon. Ich war nicht sicher, ob sie mit mir oder mit Schattentänzer gesprochen hatte.

„Maddie!" rief ich ihr nach, aber sie drehte sich nicht um.

„Ist sie nicht ein besonderes Kind?" Gracies Stimme ließ mich auffahren.

„Das ist sie. Sie hat Ähnlichkeit mit dem Fohlen da. Wilde Augen, jederzeit bereit, wegzulaufen, aber auch voller Versprechen. Du mußt das Gedicht lesen, das sie heute geschrieben hat."

„Hast du irgendwas über Annie Sesson herausgefunden?"

„Nicht von Maddie. Sie wollte nicht mit mir reden. Aber ich weiß, daß Annie sich heimlich mit Coach getroffen hat."

„Wirklich? Hm. Ob Jo das weiß? Ich habe ihr gesagt, wer wir sind und warum wir hier sind. Sie will unbedingt mit dir reden."

„Bist du sicher, daß wir ihr trauen können?"

„Wir müssen jemandem trauen, Cass. Ich würde mein Geld immer auf den Pferdeflüsterer setzen. Abgesehen davon hatte ich den Eindruck, daß du von ihr durchaus beeindruckt bist."

Ich ignorierte ihren prüfenden Blick. „Ich war überrascht, mehr nicht. Hatte nicht mit einer Frau gerechnet." Aber ich wußte, das war nicht alles gewesen. Und ich war sicher, daß Gracie es auch wußte.

„Klar. Hat mich auch umgehauen. Aber wie sie sich bewegt hat... Ich weiß nicht, Cass, aber ich scheine mein Gespür zu verlieren."

Ich lachte. „Komm. Laß uns herausfinden, was sie weiß."

Jo war auf ihrer Veranda und sah schon viel besser aus.

„Wie geht es?" erkundigte ich mich.

„Eigentlich ganz gut. Das meiste sind ja nur Kratzer. Allerdings hab ich am Hintern einen ziemlichen Bluterguß. Schwester Beckett hat mich untersucht, sie sagt, Gracie hat gute Arbeit gemacht. Clutch hat mir freigegeben für heute. Also gar nicht so schlecht." Sie grinste, und ich fand sie wieder sehr attraktiv. Jungenhaft, aber mit einer eindeutig femininen Anmut.

„Möchtet ihr einen Tee? Oder ein Glas Wein? Ich habe einen Pinot Noir offen, der ganz nett ist."

Gracie sah mich an. „Ich bin für heute mit der Arbeit fertig."

„Ein Glas Wein wäre schön."

Gracie und ich setzten uns in zwei Schaukelstühle auf der Veranda, Jo holte den Wein. Als sie zurückkam und mir ein Wasserglas halbvoll mit Rotwein reichte, berührten sich unsere Hände. Es dauerte nur einen Moment, aber es wirkte wie ein elektrischer Schlag. Ihr Blick suchte meinen, und ich wußte, sie hatte es auch gemerkt. Wieder stieg mir die Röte ins Gesicht. Jo gab Gracie ein Glas und setzte sich auf die Schaukel.

„Tut mir leid, daß ich euch nicht mehr Eleganz bieten kann, aber meine Weingläser sind eingelagert."

„Das macht doch nichts", versicherte ich ihr und trank einen Schluck. Der Wein war schwer, mit einer Spur Tannin und sehr fruchtig. „Bist du sicher, daß dir das bekommt?" fragte ich. „Schwester Beckett würde das bestimmt nicht gutheißen."

„Schwester Beckett würde nicht mal Cola light gutheißen, Cass." Jo hatte eine tiefe melodische Stimme mit einem leichten Südstaatenakzent. Ich fragte mich, woher sie kam und was sie in Camp Turnaround machte. „Gracie sagte, ihr zwei stöbert hier ein bißchen herum."

„Sagte sie auch, warum?"

„Weil die kleine Maddie Boone annimmt, Annie Sesson sei etwas zugestoßen. Jemand habe sie umgebracht."

„Und was hältst du davon?" fragte ich.

„In der Nacht war soviel los, daß alles möglich ist. Normalerweise ist es hier am Abend sehr still, aber die Nacht bevor Annie verschwand, rannte Maddie davon. Coach läßt den Kids meist einen Vorsprung, damit sie herausfinden, daß sie sowieso nicht weit kommen. Außerdem fürchten sie sich nachts da draußen zu Tode. Ich persönlich denke, er sollte ihnen gleich nachgehen. Irgendwann rennt jemand da draußen noch in einen Silberlöwen hinein. Aber niemand streitet mit Coach. Seit er zum Kollegium gehört, hat er das Kommando übernommen."

„Du warst schon vor Coach hier?" fragte ich und überlegte, wie alt sie war. Als Junge war sie für siebzehn durchgegangen, jetzt schätzte ich sie auf Ende zwanzig.

Sie lehnte sich zurück, gab ihrer Schaukel einen kleinen Schubs und zog die Beine unter sich. „Du liebe Güte, Cass. Ich war hier, als Coach noch ein Schüler war."

Diese Mitteilung überraschte uns beide, Gracie verschluckte sich fast am Wein.

„Coach war hier Schüler?" brachte ich heraus.

„Ja. Zur gleichen Zeit wie ich. Ich war ein Kind und er achtzehn. Doc hatte ihn quasi adoptiert und behielt ihn über die normale Zeit hinaus. Damals war er Haussprecher. Ich glaube, er war nie weg von hier. Ich war genauso überrascht, daß er hier arbeitet, wie ihr, daß er hier Schüler war."

In Wahrheit schockierte mich, daß sie ebenfalls Schülerin gewesen war.

„Wie lange warst du hier?" fragte Gracie.

„Lange genug, um einiges klarzukriegen. Doc ist sein Gewicht in Gold wert. Ich war vorher bei mehreren Kinderpsychologen und danach bei mehreren Therapeuten. Keiner war so gut wie Doc. Er arbeitet mit Hypnotherapie. Er brachte mich dazu, einiges zu erinnern, das ich komplett verdrängt hatte. Als ich entdeckte, warum ich so wütend war, lernte ich, die Wut zu kanalisieren. Die Wut verschwand nicht, aber ich richtete sie nicht mehr gegen die falschen Personen."

Sie sagte das alles ganz unbefangen, ich bewunderte ihre Offenheit. „Und seit wann bist du zurück, ich meine als Angestellte?"

„In den letzten Jahren bin ich immer im Frühling gekommen und habe Clutch mit den Fohlen geholfen. Er hat mir diese Hütte reserviert, weil er weiß, daß ich gern im Garten arbeite. Im Sommer klappere ich die Touristenzentren ab und versuche meine Arbeiten zu verkaufen. Ich überwintere in Seattle, was eigentlich verrückt ist, weil es dort fast den ganzen Winter regnet, aber wenn ich woanders wäre, wo das Wetter besser ist und wärmer, wäre ich wahrscheinlich ständig draußen statt zu malen."

„Die Aquarelle drinnen sind von dir?" fragte ich beeindruckt. „Sie sind gut. Wirklich."

Jo wurde rot. Gracie stand auf und ging hin und her, sie wollte zum Thema zurückkommen.

„Du wolltest sagen, Coach ging Maddie erst in der Nacht nach, in der Annie Sesson verschwand?" soufflierte ich.

„Richtig. Maddie war gut vierundzwanzig Stunden allein draußen, Zeit genug, um in Schwierigkeiten zu kommen. Ich ließ in der Nacht meine Außenlampe brennen und hielt Ohren und Augen offen – ich hoffte, sie würde zurückkommen. Aber am nächsten Tag war sie immer noch weg. Coach wartete bis kurz nach Sonnenuntergang, dann ritt er los und nahm ein Pony mit für Maddie. Ein paar Stunden später ging es los."

„Was?" fragte ich.

„Zuerst kamen Doc und Ben auf ihren Buggys vorbei, und ich dachte schon, Coach hätte ihnen übers Mobiltelefon gesagt, Maddie sei etwas zugestoßen, aber sie fuhren in die andere Richtung zur Mine. Gleich darauf röhrte ein Riesensattelschlepper aufs Gelände, der eine Ladung aus der Maschinenwerkstatt holte. Den Fahrern schien es egal, daß das halbe Camp schlief. Ich vermute, sie haben einen engen Zeitplan und kommen, wann es ihnen auskommt. Wie auch immer, sie wirbeln eine Menge Staub auf und erschrecken die Pferde halb zu Tode. Glücklicherweise kommen sie nicht sehr oft – alle paar Monate. Trotzdem macht es den Pferden Angst, vor allem den Neugeborenen."

„Wie können sie denn die Pferde stören? Die Werkstatt ist doch eine Meile entfernt."

„Ja, aber sie laden immer bei der Mine auf, wo die Waren gelagert sind. Ben benutzt die Lore, um die fertigen Produkte zur Mine zu bringen. Dafür ist die Mine noch gut. Vor hundert Jahren hat sie vielleicht ein bißchen Gold gebracht. Jetzt ist sie bloß ein großes, luft- und wasserdichtes Vorratslager."

„Hm. Der Laster kam also ein paar Stunden nach Dunkelwerden durchs Camp? Um wieviel Uhr, ungefähr?"

„Gegen zehn, würde ich sagen. Ich war auf der Veranda und hielt nach Maddie Ausschau, als sie durchkamen. Ich dachte gerade, das geht ja heftig zu, als es noch heftiger wurde. Als nächstes sah ich Licht hinter den Ställen, und ich holte mein Fernglas. Es ist nicht ungewöhnlich, daß jemand aus dem Kollegium sich ein Pferd für einen nächtlichen Ausritt holt, aber ich wollte sicher sein, daß es niemand von den Jugendlichen war. Es war aber nur Clutch. Wahrscheinlich hatte er was vergessen. Er ritt auf seinem Pferd zum Camp zurück."

„Warum denn das?" fragte Gracie.

„Vielleicht hat ihn jemand gerufen, bei den Toren zu helfen oder so. Aber ich weiß, daß Clutch normalerweise um zehn im Bett liegt. Er ist ein Frühaufsteher. Es mußte also was Wichtiges sein. Jedenfalls erschien ungefähr eine halbe Stunde später Annie Sesson."

„Erschien wo?" fragte ich. Jo holte die Flasche Pinot Noir aus der Hütte und goß uns allen nach.

„Bei den Ställen, sie sattelte Apfel, ihr Lieblingspferd, obwohl es schon spät war. Sie ritt über die Wiese, und ich sah ihr nach. Dann holte ich mir ein Glas Wein, und als ich zurückkam, war sie nicht mehr zu sehen. Dann fuhr der Laster weg. Als nächstes sah ich Clutch bei den Ställen, also war erledigt, was immer er zu tun hatte. Dann kam Doc auf seinem Geländewagen vorbei und kurz danach Ben auf seinem. Annie war noch unterwegs, aber natürlich kann ich sie auch verpaßt haben, weil ich ein paarmal rein und rausging. Ich beschloß es gut sein zu lassen und ging zu Bett. Ich war schon fast eingeschlafen, als ich Pferde wiehern hörte. Ich stand auf und sah hinaus. Coach kam zurück, allein. Es war das erstemal, soweit ich weiß, daß er einen Flüchtling nicht aufgespürt hatte. Ich hatte Angst, Maddie könnte etwas passiert sein, und nahm mir vor, am nächsten Morgen bei der Suche nach ihr zu helfen, ob es Coach gefiel oder nicht. Aber irgendwann in der Nacht muß Maddie von sich aus zurückgekommen sein. Ich glaube, Coach war so erleichtert, sie beim Appell zu sehen, daß er ausnahmsweise gnädig war. Clutch vertraute mir an, daß Coach tatsächlich gefürchtet hatte, schließlich doch jemanden zu verlieren. Es sei eines der wenigen Male gewesen, wo er Coach habe schwitzen sehen. Auch auf mich machte Coach die nächsten Tage einen sehr nervösen Eindruck. Dann aber wurde klar, daß Annie Sesson mitten in der Nacht verschwunden war, und das ganze Camp war schrecklich aufgeregt."

„Hast du jemandem erzählt, daß du Annie hast wegreiten sehen?"

„Natürlich. Sobald ich hörte, daß sie weg war, sagte ich es Clutch. Es hätte ihr ja was passiert sein können. Aber er sagte, Annie hätte ihre Hütte ausgeräumt und sei kurz vor Morgengrauen mit ihrem Auto weggefahren. Ihr Pferd stand wieder im Stall, also dachte ich nicht weiter drüber nach. Nur eine Seltsamkeit mehr in einer seltsamen Nacht."

„Wenn Maddie nicht diese Botschaft geschrieben hätte, Miss Sesson sei ermordet worden, würde ich dir zustimmen", sagte ich.

„Ich mag keine Zufälle", sagte Gracie.

„Ich auch nicht. Wußtest du, daß Annie und Coach ein Verhältnis hatten?" fragte ich Jo.

„Nicht direkt", antwortete sie. „Aber von hier siehst du einiges. Zum Beispiel gemeinsame Ausritte. Vielleicht haben sie, wenn sie im Wald waren, noch was anderes gemacht."

„Glaubst du, Annie könnte Coach nachgegangen sein – vielleicht um bei der Suche nach Maddie zu helfen?"

„Wenn, dann hat er sie jedenfalls nicht darum gebeten. Coach will bei so etwas keine Gesellschaft. Er sagt, andere Leute machen zuviel Lärm."

„Lacy Godfrey hat mir erzählt, Annie hätte geglaubt, daß Coach eine andere hat", sagte ich. „Hast du Coach je mit einer anderen gesehen?"

„Flirten, ja. Aber nichts Ernstes."

Ich erzählte den beiden, was Dean Dobberteen gemurmelt hatte, als Belinda Pitt ihn in die Lippe gebissen hatte.

„Die kenne ich. Die hat sich schon an Clutch rangemacht. Und bei mir hat sie es auch versucht." Jo kicherte. „Meine

Verkleidung wirkt wohl in beide Richtungen. Hält mir die Jungs vom Hals und zieht die Belindas an.“ Jo lachte, und Gracie und ich fielen ein. Nicht wegen Belinda, sondern unseretwegen, und ich war sicher, Jo wußte das. Daß wir lachen konnten, half uns, uns zu entspannen. „Ich würde es Coach ja zutrauen“, sagte Jo. „Aber ich habe die beiden nie zusammen gesehen.“

„Lacy sagte, es sei ausgeschlossen, daß Coach sich mit einer Schülerin einläßt. Doc würde ihn auf der Stelle feuern.“

„So allgemein gesagt stimmt das. Aber Coach kommt mit Sachen durch, an die andere nicht mal denken dürften. Wie der idiotische Viehstock. Doc und Clutch finden sich damit ab. Und diese Isolationsgeschichte. Das war allein Coachs Idee. Als ich Schülerin war, gab es keine Isolation.“

„Was ist das eigentlich?“ fragte ich.

Jo überlegte. „Die beste Definition ist wohl geistige Folter. Coachs Methode, ein Kind kleinzukriegen. Ich stimme dem überhaupt nicht zu, aber über die Ergebnisse läßt sich nicht streiten. Wer einmal drin war, tut alles, um nie wieder hinein zu müssen.“

„Und wo ist diese Isolation?“ fragte ich.

„Ich denke, das ist das zweite, wofür die Mine gut ist.“

12

Madeline

Maddie versuchte nicht zu zittern, aber sie hatte Angst, und sie fror. In Gesicht und Haar klebten immer noch Reste von Götterspeise.

„Du fängst jetzt nicht an zu heulen, klar?“ sagte Coach. „Ich hasse Heulsusen. Besonders wenn sie sich stark genug glauben, anderen Leuten die Nase blutig zu hauen.“

Er war an der Lore und den Durchfahrtsverboten vorbei durch ein elektronisch gesteuertes Tor in den Eingang zur Mine gefahren, der Maddie wie ein klaffendes zahnloses Maul in der Bergflanke vorkam. Es roch dumpfig, Coachs Stimme hallte von den Wänden wider.

„Vorsichtig. Paß auf, wo du hintrittst." Er half Maddie aus dem Anhänger und führte sie über den kalten Felsboden in den höhlenartigen Gang.

Die plötzliche Dunkelheit kam ihr vor, als wäre das Licht aufgesaugt worden, sie drehte sich um, um sich zu vergewissern, daß hinter ihr Tageslicht war. Coach stupste sie mit dem Viehstock vorwärts. Mit einemmal wußte Maddie, daß dieser Stock elektrischen Strom durch ihren Körper schicken konnte, der sie umbrachte. Die Spitze auf ihrem Rücken genügte, daß ihr kalter Schweiß ausbrach.

„Wohin bringen Sie mich?" fragte sie mit dünner Stimme.

„Dahin, wo du viel Zeit hast, über alles nachzudenken, Madeline. Manchmal braucht der Mensch einfach ein bißchen Ruhe und Frieden, um seine Gedanken zu ordnen."

„Ich weiß, was ich getan habe, war falsch. Aber sie war gemein zu der Neuen", stammelte Maddie. Coach hörte nicht zu. Er ging vor ihr her in einen größeren Raum. Maddie sah Holzbalken die Wände entlanglaufen. Einige waren krumm, und sie überlegte, wie lange sie wohl das Gewicht der Decke noch tragen würden, falls das ihre Aufgabe war.

Coach beugte sich über eine sargförmige Holzkiste an der Wand und fummelte am Riegel. Entsetzen durchfuhr Maddie, er könnte sie da hineinsperren. Aber Coach klappte den Deckel hoch und holte eine Wolldecke aus der Kiste. „Fang", sagte er und warf ihr die Decke zu. Sie stolperte fast vor Erleichterung. Coach holte noch in paar Dinge aus der Kiste, die Maddie in der Dunkelheit nicht erkennen konnte.

„Du sollst weder verhungern noch verdursten", sagte er und stülpte sich einen Bergarbeiterhelm auf den Kopf. Er packte Maddie eine Plastikflasche mit Wasser, eine Rolle Klopapier und ein Päckchen Erdnußbutterkekse auf die Decke. Dann dirigierte er sie mit dem Viehstock in einen engen Tunnel. „Immer den Gleisen nach“, sagte er.

Maddie betrachtete die Eisenschienen, die in die Mine führten. Sie drehte sich um und sah Coach ängstlich an.

„Los!“ sagte er. Sie wußte, er hatte den Finger am Abzug des Stocks, und machte einen Schritt in die Dunkelheit. Plötzlich war der Tunnel vor ihr taghell. Sie brauchte einen Moment, bis ihr klar war, daß Coach die Lampe auf seinem Helm angemacht hatte.

„Besser?“ fragte er. Maddie nickte. Der Tunnel vor ihr schien nicht enden zu wollen, jedenfalls reichte er weiter als der Lichtstrahl. Plötzlich kam von vorne ein schreckliches Stöhnen und Rumpeln. Maddie erstarrte.

„Keine Angst, Mädchen. Die alte Mine ist noch nicht zusammengekracht. Geh einfach vorsichtig weiter.“ Wieder stupste er sie, und sie schob sich vorwärts, zögernd, als wäre jeder Schritt ihr letzter.

„Nun mach schon. Bei dem Tempo kommen wir ja nie an.“ Coach übernahm die Führung. Maddie sah zurück und starrte in tiefes Dunkel. Wenn sie geglaubt hätte, es zu überleben, wäre sie zurückgerannt. Aber der Eingang war schon zu weit weg. Als sie sich wieder umdrehte, war Coach bereits zehn Schritte vor ihr, und sein Licht ging mit ihm. Sie beeilte sich, ihm zu folgen – in der Dunkelheit zurückzubleiben, war noch schlimmer.

Das Gefälle wurde steiler, je weiter sie in den Berg kamen. Plötzlich teilte sich der Tunnel, die Gleise nahmen den Weg nach rechts, Coach folgte ihnen. Es kamen weitere Abzweigungen, eine so dunkel und abweisend wie die andere. Coach schwenkte jedesmal mit den Gleisen nach rechts, der Strahl seiner Lampe hüpfte über die Felswände.

Wieder rollte ein Stöhnen durch den Tunnel, es kam von irgendwo unter ihnen und ging Maddie durch Mark und Bein.

„Was ist das?“ brachte sie fertig zu fragen.

Coach drehte sich um, der Lichtstrahl auf seinem Helm blendete sie. „Immer wenn du glaubst, du seist wer, möchte ich, daß du dich an dieses Geräusch erinnerst, Madeline. Der Berg kann dich in einer Sekunde verschlucken. Du bist nichts für ihn. Weniger als eine Mücke. Weniger als die Scheiße einer Mücke. Verstehst du?“

Sie nickte und schloß vor dem Licht die Augen.

„Ich weiß, du denkst, dir geht es dreckig. Du fühlst dich unverstanden. Laß es, Madeline. Bis jetzt bist du nichts als eine jämmerliche Heulsuse. Diese Erfahrung soll dir helfen, darüber hinauszukommen. Verstanden?“

Sie verstand nicht, aber sie nickte trotzdem, Tränen liefen über ihre Wangen. Coach ging weiter, und sie folgte ihm und wischte die Tränen in die kratzige Wolldecke.

Schließlich, als das Gefälle abzunehmen schien, verließ Coach die Gleise und trat in einen Seitentunnel. Was ihn von allen anderen unterschied, war, daß der Eingang eine Tür hatte. Am Türknauf war eine Kette von etwa drei Metern Länge befestigt. Am Ende der Kette hing eine Handschelle. Maddie wich zurück und fiel fast über die Schienen.

„Am besten bringen wir es gleich hinter uns“, sagte Coach. Er hatte den Helm abgenommen und auf den Boden gestellt, so daß das Licht die kleine Höhle erleuchtete. Der Raum war etwa drei Meter breit und fünf Meter tief. Die Decke war niedrig, und in einer Ecke hörte Maddie Wasser tropfen. Trotzdem, mit Licht war es nicht mal so schlimm. Wenn er das Licht daließe, würde sie es aushalten.

„Du kannst deine Sachen dahin legen.“ Coach zeigte auf die Rückwand. „Die Toilette ist da drüben. Guck es dir an, solange du sehen kannst. Dann ist es im Dunkeln einfacher.“

Maddie sah ihn mit großen Augen an. „Sie lassen mir das Licht nicht da?“

Coach lachte. „Nein, Madeline. Jetzt sieh nach, damit du weißt, wo du hinmußt. Da ist ein Holzdeckel.“

Maddie bewegte sich vorsichtig über den kalten Boden zu der Toilettengrube. Selbst bei geschlossenem Deckel roch sie den Gestank. Sie tastete mit der Hand nach dem Deckel, hob ihn aber nicht hoch. Sie wollte nicht hineinsehen. Sie wollte den widerlichen Geruch nicht einatmen. Sie würde es eben so lange wie möglich aufhalten. Sie wischte die Hände an der Hose ab und stieß beim Zurücktreten mit Coach zusammen.

„Okay, und jetzt noch dies." Bevor sie begriff, was geschah, hatte er die Handschelle um ihr linkes Handgelenk gelegt und eingerastet.

„Damit du nicht auf Ideen kommst und versuchst, wegzulaufen. Hier bist du sicher. In der Mine kannst du dich für immer verlaufen. Hast du alles, was du brauchst?"

Als hätte sie eine Wahl. Als würde er ihr Milch und Kekse bringen, wenn sie darum bat. „Wie lange?" Sie brachte es nicht fertig, den Satz zu vollenden.

„Wir werden sehen", sagte er. „Ich komme in ein paar Tagen vorbei, und dann reden wir darüber. Paß auf die Stelle dahinten auf. Könnten Fledermäuse sein."

Damit hob er seinen Helm auf und nahm das Licht mit. An der Tür sagte er: „Ich werde nicht abschließen, okay? Aber laß sie zu. Manchmal fliegen ganze Fledermauskolonien durch die Mine. Hier drinnen wirst du sie nicht haben wollen."

Er zog die Tür zu und war verschwunden. Maddie stand mitten im Raum, große Tränen rollten ihr über die Backen.

„Nein!" schrie sie in die Finsternis.

Neeeeiiin!!! rollte das Echo über die Felswände und umgab sie mit dem Geräusch ihrer Verzweiflung. Maddie fiel auf die Knie und kroch zu der kratzigen Decke, warf sich darauf und begann zu schluchzen.

13

Diesmal gab es keinen Zweifel – ich starb. Es gab kein Licht, wenig Luft und noch weniger Hoffnung. Und diesmal wußte ich genau, wo ich war: in der Mine in Camp Turnaround. Ich erstickte. Ich wußte, ich mußte etwas unternehmen, mich bewegen! Aber meine Füße waren wie angenagelt, und ich konnte nichts tun als auf den Tod warten.

Ich erwachte, mein Herz raste, ich fühlte den schon vertrauten Griff der Furcht nach mir. Ich versuchte einen klaren Kopf zu bekommen. Was war geschehen, daß lange verdrängte Ängste mich plötzlich so quälen konnten?

Ich stand auf und lief hin und her und versuchte es zu verstehen. Nach Dianes Tod hatte ich an fast nichts anderes als den Tod gedacht und alles gelesen, was mir dazu in die Hände fiel. Bis ich nicht mehr wußte, was ich glauben sollte, und beschloß, mein Leben zu leben. Lange Zeit hatte das funktioniert, selbst in gefährlichen Situationen. Erst jetzt hoben Furcht und Zweifel wieder ihr häßliches Haupt.

Ich zog mich an und machte mir einen Kaffee. Gerade jetzt konnte ich diese Identitätskrise nicht gebrauchen. Ich hatte keine Zeit, mich auf meine Probleme zu konzentrieren. Ich mußte mich um Maddie kümmern.

Auf jeden Fall wollte ich mir diese Maschinenwerkstatt ansehen. Die nächtliche Transaktion in der Mine beunruhigte mich, nicht nur wegen des Traums. Warum hatte der Fahrer mit dem Beladen bis zum Dunkelwerden gewartet? War das wirklich nur Konsequenz eines engen Stundenplans?

Ich rekapitulierte die Fakten. Maddie war an einem Donnerstagabend weggelaufen. Coach hatte bis Freitagabend mit ihrer Verfolgung gewartet – dieser Gedanke ließ mich genauso frösteln wie seine Verwendung eines Viehstocks für Kinder. Je mehr ich über Coach erfuhr, desto weniger mochte ich ihn und desto besser verstand ich, warum Ida und Doc die staatliche Anerkennung von Camp Turnaround so wenig forcierten. Kurz nachdem Coach losgezogen war, fuhren Ben und Doc zur Mine, und bald darauf stieß der LKW dazu. Dann erschien Clutch bei den Ställen, sattelte sein Pferd und ritt zum Camp. Dann erschien Annie Sesson, sattelte ihr Pferd, ritt davon und ward nicht mehr gesehen. Kurz darauf fuhr der LKW ab, Clutch tauchte wieder auf, Doc und Ben fuhren zum Camp zurück. Nicht viel später kam Coach allein zurück. Irgendwann in der Nacht schlich Maddie Boone ins Camp und in ihr Bett. Ihre Rückkehr wurde erst am nächsten Morgen beim Appell festgestellt.

Aus den Aufsätzen der SchülerInnen hatte ich noch etwas erfahren. Ein Mädchen namens Tanya Payne hatte meiner Vorgabe eine seltsame Wendung gegeben und ihre Schwächen mit den Stärken einer anderen verglichen. Die, mit der sie sich verglich, war Belinda Pitt. Den dritten Absatz fand ich besonders aufschlußreich.

Während ich ziemlich feige und ängstlich bin, ist Belinda tapfer und kühn. Sie hat nie Angst, für sich selbst einzutreten oder etwas Neues auszuprobieren oder etwas Riskantes zu wagen, selbst wenn es bedeutet, sich in Gefahr zu bringen. Als zum Beispiel eines Nachts ein Mädchen aus unserem Haus weglief, ging Belinda aus eigenem Entschluß mit auf die Suche, weil sie sich dafür verantwortlich fühlte, daß eine ihr Anvertraute fortgelaufen war. Sie hätte das von sich aus niemandem gesagt, aber als sie zurückkam, war ich wach, und sie erzählte es mir. Daraus ist zu sehen, daß sie nicht nur tapfer, sondern auch selbstlos ist, was ich auch nicht bin. Ich kann sehr egoistisch sein.

Belinda Pitt hatte einige Mädchen total reingelegt. Selbstlos? Tapfer? Eher manipulierend und mit der Schulleitung zusammenarbeitend. Aber unabhängig davon, was Tanya Payne dachte, Belinda Pitt war in der Nacht, in der Annie Sesson verschwand, draußen gewesen, angeblich auf der Suche nach Maddie Boone. Ich glaubte keine Sekunde daran. Hatte sie Coach gesucht? Hatte sie ihn getroffen? War Annie Sesson ihr gefolgt? Hatte sie die beiden gesehen?

Ich ließ meiner Phantasie freien Lauf und malte mir aus, wie Annie Coach und Belinda zur Rede stellte und drohte, ihre Affäre Doc zu verraten. Hatte Coach sie getötet, damit sie den Mund hielt? Selbst für Coach war das ein bißchen extrem. Aber vielleicht hatte er sie, ohne es zu wollen, verletzt, und Belinda und er hatten beschlossen, darüber zu schweigen. Hatte Maddie alles beobachtet?

Bevor meine Phantasie mit mir durchging, erinnerte ich mich daran, daß Jo Belinda in dieser Nacht nicht gesehen hatte. Was mich zu den Tatsachen und zur Frage der nächtlichen LKW-Beladung zurückbrachte. Ich mußte wissen, was in der Werkstatt hergestellt wurde.

Ben Biscane saß in einigem Abstand zu den lärmenden Kindern allein an einem Tisch. In der linken Hand hielt er eine Nummer des Time Magazine, mit der rechten schob er Rührei in den Mund.

„Darf ich mich dazusetzen?“ fragte ich. Er wirkte nicht gerade entzückt, nickte aber und legte zögernd die Zeitschrift auf den Tisch.

„Ich will nicht stören“, sagte ich. „Aber alle anderen scheinen schon weg.“

„Das Disziplinarkomitee tagt, glaube ich“, sagte er. „Sie sind im Hinterzimmer, wenn Sie dazustoßen wollen. Ich persönlich steh nicht so auf Komitees.“

„Ich auch nicht“, sagte ich. „Cassidy James. Der Ersatz für Miss Sesson.“ Ich streckte meine Hand aus, und er schüttelte sie. Er hatte große braune Augen und ein auf unauffällige Weise hübsches Gesicht. Er ähnelte seinem älteren Bruder nur wenig. Es war nicht schwer, sich ihn mit einer Flasche Bier und einer Schüssel Popcorn vor dem Fernseher vorzustellen.

„Freut mich", sagte er. „Ben Biscane. Ich mache die Maschinenwerkstatt."

„Oh, wirklich? Ich würde sie gern mal besichtigen. Ist das so was wie die Holzwerkstätten in manchen Highschools, wo die Kinder diese reizenden Projekte machen?"

Er lachte. „Kaum. Es ist eine richtige computergestützte Fabrik. Wir fertigen und verkaufen Hardware."

„Wirklich? Was für Hardware? Computerausrüstung?" Ich biß in eine Scheibe Speck – hoffentlich war die Blondes-Dummerchen-Nummer nicht zu aufgesetzt. Er wachte auf, auf die Weise, wie manche Männer aufwachen, wenn sie glauben, ein Publikum zu haben.

„Ach nein, nichts Aufregendes. Meist so langweilige Sachen wie landwirtschaftliches Werkzeug und Maschinenteile. Wir können so ziemlich alles herstellen. Das ist die Seele des Geschäfts. Wenn die Entwürfe im Computer sind, werden die Maschinen eingestellt, und dann ist es fast so was wie Fließbandarbeit. An der Stelle kommen die Kids ins Spiel. Einige lernen Daten einzugeben und die Maschinen einzurichten. Die meisten arbeiten an den Maschinen."

„Sie können stolz sein. Ich meine, es klingt, als wäre das Programm sehr erfolgreich." Ich trug ziemlich dick auf, und Ben schluckte es.

„Das ist es. Ich weiß, es klingt wie Angeberei, aber das Geschäft brummt. Wenn der Laden größer wäre und ich mehr Arbeitskräfte hätte, könnte ich das Ergebnis glatt verdoppeln Aber wieviel braucht ein Mann? In ein paar Jahren setze ich mich zur Ruhe. Und solange ist es hier nicht übel."

„Was heißt nicht übel? Es ist ein Paradies. Ich verstehe nicht, wie meine Vorgängerin hier weggehen konnte."

Ben zuckte die Achseln und warf mir einen Blick zu. „Ganz meine Meinung", sagte er. Sein Blick rutschte ein bißchen nach links, während er das sagte. Ich hätte gewettet, daß er etwas verbergen wollte.

„Miss Sesson hat Ihnen also nicht gesagt, daß sie fort wollte, als Sie sie in der Nacht trafen?"

Bens Augen wurden schmal. „Wovon reden Sie da?"

„Oh, ich dachte, weil sie während des Aufladens an dem Abend an Ihnen und den anderen vorbeikam."

Ben starrte mich verblüfft an. „Sie müssen da was durcheinanderbringen. Ich habe Annie Sesson an dem Tag, an dem sie ging, zuletzt beim Frühstück gesehen. Was in aller Welt bringt Sie auf die Idee, sie sei bei der Mine gewesen?"

„Ich glaube, jemand sagte, sie dort gesehen zu haben. Ist ja auch nicht wichtig."

„Also Sie irren sich und dieser Jemand auch." Er schien sich zu fangen. „Entschuldigen Sie. Mich irritiert es, wenn die Leute Dinge durcheinanderschmeißen. Wer hat Ihnen das denn erzählt?"

„Das weiß ich schon nicht mehr. Seit ich angekommen bin, erzählen alle mir, wie nett Annie Sesson war und wie sehr sie vermißt wird. Sogar die Schüler sagen das. Aber Sie wissen ja, wenn eine Person einer anderen etwas erzählt und die erzählt es weiter, ist die Geschichte irgendwann nicht mehr wiederzuerkennen. So ist es wahrscheinlich auch hier." Meine Blondes-Dummerchen-Nummer überzeugte inzwischen sogar mich.

Ben schob seinen Teller beiseite und trank den Rest Kaffee. Er hatte seine gute Laune wiedergefunden. „Sie haben recht", sagte er. „Ich habe sogar gehört, daß sie schwanger war und das nicht bekannt werden lassen wollte. Und ein anderes Gerücht sagte, sie sei mit einem neuen Schüler davongelaufen, weil sie heiraten wollten. Können Sie sich das vorstellen?"

„Sie war schwanger?"

Er lachte. „Sehen Sie? Genauso läuft es. Kommen Sie mal vorbei, ich zeig Ihnen dann die Werkstatt."

„Danke. Vielleicht nach dem Frühstück." Ich sah ihm nach, als er aus dem Speisesaal ging, und überlegte, wieso meine wilde Erfindung von Annie bei der Mine offensichtlich einen Nerv getroffen hatte. Ich beendete mein Frühstück und machte mich dann auf den Weg zur Werkstatt. Ben Biscanes Angebot wollte ich nutzen, solange es stand.

14

Madeline

Sie wollte es nicht glauben, aber sie hatte tatsächlich geschlafen. Ein erneutes Grollen des Berges hatte sie geweckt, und gleich war sie wieder von Furcht erfüllt. Zitternd vor Kälte saß sie aufrecht und lauschte. Wie lange hatte sie geschlafen? Eine Stunde? Fünf Stunden? Vielleicht die ganze Nacht?

Gleich würde Coach kommen und sagen, es sei überstanden? Aber er hatte von einigen Tagen geredet. Solange hatte sie jedenfalls nicht geschlafen.

Sie reckte sich, die metallene Handschelle störte sie, die auf ihrer Wange, da, wo sie darauf gelegen hatte, einen schmerzenden Abdruck hinterlassen hatte. Sie rieb sich die Wange und dann das Handgelenk und wünschte, sie könnte die Fessel aufhaken. Und dann fielen Maddie zum erstenmal, seit sie hierher verschleppt worden war, die Schätze ein, die sie am Morgen in der Küche abgegriffen und in ihrer Hose verborgen hatte.

Eilig löste sie die Sicherheitsnadel des Plastiktäschchens und sortierte den Inhalt auf der Decke. Sie besaß ein Messer! Und, fast noch wertvoller, sie hatte Streichhölzer! Und eine

Schachtel Geburtstagskerzen! Wenn sie ein Feuer machen könnte, wäre die Höhle nicht mehr ganz so unerträglich.

Sie strich ein Streichholz über den Felsboden. Beim dritten Versuch fing es Feuer, flackerte kurz auf und erlosch. Maddie geriet in Panik, griff nach dem nächsten Streichholz, dann hielt sie inne.

Denk nach, befahl sie sich. Benimm dich nicht wie ein ängstliches kleines Mädchen. Genau das war sie zwar, aber sie konnte sich im Moment diese Schwäche nicht leisten.

Sie legte das Hölzchen in ihren Beutel zurück, hockte sich auf die Fersen und überlegte. In der Höhle zog es, wahrscheinlich war das Streichholz deshalb ausgegangen, trotzdem war es gut, denn wenn sie ein Feuer in Gang brachte, brauchte sie Lüftung. Der Luftzug hieß aber auch, daß es schwieriger war, Feuer zu machen. Außerdem hatte sie nichts, das brannte. Mit den dünnen Geburtstagskerzchen würde sie nicht weit kommen. Sie stand auf und folgte ihrem Gefühl nach zur Rückwand der Höhle – wo vielleicht Fledermäuse waren, hatte Coach gesagt. Mit angehaltenem Atem streckte sie die Hand aus und tastete die Wand ab, bis sie die Öffnung fühlte. Langsam steckte sie die Hand hinein und spürte den Luftzug, der aus einem offenen Schacht kam. Mit der anderen Hand ertastete sie die gegenüberliegende Seite der Vertiefung und stellte sich das Kämmerchen vor: ein Meter breit, ein Meter hoch und etwa dreißig Zentimeter tief. Groß genug, um etwas darin zu verstecken, das größer war als Fledermäuse. Sie erschrak – und wenn darin ein Tier lauerte? Schlangen zum Beispiel?

Hör auf damit, befahl sie sich. Wichtig war der Luftzug, jetzt fehlte ihr bloß noch Holz. Und Geduld, ermahnte sie sich. Und dann ging ihr auf, daß sie trotz der Dunkelheit und trotz der Tatsache, daß sie in dieser schrecklichen Mine gefangen war, an etwas anderes gedacht hatte als an ihre Angst. Sie machte Pläne, und das war gut. Wenn sie einen Plan hatte, würde sie auch hier herauskommen.

Sie tastete sich zu ihrer Decke zurück. Vielleicht hatte das Schweizer Armeemesser irgendein kleines Werkzeug, mit dem sie die Handschelle aufschließen konnte. Wenn sie die Handschelle los war, würde sie vielleicht Holz auftreiben. Und wenn sie Holz fand, konnte sie versuchen, Feuer zu machen.

Es gegen den Luftzug mit ihrem Körper schützend, opferte Maddie ein zweites Streichholz. Als es Feuer fing, hielt sie die Flamme an eine Geburtstagskerze und sprach ein kleines Gebet. Die Kerze flackerte, dann fing sie sich. Maddie tropfte etwas Wachs auf den Boden und klebte die Kerze damit fest. Es war nicht üppig, aber das schwache Licht gab ihr Hoffnung und Kraft.

Rasch zog sie alle Werkzeuge aus dem Messer und prüfte jedes einzeln mit den Fingerspitzen, um herauszufinden, wozu es diente. Der Schraubenzieher war einfach, ebenso die kleine Säge und die Messerklinge. Es gab eine Schere, eine Nagelfeile, einen Dosen- und einen Flaschenöffner und schließlich etwas von der Gestalt und Größe eines Zahnstochers oder einer Ahle. Das war im Augenblick wohl das nützlichste von allen.

Ihre Hände zitterten eher vor Aufregung als vor Kälte, als sie die anderen Werkzeuge zusammenklappte und die Ahle fest zwischen die Finger nahm. Sie befühlte ihre Fessel, bis sie auf der Außenseite ein kleines Loch spürte. Das mußte das Schlüsselloch sein. Sie hatte im Fernsehen gesehen, wie Leute sich von ihren Handschellen befreiten. Hätte sie nur genauer hingeschaut.

Glücklicherweise hatte Coach ihr die linke Hand gefesselt. Mit der rechten brachte sie die Ahle in das Loch und drehte vorsichtig. Nichts! Sie versuchte es noch einmal. Wieder nichts. Sie drückte erst gegen die eine, dann gegen die andere Seite, vorsichtig, um nichts abzubrechen. Dann drückte sie die Ahle in das Loch, soweit es ging. Und plötzlich sprang das kleine Schloß auf.

„Geschafft!“ schrie sie.

Geschafft! echote es aus der Höhle zurück.

Sie riß die Fessel vom Handgelenk und warf sie zu Boden. „Ja!“ schrie sie.

Ja! kam die Antwort.

Maddie tanzte um ihre Decke, die Kerze erlosch, und sie kam in die Wirklichkeit zurück. Vorsichtig nahm sie die Fessel und die daran hängende Kette und trug sie zur Rückwand. Wenn Coach kam, sollte er nicht merken, daß sie sich befreit hatte.

Wenn ich nur eine Taschenlampe hätte, dachte sie. Mit einem Licht hätte sie den Weg zum Eingang gefunden. Sie mußte ja nur den Gleisen folgen. Und dann? Wenn Coach merkte, daß sie entkommen war, würde er beim nächstenmal nur besser aufpassen. Das Beste war, es sich für diesmal so erträglich wie möglich zu machen und einen Fluchtplan für später zu entwickeln.

Sie verstaute ihre Besitztümer einschließlich der Erdnußbutterkekse sorgfältig in ihrem Beutel und befestigte ihn wieder an ihrem Hosenbund. Sollte sie nicht in die Höhle zurückfinden, würde sie wenigstens nicht verhungern. Sie trank ein wenig Wasser aus der Flasche und tastete sich zur Tür.

Einen Moment lang dachte sie in Panik, Coach könnte sie ausgetrickst und die Tür doch verschlossen haben. Aber die Tür öffnete sich auf den ersten Druck, und Maddie stand im Haupttunnel.

Sie wählte die Richtung, aus der sie mit Coach gekommen war. Sie tastete sich mit der linken Hand an der Tunnelwand entlang, und plötzlich stolperte sie über etwas, das vor ihr aufragte, lag auf dem Bauch, Ellbogen und Knie aufgeschlagen. Sie richtete sich auf und fuhr mit den Händen über den Boden.

An dieser Stelle zweigte eine Gleisspur vom Hauptstrang ab. Offenbar hatte sich eine Schwelle gelöst – ihre Finger fühlten abgesplittertes Holz! Auf Händen und Knien folgte sie dem Nebengleis, und fühlte, daß im Unterschied zum Hauptgleis, wo alles fest und sicher wirkte, hier vieles verwittert und gesplittert war. Holz im Überfluß!

Sie zog und schob solange an einem Holzstrunk, bis sie ihn losgelöst hatte. Er war knapp einen Meter lang und an seiner dicksten Stelle etwa fünfzehn Zentimeter stark. Nicht genug für ein Freudenfeuer, aber ein Anfang, dachte Maddie und machte sich auf den Rückweg. Sie tastete sich an der Felswand entlang, bis sie wieder auf die Tür stieß, und stellte überrascht fest, wie erleichtert sie war, zurückzusein.

Als nächstes brauchte sie einen Platz, der weit genug von dem Luftzug entfernt war, um ein Feuer in Gang zu setzen. Wenn aber die Höhle nach Rauch roch, würde Coach wissen, daß es ein Feuer gegeben hatte. Was war mit dem Kämmerchen an der Rückwand? Der Kamin ihrer Großeltern hatte auch manchmal gezogen, aber das hatte das Feuer nicht weiter gestört. Sie konnte es ja mit einem kleinen Feuer erst einmal ausprobieren.

Sie schleppte das Holzscheit zur Rückwand, schnitzte mit dem Messer Späne ab, die sie zu einem Häufchen schichtete. Sie fügte ein Blatt Klopapier hinzu. Dann schnitt sie größere Teile ab, die sie auf das Feuer legen wollte, wenn es erst brannte. Das größte Teil ließ sie ganz. Nun brauchte sie nur noch ein Streichholz und ein bißchen Glück.

Feierlich wählte Maddie aus ihrem kostbaren Vorrat ein Streichholz und trug es zum Feuerplatz. Sie kniete nieder und wünschte, sie wüßte jetzt ein Gebet. Sie hielt die Luft an, kreuzte die Finger der linken Hand und kratzte mit dem Streichholz über den Felsen.

Es entzündete sich gleich beim ersten Versuch, Maddie hielt die kleine Flamme ans Klopapier und blies vorsichtig darauf. Die Flamme brannte einen Augenblick blau, spürte den Luftzug, flackerte und leckte an den Spänen. Maddie pustete stärker, und wie auf Kommando fingen die Späne

Feuer. Vorsichtig fügte sie Holz hinzu, behutsam, um die kleinen Flammen nicht zu ersticken. Der Luftzug war genau richtig, und gehorsam suchte der Rauch den Abzug über der Feuerstelle.

Als das Feuer brannte, konnte sie den kleinen Alkoven deutlich sehen – einen besseren Kamin hätte sie nicht bauen können. Es gab weder Fledermäuse noch Schlangen. Der Rauch stieg etwa einen Meter hoch und wurde dann durch ein Loch in der Rückwand des Schachts abgesaugt. Sie würde Wärme haben und Licht, und wenn Coach kam, würde kein Rauch in der Luft sie verraten.

Sie hatte es geschafft! Die Höhle war nicht mehr so gruselig, das Plumpsklo in der Ecke nicht mehr so bedrohlich – und als sie das dachte, merkte sie, daß sie mußte.

Als sie vom Klo zurückkam, legte sie weiteres Holz aufs Feuer, und plötzlich hatte sie Hunger. Sie legte ihre Decke vors Feuer und setzte sich zu einem exquisiten Mahl aus Wasser und Erdnußbutterkeksen. Sie konnte sich nicht erinnern, daß ihr jemals in ihrem Leben etwas so köstlich geschmeckt hatte.

Als ihr fast die Augen zufielen, legte sie das größte Scheit aufs Feuer, breitete in gebührendem Abstand ihre Decke aus, das flackernde Licht und die Wärme wiegten sie in einen erholsamen Schlaf. Nicht einmal das Ächzen und Stöhnen des Bergs störte sie.

Als sie erwachte, war das Feuer heruntergebrannt, und während sie in die glühende Holzkohle starrte, entstand in ihr eine Idee. Beim Nachdenken darüber wurden ihr wieder die Augen schwer, und als sie eingeschlafen war, träumte sie von Flucht.

15
Madeline

Als sie erwachte, war sie sicher, daß es Morgen sein mußte. Was hieß, daß sie eine ganze Nacht im Bergwerk überlebt hatte. Ihr einundzwanzigster Tag in Gefangenschaft und zweiter Tag in Isolation hatte begonnen. Sie reckte sich und wünschte, sie hätte in der Nacht mehr Holz mitgebracht. Die Höhle war dunkel, aber noch ziemlich warm. Sie genehmigte sich zwei Erdnußbutterkekse und einen großen Schluck Wasser, dann setzte sie sich auf das Plumpsklo. Sie hatte nicht die geringste Angst – Wärme und Essen wirkten Wunder für den menschlichen Geist. Sie mußte nur das Feuer wieder in Gang bringen, dann konnte sie sich mit klarem Kopf ihrem Plan zuwenden.

Sie nahm ihr Taschenmesser und bewegte sich vorsichtig auf den Gang hinaus. Während sie sich an den Gleisen entlangtastete und nach der Abzweigung suchte, spürte sie plötzlich ein Vibrieren auf den Schienen. Bevor sie noch denken konnte, hörte sie das lauter werdende Poltern einer Maschine.

Mit angehaltenem Atem preßte Maddie sich an die Tunnelwand. Sie spürte, wie etwas Dunkles, Unheimliches über die Schienen auf sie zukam. Es war die Lore, die über die Gleise tuckerte, blind für ihre Gegenwart. Sie bewegte sich langsam und stetig, und sie stand gegen die Wand gedrückt und versuchte, den Wagen auszumachen, als er vorbeiratterte. Offenbar war er auf dem Weg zur Fabrik, um dort eine neue Ladung Abfall aufzunehmen. Als sie kürzlich nach dem Zweck der Lore gefragt hatte, war die Antwort gewesen, daß sie dafür benutzt wurde. Ganz kurz dachte sie daran, aufzuspringen, in die Fabrik einzufahren, ruhig durch die staunende Menge der Kinderarbeiter ins helle Licht des Tages zu schreiten...

Sie verwarf die Vorstellung so schnell, wie sie gekommen war. Zum einen war die Lore längst vorbei, zum anderen hatte sie weit größere Pläne als das. Der Gedanke, der ihr letzte Nacht gekommen war, gab ihr Hoffnung und ein neues Gefühl von Ziel.

Sie fand die Abzweigung und nicht lange darauf ein paar passende Holzteile, und da sie nun den Weg kannte, brauchte sie auch für den Rückweg sehr viel weniger Zeit.

Sie nutzte die glühenden Kohlen, um ein neues Feuer zu entfachen, und bald darauf war die kleine Höhle erfüllt von Licht und Wärme. Erst dann gestattete sie sich den Luxus, sich vor das Feuer zu hocken und an ihrem Plan weiterzuarbeiten.

Seit der Nacht, in der Ben und Coach sie entführt hatten, wußte sie, daß sie fliehen würde. Sie wußte nicht wie und wann, aber sie wußte, daß sie nicht länger auf diese Weise beherrscht sein wollte. Sie würde nicht zu den Großeltern zurückkehren und wußte nicht, wohin sie gehen würde. Aber sie wußte, daß sie frei sein wollte.

Sie hatte begonnen, eine Ausrüstung zu sammeln, noch bevor sie einen Plan hatte. Alle wußten, daß Coach die Flüchtigen spätestens nach einem Tag wieder einfing, daß er ihnen im allgemeinen einen Tag Vorsprung ließ, einfach so, nur zum Spaß. Sie war nicht so vermessen, anzunehmen, daß sie vollbringen könnte, was vor ihr niemand geschafft hatte. Wenn Coach siebzehnjährige Jungen in den Wäldern wiederfand, würde er mit einem mageren dreizehnjährigen Mädchen wohl kaum Probleme haben.

Trotzdem hatte sie auf einen Einfall gewartet, und jetzt war ihr einer gekommen. Der Plan war kühn und genial – und so einfach, daß niemand draufkommen würde. Sie würde nicht in die Wälder fliehen. Sie würde in die Mine gehen. Nicht im Traum würde jemand sie in der Isolation suchen. Coach würde sich aufmachen und bis zur Erschöpfung im Wald suchen. Nach einigen Tagen würde er aufgeben. Alle würden denken, sie hätte das Unmögliche geschafft – die Flucht aus Camp Turnaround. Vielleicht würden sie denken, die Wölfe hätten sie gefressen. Vielleicht würden sie sogar ihren Vater benachrichtigen, daß sie tot sei. Das geschähe ihm selbstverständlich recht, auch wenn es ihn wahnsinnig bekümmern würde. Aber was auch immer sie täten, sie würden nicht auf das Bergwerk kommen. Und selbst wenn sie am Ende dort nachsehen würden, wäre sie längst über alle Berge.

Das Schöne war: Sobald sie nicht mehr nach ihr suchten, konnte sie in den Wald gehen. Wenn sie genug zu essen, Wasser und Streichhölzer hätte, würde sie überleben. Außerdem gab es überall Bäche, Wasser war also kein Problem. Sie würde allerdings anderes brauchen – eine Decke zum Beispiel. Und etwas Rucksackähnliches, um alles darin zu transportieren.

Ein neuer Gedanke tauchte auf. Was, wenn sie überhaupt nicht in den Wald ging? Wenn sie, nachdem sie sich ein paar Tage in der Mine versteckt hatte, auf den Güterwagen sprang und damit zur Werkstatt fuhr?

Wenn sie von der Werkstatt zur Straße kommen konnte, würde sie zu Fuß den langen Weg zurück in die Zivilisation marschieren. Sie mußte herausfinden, wo genau an oder in der Werkstatt der Güterwagen hielt. Wenn sie sich dort verstecken konnte, bis es dunkel wurde, kam sie vielleicht bis zur Straße, ohne daß jemand sie sah. Und wenn sie erst mal dort war, war es ganz einfach. Wenn ein Auto kam, konnte sie sich im Gebüsch verstecken, bis es vorbei war. Sie überschlug, wieviel Nahrung sie brauchen würde, wenn der Weg sie drei Tage oder mehr kostete. Aber wenn sie in der Isolation überlebte, sollte es im Freien eigentlich keine Probleme machen, beruhigte sie sich.

Wie gut, daß sie sich auswählen konnten, wo sie arbeiteten. Sie hatte ihr Herzblut eingesetzt, um in den Ställen arbeiten zu können, wenn ihre Schicht in der Cafeteria vorbei war, aber jetzt war ihr klar, daß es wichtiger war, in der Werkstatt zu arbeiten. Schattentänzer konnte sie auch in ihrer freien Zeit besuchen. Das war das einzige, das ihr bei ihrem Plan zu denken gab: Wenn sie entkam, würde sie das schwarze Fohlen nie wiedersehen.

Trotzdem war Maddie von ihrem Fluchtplan so angetan, daß sie kaum stillsitzen konnte. Wenn sie Papier und einen Bleistift gehabt hätte, hätte sie schon mal eine Liste machen können, was sie alles brauchte – in der Höhle und dann auf der Straße. Sie würde einen richtigen Vorrat anlegen müssen. Für mindestens eine Woche.

Und dann fiel ihr ein, daß sie, solange niemand auf sie achtete, damit gleich anfangen konnte. Sie konnte natürlich nicht draußen herumstreichen, aber warum sollte sie nicht zum Eingang zurückgehen, wo Coach die Kekse und das Wasser verwahrte?

Gedacht, getan. Ihre Augen hatten sich an das sanfte Licht des Feuers gewöhnt, so daß sie vollkommen blind war, als sie wieder hinaus in den Tunnel trat. Sie tastete sich vorwärts und zuckte zusammen, als es unter ihr plötzlich wieder ächzte und rumpelte. Aber der Berg hatte sich vorher auch nicht gerührt – tröstete sie sich und ging weiter.

Der Schreckensweg mit Coach war ihr stundenlang vorgekommen, deshalb überraschte es sie, als plötzlich ein Lichtstrahl die Schienen vor ihr erhellte. Sie erstarrte und preßte sich gegen die Tunnelwand, ihr Herz klopfte furchtbar, daß es Coach sein könnte, mit seinem Bergmannshelm. Aber das Licht blieb, wo es war, und nach einer Minute schlich sie weiter bis zur nächsten Kurve und stand plötzlich im Eingang des Bergwerks. Es konnte nicht mehr als eine Viertelstunde gedauert haben – es ist halt ein Unterschied, ob du weißt, wohin du gehst, oder nicht, sagte sie sich.

Der Anblick des Tageslichts ließ ihr Herz höher schlagen, und sie stellte sich vor, wie es wäre, jetzt einfach auf die Wiese zu rennen, wo die Pferde weideten. Aber das elektronische Tor war verschlossen, und selbst wenn nicht – wenn jemand sie sah, wären alle Pläne ruiniert. Man würde ihre Werkzeuge finden und wegnehmen. Sie würde isoliert werden, wer weiß wie lange, ohne eine Möglichkeit, Feuer zu machen. Und jede Chance zu fliehen wäre dahin. Wenn sie jetzt Geduld bewies, würde sich das später auszahlen.

Sie zwang sich, nicht weiter ins Licht zu sehen, und suchte die Holzkiste. Sie hatte ihr Messer bei sich, für den Fall, daß sie das Schloß knacken müßte, aber das windige Vorhängeschloß an der Kiste war offen.

Mit klopfendem Herzen hob sie den schweren Deckel und sah hinein. Die Kiste erinnerte sie immer noch an einen Sarg, aber sie war voller Köstlichkeiten. Links lagen drei weitere Wolldecken, dazu zwei Kisten mit Wasserflaschen und mehrere Pakete mit den in Zellophan verpackten Erdnußbutterkeksen. Rechts lagen ein halbes Dutzend Bergmannshelme übereinander gestapelt, zwei Taschenlampen und eine metallene Werkzeugkiste.

Maddie nahm vorsichtig den obersten Helm und setzte ihn sich auf. Er war zu groß, aber er gab ihr das wunderbare Gefühl, unbesiegbar zu sein. Eine Taschenlampe zu nehmen, traute sie sich nicht, aber sechs Päckchen Cracker und zwei Flaschen Wasser würde Coach bestimmt nicht als fehlend notieren. Anders war es mit den Wolldecken. Wenn sie nur einen Rucksack hätte, dachte Maddie und machte die Werkzeugkiste auf.

Da gab es Schraubenschlüssel, Kneifzangen, Kettenglieder, Hammer, Schrauben und Muttern und andere Dinge, von denen sie annahm, daß sie für die Lore gebraucht wurden. Jedenfalls nichts, was sie im Augenblick wirklich brauchte. Sie schloß den schweren Deckel und sah sich im übrigen Raum um.

An der Rückwand waren Holzkisten gestapelt. Sie trugen Aufschriften, und beim Näherkommen realisierte sie, daß die Kisten die Ware enthielten, die in der Werkstatt hergestellt wurde. Sie überflog den Text, um festzustellen, ob sie irgend etwas davon brauchen konnte. Ziemlich schnell merkte sie, daß sie mit Achsstäben, Hydraulikkolben oder Pumpenummantelungen nicht viel anfangen konnte.

Sie durchquerte den großen Raum, obwohl sie wußte, daß sie in ihre Höhle zurückkehren sollte, aber das Sonnenlicht war zu verlockend. In einer Ecke entdeckte sie einen Stapel blauer Plastikplanen mit metallenen Löchern an den Rändern, durch die ein Seil gezogen war. Damit wurde vielleicht bei Regen die Lore zugedeckt, überlegte sie.

Sie wollte sich schon abwenden, da kam ihr die Idee, daß sie aus einer Plane sich vielleicht einen Rucksack basteln konnte. Sie nahm eine, wickelte ihre übrigen Schätze hinein und nahm nun doch eine Wolldecke mit. Sie eilte den Weg zurück, den sie gekommen war. Mit dem Licht der Lampe auf ihrem Helm war das ein Kinderspiel.

Lange bevor Coach kam, um nach ihr zu sehen, hatte Maddie das Feuer ausgemacht und die Asche so weit nach hinten geschoben, daß nichts mehr zu sehen war. Sie hatte den Spalt untersucht, der ihr als Lüftung diente, und einen weiteren Raum entdeckt, nur halb so groß wie ihre Höhle, in dem Wasser von der Decke tropfte.

Sie hatte das Wasser vorsichtig probiert, sich die Kleider ausgezogen und ein eiskaltes Bad genommen. Sie hatte sogar das Haar naßgemacht, für den Fall, daß sie nach Rauch roch, und sich dann mit der Extrawolldecke trockengerieben. Der zweite Raum war ein Geschenk, denn hier konnte Maddie ihre Schätze verstauen.

Die letzten Stunden hatte sie in der dunklen ersten Höhle gesessen, die Fessel am Handgelenk, allerdings noch offen, die Tür angelehnt, so daß sie sehen konnte, wenn Coachs Licht über die Schienen holperte.

Als sie es schließlich sah, hatte sie die Handschelle zusammengeklickt, sich auf ihrer Decke zusammengerollt und ein Geräusch gemacht, von dem sie hoffte, daß es sich wie Wimmern anhörte.

16

Es war eine Stunde nach dem Frühstück, der Betrieb in der Maschinenwerkstatt lief auf vollen Touren. Mich überraschte, mit welcher Effizienz und Professionalität die Kinder arbeiteten, sie trugen Schutzbrillen und grüne Overalls. Sie wirken so kompetent wie die Arbeiter in den Autofabriken von Detroit, dachte ich, obwohl einige gerade eins fünfzig groß waren und Zahnspangen trugen. Auch Maddie in einem zwei Nummern zu großen Overall konzentrierte sich auf die Hebel an ihrer Werkbank. Sie sah plötzlich in meine Richtung, als hätte sie gemerkt, daß ich sie beobachtete.

Ben führte mich herum, und in seiner Stimme schwang Stolz mit, als er gegen den Maschinenlärm erklärte: „Heute machen wir Propellerflügel. Für eine Firma in Kalifornien, die aus Wind Strom gewinnt."

„Sie produzieren immer nur ein Teil zur Zeit?"

Er lachte. „Selbst bei den kompliziertesten Anlagen wird immer ein Teil zur Zeit gemacht. Der Rest ist eine Frage des Zusammenfügens. Wir stellen die Teile her und verschicken sie mit Anleitungen zum Zusammenbau. Es ist sehr viel kostengünstiger, Teile zu verschicken als ganze Anlagen. Jedenfalls bei größeren Dingen. Kleinere setzen wir manchmal auch hier zusammen."

Der Raum hatte die Größe einer Turnhalle, die limonengrüne Maschinenstraße erstreckte sich vom einen Ende bis zum anderen. Jeder Quadratzentimeter schien ausgenutzt. Auf den Fußboden gemalte gelbe Linien trennten die Arbeitsbereiche, an der Decke hingen Neonleuchten. An einer Wand stapelten sich Kisten, daneben stand ein gelber Gabelstapler. Über der Nordseite der Werkstatt bemerkte ich einen Glaskasten, durch dessen Fenster Computerterminals und große Zeichentafeln zu sehen waren.

„Und die Entwürfe machen Sie selber?"

„Ich zeig's Ihnen." Er führte mich zu einem Fahrstuhl, grün gestrichen wie die Maschinen, und schon erhoben wir uns über die lärmende Werkstatt und standen im Loft.

„Wenigstens ein bißchen leiser", sagte er und schloß die Schiebetür. „Ich nenne es die Denkfabrik."

„Beeindruckend", sagte ich. Das war es wirklich. An den Wänden reihten sich Computer, auf deren Monitoren geometrische Zeichnungen und dreidimensionale Ansichten flimmerten. Auf den Holztischen lagen technische Zeichnungen, Rechenschieber und anderes Gerät.

„Im Augenblick arbeite ich am Entwurf für eine selbstladende Heftpresse. Der Typ, der das Patent darauf hat, hat mich für die Produktion engagiert, aber sein Entwurf ist fehlerhaft. Wir verhandeln noch, aber ich denke, wenn ich das Problem gepackt habe, wird er herkommen müssen."

„Sie stellen also nicht bloß landwirtschaftliche Maschinen her", sagte ich. Durch eins der großen Glasfenster sah ich die Lore, die ich vom Eingang zum Bergwerk kannte. „Wofür brauchen Sie die Lore?"

„Vor allem zur Müllbeseitigung." Er stellte sich neben mich ans Fenster. „Wir laden unseren Abfall hier auf, und die Lore bringt ihn durch das Bergwerk zur Schutthalde auf der anderen Seite. Das Bergwerk nutzen wir außerdem zur Lagerung unserer fertigen Produkte, bis sie abgeholt werden. Hier reicht der Platz einfach nicht."

„Die Mine würde ich gern mal besichtigen", sagte ich und dachte daran, was Jo über Isolation gesagt hatte.

„Ohne mich. In das Fledermaushöllenloch kriegt mich niemand hinein. Ich gehe bis zum Eingang, wo wir die Kisten stapeln, und keinen Schritt weiter. Einmal bin ich mit der Lore durch den Tunnel gefahren, bloß um zu sehen, wie das ist. Nie wieder. Ich habe mich zu Tode gefürchtet." Seine Augen waren weit aufgerissen, und ich glaubte ihm aufs Wort.

„Und wenn niemand die Lore fährt, wie kommt sie dann von der Werkstatt zum Eingang der Mine und zurück?"

„Auf Batterie", sagte er lächelnd. „Wie bei einem Golfwägelchen. Wir laden auf und schalten ein. Und dann tuckert sie die Schienen entlang. Wir warten auf sie am Eingang, um Waren abzuladen, oder bei der Schutthalde, um Müll abzuwerfen. Die Bergleute brauchten die Loren, um die Erzabfälle fortzuschaffen. Im übrigen war die Mine ein Flop."

Ich sah hinüber zu den Kindern, die fleißig und effizient vor sich hin arbeiteten. „Die Ausbildung machen Sie auch?" fragte ich.

„Ja. Sie sind bei mir jeweils vier Wochen lang, genau wie auf der Ranch und im Mensabetrieb. In der ersten Woche gibt es nur Sicherheitsunterrichtung und Trockenübungen. In der zweiten Woche dürfen sie an die Maschinen, und auch nur an die einfachen. In der dritten Woche sind sie dann soweit. Ich lasse sie jeweils eine dreiviertel Stunde arbeiten, dann gibt es eine Viertelstunde Pause mit Federball, Schlagball, Tischtennis, solchen Sachen. Sie freuen sich immer auf die Pausen. Deshalb ist die Werkstattschicht so beliebt. Und weil sie hier nützliche Dinge lernen. Nach einem Jahr haben alle an den meisten Maschinen mindestens einmal gearbeitet. Jedesmal wenn sie kommen, gibt es andere Aufträge, so daß sich niemand langweilt. Das wäre das letzte, was ich brauche – gelangweilte Teenager an schweren Maschinen."

„Kann ich mir denken", sagte ich und überschlug im Geist all die Paragraphen über Kinderarbeit, gegen die hier verstoßen wurde. Das war wahrscheinlich ein weiterer Grund, warum sie nicht wollten, daß Camp Turnaround staatlich anerkannt wurde. Das letzte, das sie brauchen konnten: daß jemand ihnen auf die Finger guckte. In diesem Augenblick schellte die Glocke. Wie Roboter traten die Jugendlichen von ihren Plätzen zurück, und sogar durch das dicke Glas hörte ich die plötzliche Stille, als die Maschinen abgestellt wurden. Die Kids setzten ihre Schutzbrillen ab und hängten sie an Haken, dann schlüpften sie aus ihren Overalls und hängten sie daneben.

„Unglaublich, wie effizient sie sind", sagte ich.

„Sie haben lange geübt. Und diese Gruppe ist besonders tüchtig. Und sie wissen, daß ich sie beobachte. Wer von der Routine abweicht, ist die Pause los. Was meinen Sie, warum es hier so sauber ist?" Er kicherte. „Pro Tag erwische ich mindestens einen. Erwischt werden heißt saubermachen. Uhps, da haben wir einen."

Ben zog eine Pfeife aus der Tasche und öffnete ein Fenster. Der schrille Ton ließ die Jugendlichen erstarren und in Bens Richtung schauen.

„Gonzalez! Zieh deinen Overall an. Alle anderen haben fünfzehn Minuten frei."

Die Jugendlichen stürmten auf den Pausenhof bis auf Gonzalez, ein untersetzter Latino, der seine Arme in frustrierter Unschuld hochhob.

„Was hab ich denn jetzt schon wieder gemacht?"

„Mann, du läßt nach. Wie oft soll ich dir noch sagen, die Hosen hochzuziehen?"

„Aber sie rutschen, Mann. Ich hatte den Overall an. Es hat niemand gestört."

„Du kennst die Regeln, Gonzalez. Muß ich deutlicher werden?"

„Nein." Er klang, als wollte er gleich zu weinen anfangen.

„Gut. Fang mit dem Fegen an. Wenn du keinen Fehler machst, kannst du die nächste Pause nehmen."

Gonzalez murmelte etwas, aber Ben überhörte es.

„Das Nette an den Pausen ist, daß ich rauchen kann. Rauchen Sie eine mit?"

„Nein danke. Ich muß zurück. Danke für die Führung, Ben. Ich bin sehr beeindruckt."

„Aber gern. Können wir jederzeit wiederholen."

17

Der Tag ging so weiter. Nach dem Vormittagsunterricht wollte ich Maddie an der Werkstatt abpassen, aber Ben hatte die Gruppe vorzeitig zum Essen geschickt. Nach dem Essen brachte Ida Maddie in Docs Büro zur Therapiesitzung. Auch im Nachmittagsunterricht entdeckte ich keinen Hinweis, daß jemand von den Schülerinnen und Schülern in Miss Sessons Verschwinden verwickelt sein könnte. Die einzige Spur ergab sich, als ein schlaksiger Jüngling namens Todd Timmins wütend *Kampf der Autorität, Anarchie an die Macht* und *Scheißleben* auf seinen Tisch kratzte. Er war erstaunt, daß ich es nicht gleich Coach meldete. Nach dem Unterricht fragte ich ihn, ob er den Tisch auch verunstaltet hätte, wenn Miss Sesson noch da wäre – er zuckte die Achseln. Dann fing er aus heiterem Himmel an zu weinen.

„Sie fehlt dir wohl sehr", sagte ich.

Er schluchzte und stammelte: „Sie war nett zu mir. Sie glaubte an mich. Und sie hat mir etwas versprochen. Und ihr Versprechen gebrochen."

„Was für ein Versprechen, Todd?"

„Etwas Persönliches. Nur zwischen ihr und mir." Damit stürmte er aus der Klasse, drehte sich an der Tür noch einmal um und stieß hervor: „Sie halten besser den Mund."

Ob sich das auf sein Weinen, die Kritzeleien auf dem Tisch oder Annie Sessons Versprechen bezog, sagte er nicht.

Um einem frustrierenden Tag eins draufzusetzen, tauchte Maddie nicht bei den Ställen auf, wo ich auf sie wartete.

Jetzt strich eine spätnachmittägliche Brise über die Weide, Gracie und ich sahen verstohlen zu, wie Jo die Bewegung des Grases auf Leinwand zu bannen suchte. Sie war mir ein Rätsel. Von hinten sah sie wirklich wie ein Junge aus. Sie trug ein ärmelloses Hemd, das einen gut entwickelten Bizeps zeigte und gebräunte kräftige Arme, überzogen von Schnitten und Rissen, die der Stacheldraht hinterlassen hatte. Die ausgewaschene Jeans stand ihr gut, abgestoßene Stiefel und ein schwarzer Cowboyhut vervollständigten das Bild. Aber sie hatte graziöse Bewegungen und eine Aura um sich, die Stärke und Sinnlichkeit ausstrahlte.

„Ich kann mich nicht konzentrieren, wenn ihr so guckt", sagte sie schließlich mit dem jungenhaften Grinsen, das ich so mochte.

„Wer sagt, daß wir gucken?" fragte ich.

„Ich fühle es", sagte sie. „Ich dachte, ihr hättet zu tun."

Ich hatte auf Karteikarten die Namen der Personen notiert, die meiner Meinung nach Gelegenheit oder ein Motiv gehabt hatten, Annie zu töten. Wenn sie denn tot war. Gracie und ich schoben die Karten auf dem Tischchen zwischen uns hin und her. Gracie griff nach der Karte mit Docs Namen und schnippte sie in die Luft.

„Bei Doc kann ich kein Motiv erkennen, Cass."

„Nein. Aber er war an dem Abend draußen. Da konnte alles mögliche geschehen."

„Ausgeschlossen", sagte Jo und ließ das Malen sein. „Doc hat mit was immer du denkst, nichts zu tun." Ihr Ton war bestimmt, und es war klar, daß sie bei dem Thema keine Zweifel hatte.

Grace nahm seufzend die nächste Karte. „Die Fernfahrer? Welches Motiv könnten sie gehabt haben?"

„Vielleicht Unfall mit Fahrerflucht." Jo scherzte nicht wirklich. „Will jemand ein Bier?"

„Ich nehm' eins", sagte Gracie.

„Ich schließe mich an." Ich stand auf und folgte Jo in die Küche.

„Danke." Sie sah mich spöttisch an und reichte mir zwei Dosen Bier. Ich merkte, wie ich rot wurde.

„Das passiert dir häufiger, oder?"

„Was?" fragte ich.

„Daß du rot wirst. Mach ich dich nervös?"

„Nein. Bestimmt nicht. Nicht wirklich."

Jo lachte. „Doch, mach ich. Du weißt nicht, was du von mir halten sollst. Aber du magst mich, oder?" Sie schob den Cowboyhut aus der Stirn und grinste.

Ich sah sie an, meine Wangen wurden immer wärmer. Ich mochte sie. Und sie machte mich nervös. Bevor ich antworten konnte, beugte Jo sich vor und berührte meine Lippen mit ihren. Es war so schnell vorbei, daß ich kaum Zeit hatte, es zu spüren, aber der Blitz, der mich durchzuckte, war nicht zu leugnen.

„Ich mag dich auch", sagte sie und berührte mich leicht im Vorbeigehen. Ich stand da mit zwei Dosen Bier und fragte mich, was gerade passiert war. Das einzige, das ich mit Sicherheit wußte, war, daß mein Herz schlug wie das eines Teenagers. Und so nervös mich das machte, gefiel es mir auch.

Gracie spielte mit der Karte, auf der Clutchs Name stand.

„Auch Clutch hat bestimmt nichts damit zu tun", versicherte Jo. „Weder er noch Doc. Warum fragt ihr nicht einfach Maddie, was sie weiß? Das wäre sehr viel einfacher als es stückweise zusammenzusetzen."

Ich berichtete den beiden von meinen vergeblichen Bemühungen, Maddie allein zu sprechen. Gracie nickte.

„Es scheint fast, als hätte sie Angst, allein zu sein", sagte sie.

„Clutch sagt, er glaubt, daß sie vorhat, noch mal zu fliehen“, sagte Jo.

„Wann hat er das gesagt?“ fragte ich.

„Gestern. Die Art, wie sie immer wieder zum Wald hinüberblicke, verrate sie. Und daß sie von seinem Vorrat im Sattelraum jetzt mehrmals Trockenfleisch geklaut hat – er glaubt, daß sie Vorräte für einen neuen Ausflug in die Wälder anlegt.“

„Hat Clutch das auch Coach gesagt?“

„Das bezweifle ich. Sie stehen nicht besonders gut miteinander. Ich habe das Gefühl, daß Clutch die Art, wie Coach mit den Kindern umgeht, nicht mag. Mit Sicherheit weiß ich, daß er die Isolationsnummer nicht mag. Und diesen blödsinnigen Viehstock. Ich war dabei, als Clutch an die Decke ging, weil Coach ihn in seiner Gegenwart benutzte.“

„Wieso lassen sie es Coach durchgehen, wenn niemand damit einverstanden ist?“

„Weiß nicht. Coach war immer die große Hoffnung der Schule. Wahrscheinlich ist er das heute noch. He. Was ist das?“

Jo stand auf und griff nach dem Fernglas, das an einem Haken neben der Tür hing.

„Verdammt. Seht ihr die Stute über die Wiese stürmen? Sie trägt Zaumzeug, aber keinen Sattel und keinen Reiter. Los, kommt.“

Wir folgten Jo zum Stall und zäumten drei Pferde – für Sättel hatten wir keine Zeit.

Ich kam zwar nicht so elegant wie die beiden auf den Pferderücken, aber ich fiel auch nicht auf der anderen Seite herunter, als wir aus dem Stall und über die Wiese auf das Pferd zuschossen, das in einen munteren Trab gefallen war. Noch bevor wir hielten, war Jo abgesprungen und hatte die Zügel der Stute ergriffen, beruhigend sprach sie in ihr Ohr.

„Eins von den Pferden, die die Jugendlichen reiten“, sagte sie. „Clutch hat sie heute ausreiten lassen.“

„Allein?"

„Wir passen schon auf. Clutch hat während dessen Zäune repariert und war immer in ihrer Nähe. Und Ida ist heute nachmittag geritten, was sie häufiger tut, aber heute bestimmt deswegen. Die Kids bekommen so ein Gefühl für Freiheit, aber sie sind nie zu weit weg von den Lehrern. Sie sollten übrigens längst zurück sein."

„Zählt sie denn niemand?" fragte ich. „Was, wenn jemand beschließt abzuhauen?"

„Du hast es immer noch nicht kapiert, oder?" Jo stieg wieder auf ihr Pferd. Sie schob den Cowboyhut zurück und heftete ihre Augen auf mich. „Es lohnt sich nicht, abzuhauen. Zehn Minuten Freiheit oder auch vierundzwanzig Stunden, falls Coach beschließt, dich solange draußen zu lassen, sind die Strafe nicht wert. Nur die schlimmsten Dickschädel riskieren es. Weil sie wissen, daß sie bestraft werden, wenn sie etwas Falsches tun, wird ihnen ein bißchen Freiheit erlaubt. Clutch kann riskieren, sie gelegentlich rauszulassen, weil er weiß, daß sie nicht abhauen."

„Du glaubst, jemand ist vom Pferd gefallen?" fragte Gracie.

„Dann müßte der Sattel da sein", sagte Jo. „Den Jugendlichen ist verboten, ohne Sattel zu reiten. Das irritiert mich ja so." Sie suchte noch einmal mit dem Fernglas die Grenzen des Tals ab. „O Scheiße", stieß sie hervor. „Da liegt jemand."

Sie fiel in Galopp, und wir hielten uns neben ihr. Dann sah ich es auch: eine bewegungslose Masse auf dem Boden, nicht weit davon eine etwas kleinere, ebenso bewegungslos.

Beim Näherkommen sah ich, daß letztere der Sattel war, daneben lag zusammengeknäult die Satteldecke. Vier Meter entfernt lag Belinda Pitt.

„Großer Gott", sagte Jo leise.

Wir sprangen von den Pferden und rannten zu dem Mädchen, das sich beim Geräusch unserer Schritte bewegte und etwas murmelte, das wie „Coach" oder „Clutch" klang.

„Belinda. Alles in Ordnung?" Ich beugte mich über sie. Ihr Gesicht war leichenblaß und schweißbedeckt.

„Mein Bein", sagte sie, ihre Lippen begannen zu zittern. Aus der seltsamen Art, wie es gebogen war, schloß ich auf einen bösen Bruch.

„Bist du sonst verletzt?"

Sie schüttelte den Kopf, dann nickte sie und begann zu weinen.

„Alles okay, Mädchen", sagte Jo. „Wir bringen dich nach Hause." Sie hatte sich über Belinda gebeugt, und ich sah, daß die beiden obersten Knöpfe ihres Flanellhemds sich geöffnet hatten. Ihre Stimme klang beruhigend wie bei dem gefangenen Fohlen, aber Belinda starrte trotz Schock und Todesangst mit aufgerissenen Augen auf Jos Brüste.

„Wir sollten sehen, daß sie nicht friert", sagte ich. „Sie steht vermutlich unter Schock." Ich sah anzüglich auf Jo und grinste, was Jo veranlaßte, an sich herunterzublicken und tief zu erröten. „Das passiert dir häufiger, oder?" flüsterte ich und berührte sie flüchtig, als ich die Pferdedecke holen ging.

Gracie kniete neben Belinda nieder und befühlte vorsichtig ihren Nacken. „Ich möchte sie nicht bewegen, bevor wir nicht wissen, daß es nur das Bein ist", sagte sie.

„Hey, schaut mal her", sagte Jo. Gracie und ich drehten uns zu ihr um. Sie winkte uns zu sich, damit Belinda uns nicht hörte, und zeigte auf den Sattel.

„Jemand hat den Gurt durchgeschnitten", flüsterte sie.

Der Schnitt hatte zwei Drittel des Gurts durchtrennt, der Rest war von allein gerissen.

„Und jetzt?" fragte Jo.

„Zuerst müssen wir sehen, wie wir Belinda zurückbringen. Die Sache mit dem Sattel behalten wir erst mal für uns", sagte ich.

„Wer könnte das getan haben?" fragte Gracie leise.

„Sie hat gern andere angepißt", antwortete ich. „Da fällt mir Dean Dobberteen ein."

Gracie nickte. „Ich glaube, auch Ida Evans mochte sie nicht besonders. Heute sah ich, wie sie Belinda beobachtete, der Clutch beim Befestigen der Steigbügel half. Belinda ist in dem Alter, wo sie das alleine kann."

Jo sagte: „Da fällt mir ein, auch Maddie mag Belinda nicht besonders. Immerhin hat sie Belinda die Isolation zu verdanken."

Gracie und ich starrten sie an, es schien unendlich lange, dann sagten wir wie aus einem Mund: „Maddie war in Isolation?"

„Ich dachte, das wißt ihr." Jo hob die Augenbrauen.

„Weil sie davongelaufen war?" fragte ich. Mein Herz hatte einen Moment stillgestanden. Die Vorstellung, ein dreizehnjähriges Mädchen allein in der Mine eingeschlossen, ließ mir das Blut kochen. Und dann kam mir der Gedanke – vielleicht war es gar nicht meine Angst, vielleicht war es Maddies Angst, die ich fühlte. Vielleicht war es auch gar nicht mein Tod, von dem ich geträumt hatte.

Jos Stimme unterbrach meine Gedanken. „Nein. Das war, bevor sie wegrannte. Das macht es ja so merkwürdig. Normalerweise kommt ein Kind, das in Isolation war, nicht mehr auf solche Gedanken."

„Bringen wir sie zurück", sagte ich, gegen meine Emotionen kämpfend. „Wir können die Decke als Trage benutzen."

18

Madeline – zwanzig Tage zuvor

Zurück auf dem Gelände konnte Maddie ihre Aufregung kaum unterdrücken. Sie hatte einen Plan! Jede wache Stunde würde sie damit zubringen, ihn zu vervollkommnen oder danach zu handeln. Heute war für sie nicht mehr der fünfundzwanzigste Tag im Camp, sondern einfach eine Woche bevor ihr Traum wahr wurde. Aber bis dahin war noch viel zu tun. Zum einen brauchte sie noch mehr Säckchen. Sie würde ihre Vorräte weiterhin in der Matraze aufbewahren, bis sie genug hatte, um zu fliehen.

In der Cafeteria zu arbeiten war ein Segen, obwohl sie nur noch ein paar Tage hatte, bis die Schichten wechselten und sie in der Werkstatt anfangen müßte. Sie würde die Zeit nutzen. Die Küche war voll mit kostbaren Dingen. Die Gefahr war eher, zu gierig zu werden. Sie durfte nicht erwischt werden, kein einziges Mal. So wurde sie eine Meisterin der Geduld und wartete auf die jeweiligen Gelegenheiten, die sich unweigerlich boten.

Sie konnte nicht damit rechnen, immer Zugang zur Küche zu haben, aber häufig genug schickte die Köchin sie. „Hol mir einen neuen Löffel, Schatz, bitte." Und dabei klopfte Pat ihr auf die Schulter. Und dann beeilte Maddie sich, nahm sich ein paar Tüten, Streichhölzer, eine Dose – was immer sie ohne Aufwand mitnehmen konnte. Manchmal nahm sie auch Sachen mit, die sie nicht wirklich brauchte, denen sie aber nicht widerstehen konnte. Wie das Mal, als sie beim Abwaschen sich mit einem Messer geschnitten hatte und zu Schwester Beckett geschickt worden war. Die Schwester hatte sie im Krankenzimmer allein gelassen, und Maddie hatte eine elastische Binde und ein paar in Plastik eingeschweißte antiseptische Tücher eingesteckt, die zufällig auf dem Regal lagen. Erst später realisierte sie, was sie mit der Binde alles machen konnte. Zum einen würde sie ein exzellentes Seil abgeben, um sich aus dem Fenster des Schlafsaals abzuseilen. Sie konnte damit ihre Besitztümer zusammenbinden und sie sich um die Taille binden, und dann hätte sie die Hände für anderes frei. Nachts lag sie wach und dachte über diese Dinge nach. Und jede Nacht wurde ihr Bett ein bißchen massiger von den geklauten Sachen, die sie in die Matraze stopfte.

19

Bis wir Belinda ins Camp zurückgebracht hatten, war es dunkel geworden, sie krümmte sich vor Schmerzen und redete zusammenhangloses Zeugs. Ich hatte sie mehrmals gefragt, was passiert sei, aber keine Antwort bekommen.

Alle Arbeiter der Ranch waren offenbar beim Abendessen, also mußten wir Belinda die ganze Strecke bis zur Krankenstube selber tragen. Meine Arme schmerzten von der selbstgemachten Trage, aber obwohl sie wirklich nicht liebenswert war, tat mir das Mädchen mehr und mehr leid.

Nach einem Blick auf Belindas Bein rief Schwester Beckett Doc herbei, der sofort Coach funkte, einen Krankentransporter zu bringen. Schwester Beckett gab Belinda etwas zur Beruhigung und gegen den Schock, das gebrochene Bein zu richten lag außerhalb ihrer Kompetenz.

„Ich würde ja selbst mitfahren, aber ich kann das Camp nicht verlassen", sagte sie zu uns, als Doc und Coach Belinda vorsichtig in den Wagen hievten. „Eines der anderen Kinder könnte krank werden, und das wäre fahrlässig." Schwester Beckett war die einzige, die die Kids Kinder nannte.

„Ich fahre mit", sagte Gracie. Schwester Beckett sah sie unschlüssig an.

„Sie ist Unfallsanitäterin", sagte ich und merkte erst, als ich es gesagt hatte, daß ich gerade meine Tarnung hatte auffliegen lassen. Aber Schwester Beckett war mit Belinda beschäftigt und Doc und Coach mit dem Auto.

„Dann ist es ja gut." Schwester Beckett klang erleichtert.

Coach schien nicht besonders glücklich, daß er fahren sollte. Überhaupt zeigte er wenig Interesse an Belindas Zustand. Wollte er ihre Beziehung schützen? Vielleicht gab es gar keine Affäre. Vielleicht war Belinda an dem Abend gar nicht hinter Coach hergewesen.

„Guckt ihr bitte nach meinem Pferd?“ sagte Gracie und kletterte auf den Rücksitz. Wir wußten, wen sie meinte.

„Klar“, sagte Jo.

„Wie ist das passiert?“ fragte Doc.

„Keine Ahnung. Ich bin nur froh, daß wir ihr Pferd gesehen haben.“

Doc begleitete Schwester Beckett zur Krankenstube, Jo und ich sahen dem Wagen nach, bis die Rücklichter in der Kurve verschwunden waren. Jos Arm berührte meinen, keine von uns zog ihren zurück.

„Das Abendessen haben wir wohl verpaßt“, sagte sie. „Hast du Hunger?“

Genau gesagt war ich halb verhungert. Aber ihr Arm an meinem ließ mich erzittern, und so konnte ich nur nicken. In meinem Kopf gingen die Warnlichter an, aber mein dummer Körper schien sich nicht drum zu kümmern.

„Vielleicht können wir Pat überreden, uns in ihrer Küche umsehen zu dürfen.“

Sie trat zurück, meine Haut brannte, wo sie sie berührt hatte.

Erst als wir an die Hintertür klopften, nahm Pat uns wahr. Für heute war ihre Arbeit beendet, die Küche war aufgeräumt, es roch nach Lasagne.

„Was ist passiert?“ fragte sie, als sie Jos Arme sah. Jo berichtete von dem Vorfall am Zaun und faßte dann die jüngsten Ereignisse zusammen, den Sattelgurt schenkte sie sich.

„Sie müssen halb verhungert sein!“

„Sind wir auch. Ich dachte, wenn Sie uns an den Kühlschrank lassen, richten wir uns schnell etwas her.“

„Es gibt noch einen kleinen Rest Lasagne. Wir könnten auch ein Omelett machen. Cheddar ist da und Zwiebeln.“ Sie ging zum Kühlschrank und kramte darin. Jo stoppte sie.

„Pat, bitte. Lassen Sie uns das machen. Wir räumen auch hinterher auf. Ich weiß, Sie sind hundemüde."

„Eigentlich mache ich gerade Inventur. Sind Sie sicher, Sie schaffen es?"

„Ganz bestimmt. Wir kochen gern."

Pat sah von Jo zu mir und zurück, ihre gütigen braunen Augen schienen die Situation abzuschätzen. Sie lächelte. „Nun gut. Rufen Sie einfach, wenn Sie was brauchen." Sie drehte sich um und verschwand in ihrem Büro.

„Du kochst doch gern, oder?" flüsterte Jo.

„Doch. Woher weißt du das?" Ich ignorierte das Flattern in meiner Brust. Ich ignorierte auch die Stimme in meinem Kopf, die sagte, ich solle weglaufen.

„Ich habe beobachtet, wie du meine Töpfe und Pfannen gemustert hast. Du dachtest, ich merke es nicht."

„Hm."

„Das war nicht alles, was du untersucht hast, stimmt's, Cassidy James?" Sie nahm meine Hände und küßte meine Finger. „Ich möchte dich küssen." Ihre Stimme war heiser.

„Ich... ich..." Es war immer noch Zeit, mit Anstand aus der Sache herauszukommen. Ich räusperte mich und überlegte, wie ich es sagen sollte. Aber allen guten Vorsätzen zum Trotz kam etwas völlig anderes aus mir heraus. „Ich möchte dich auch küssen." Ich wagte nicht mich zu rühren.

Jo zog mich an sich. Ihre Lippen waren weich und nachgiebig, dann plötzlich hartnäckig und fordernd. Ich fühlte ihre Hände auf meinen Brüsten und hörte mich stöhnen. Meine Hände wanderten über ihre Brüste, und aus ihrem tiefsten Inneren kam ein Ton.

„Sie finden alles, was Sie brauchen?" rief Pat, gleich darauf waren ihre Schritte im Flur zu hören.

Jo trat zurück, ihre Augen glänzten, ihre Wangen waren rot. Wir waren beide ein bißchen außer Atem.

„Aber sicher", sagte Jo, öffnete die Kühlschranktür und holte wahllos irgendwas heraus. Ich griff nach einer Pfanne und machte den Herd an. Ich fragte mich, ob meine Miene so leicht zu durchschauen war wie Jos.

„Dachte, Sie mögen vielleicht ein Schlückchen Wein zum Essen. In meiner Kommode habe ich einen kleinen Vorrat für Notfälle. Nichts Besonderes." Sie hob einen Krug hoch, halbvoll mit Rotwein. „Wenn es Ihnen recht ist, leiste ich Ihnen dabei Gesellschaft. Lassen Sie mich das machen. Setzen Sie sich. Es dauert nur eine Minute, und wie ich sehe, haben Sie ja noch nicht mal angefangen. Jo, schenken Sie uns schon mal ein Glas ein?"

„Und was ist mit der Inventur?" fragte Jo und sah mich mit einer Mischung aus Wut und Verlangen an.

„Ach, die kann ich jederzeit machen. Aber nicht jeden Tag hab ich die Gelegenheit, mit Erwachsenen ein Glas Wein zu trinken. Cassidy, wie gefällt es Ihnen bei uns?"

Und so ging es weiter. Jo und ich saßen Seite an Seite an der Eßbar und sahen Pat beim Kochen zu. Sie holte sich auch einen Stuhl und kam von Zeit zu Zeit auf einen Schluck Wein, aber sie konnte nicht stillsitzen. Alle Sekunde sprang sie auf und sah irgendwas nach. Jedesmal wenn Pat aufsprang, streckte Jo ihre Hand aus und berührte meine, manchmal blieb sie auf meinem Schenkel liegen, manchmal strich sie über den Reißverschluß meiner Jeans und schickte elektrische Schläge durch meinen Körper. Dann beugte sie sich zu mir und flüsterte mir ins Ohr: „Ich will dich so sehr, daß es schmerzt." Sie biß mich sanft ins Ohrläppchen, und bevor ich wußte, was geschah, öffnete sie den Reißverschluß. Ich unterdrückte ein Keuchen, als sie in meine Jeans langte und ihre Finger gegen den dünnen Baumwollstoff darunter preßte. Ich fürchte, mein Stöhnen machte Pat aufmerksam.

„Hier", sagte sie und stellte zwei Teller vor uns hin. „Langen Sie zu." Sie sah uns erwartungsvoll an.

„O Gott", sagte ich. Ich meinte nicht das Essen, und Jo wußte das. Sie unterdrückte ein Seufzen, zog vorsichtig ihre

Hand aus meiner Hose und griff nach einer Gabel. „Das sieht lecker aus", sagte sie und aß ein Stück Omelette.

„Bloß Reste", sagte Pat bescheiden. „Haben Sie keinen Hunger, Cassidy?"

In Wahrheit bebte mein Körper vor Begehren, und wenn Jo mich noch einmal mit ihrem Arm berührte, würde ich mich nicht mehr beherrschen können.

„Bin am Verhungern", sagte ich. Mit zitternder Hand nahm ich meine Gabel und steckte sie in das goldgelbe Omelette. „Lecker", murmelte ich mit vollem Mund. Das war es wirklich. Die Eier waren locker, darin Spargelspitzen mit einer Spur Estragon, Schinkenstückchen und kräftigem Cheddar.

„Genial", sagte Jo.

„Und ein Lebensretter", fügte ich hinzu.

Pat strahlte und schenkte uns allen noch mal ein.

Ein Teil von mir wollte mit Jo gehen, ein anderer hatte Todesangst. Wo um alles in der Welt war ich hineingeraten? Ich hatte kaum das letzte Desaster überstanden und stürzte mich schon ins nächste. Ich war noch nicht bereit dafür. Ich hatte kein Recht, auch nur daran zu denken. Ich war richtig erleichtert, als Pat sich endlich auf einen schönen langen Tratsch niederließ. Als sich die Gelegenheit bot, brachte ich sie auf die Nacht, in der Annie Sesson verschwand. Ein paarmal glitt Jos Hand über mein Bein, aber ich schob sie weg und hielt Pat am Reden. Schließlich machte Jo sich ächzend an den Abwasch.

„Haben Sie eine Theorie, warum sie gegangen ist?" fragte ich.

„Ach, Schätzchen, das arme Ding hatte mehr am Hals, als die Leute sich klargemacht haben. Sie war sehr diskret, aber als ihre Nachbarin hab ich einiges mitgekriegt. Ich denke, ihr Herz war gebrochen, schlicht und einfach."

„Wegen Coach?" fragte ich.

Pat war baff. „Sie wissen davon?"

„Ich denke, es war nicht ganz so geheim, wie sie glaubten. Es heißt, er traf sich mit einer anderen."

„Also wenn er das tat, dann traf er sich gleichzeitig noch ziemlich viel mit ihr. Er war auch an dem Abend bei ihr."

„Coach war bei Annie in der Nacht, in der sie verschwand?"

„Sag' ich doch. Muß gegen zwei oder drei Uhr morgens gewesen sein. Ich stand auf, weil ich aufs Klo mußte, wie immer um die Zeit, und sah Licht bei ihr. Mein Fenster geht direkt auf ihrs raus, obwohl ich wegen der Bäume nicht viel sehen kann. Aber wohl, ob das Licht an ist oder nicht. Ich fand das seltsam, also stand ich da und sah raus, bis das Licht ausging. Und da sah ich Coach die Verandastufen runterkommen. Ich kann nicht schwören, daß er es war, wegen der Dunkelheit, aber im Mondlicht sah ich den Schatten der Baseballmütze, die er immer trägt. Ich dachte, sie hatten ein kleines Mitternachtsvergnügen, und ging wieder ins Bett. Erst als rauskam, daß Annie weg war, fragte ich mich, ob sie verschwand, nachdem Coach bei ihr war, oder ob sie schon weg war, als er kam. Wahrscheinlich ist das aber egal."

Ganz und gar nicht, dachte ich. „Konnten Sie sehen, ob er irgendwas bei sich hatte?"

Pat stellte ihr Glas hin und sah mich scharf an. „Was? Sie glauben, er hat sie irgendwohin gebracht? Ein Verbrechen?"

„Ich bin bloß neugierig. Sie hat den Quilt ihrer Großmutter draußen hängen lassen. So was vergißt man doch nicht."

„Hm", machte sie und trank einen Schluck. Jo stand an der Spüle und warf mir einen Blick zu, als wollte sie sagen: Mach halblang!

„Das bringt Sie ins Grübeln, was?" sagte Pat. „Aber um auf Ihre Frage zu antworten, ich könnte nicht sagen, ob er etwas in der Hand hatte oder nicht. Ich sah ihn nur einen Augenblick von hinten. Ohne die Baseballmütze wüßte ich nicht mal, wer es war."

Jo gähnte herzzerreißend, und endlich kapierte Pat.

„Du mein Schreck, ich halte Sie auf. Nach so einem Tag müssen Sie doch ganz erschöpft sein."

„Morgen muß ich früh raus", sagte Jo.

„Und ich muß noch Arbeiten korrigieren", fügte ich hinzu. „Aber es war sehr lieb von Ihnen, Ihren Wein mit uns zu teilen."

„War mir ein Vergnügen." Pat brachte uns zur Tür. „Kommen Sie mal wieder vorbei."

Draußen war es dunkel und frisch und der Himmel übersät mit goldenen Sprenkeln.

„Fast Vollmond", sagte Jo und schob ihren Arm unter meinen. Das Camp war ruhig, die Schlafsäle und die meisten Hütten lagen im Dunkeln.

„Es mag dich vielleicht überraschen, aber ich würde mich freuen, wenn du mitkommst", sagte ich, selbst überrascht von meinen Worten. Soviel zum Thema innere Stärke und Entschlossenheit.

Jo lachte – ein reizendes Geräusch. „Irgendwie hatte ich gehofft, daß du das sagst."

„Das Problem ist nur, daß wir vorher noch was erledigen müssen."

Jo stöhnte. „Warum habe ich Angst zu fragen, was?"

„Es dauert nicht lange. Aber eine bessere Gelegenheit kriegen wir nicht. Coach ist weg, also können wir seine Hütte durchsuchen. Du hast gehört, was Pat gesagt hat. Vielleicht finden wir etwas, das ihn in Verbindung zu Annies Verschwinden bringt. Hast du Lust, Schmiere zu stehen?"

„Wenn ich dir sagte, worauf ich wirklich Lust habe, Cassidy, würden wir nicht zu irgend jemandes Hütte gehen. Aber gut, ich habe Lust."

Ich ignorierte die Gefühle, die in mir aufstiegen, und ging mit ihr zu Coachs Hütte.

„Warte hier. Bleib im Schatten. Wenn jemand auftaucht, tu so, als suchtest du Coach, um nach Belindas Zustand zu fragen. Stell dich doof, wenn es nötig ist."

„Cass, ich weiß, was ich tun muß. Geh schon."

Ich probierte die Vordertür, aber die war verschlossen. Ich ging um die Hütte herum und hoffte, daß wir nicht zurückgehen und meine Dietriche holen müßten. Auch die Fenster waren geschlossen – bis auf das kleine Badezimmerfenster, das zwar hoch lag, und eng war es auch, aber es war machbar.

Ich rief nach Jo, damit sie mir half, sie schob mich hoch, und ich glitt durch das Fenster in die Hütte, die meiner zum Verwechseln glich. Auch die möglichen Verstecke – trotzdem ließ ich mir Zeit, für den Fall, daß Coach mehr Phantasie hatte als ich. Ich sah in den Wäschekorb, die Schubladen, Schrank, Dusche, den Spülkasten des Klos, Töpfe und Pfannen, Kühlschrank und Gefrierfach. Ich sah in die Lampenschirme und unter den Bettvorleger, in seine Taschen, und schließlich, eigentlich nur weil es der einzige Platz war, den ich nicht überprüft hatte, fuhr ich mit der Hand unter die Matraze.

Coachs Revolver steckte nur zehn Zentimeter vom Bettrand entfernt. Jeder Idiot hätte dort als erstes gesucht, weshalb ich dort nicht gesucht hatte. Ich weiß nicht warum, aber ich hatte Coach für intelligenter gehalten. Nur war ich mir nicht klar, wer von uns beiden blöder war.

Ich seufzte und hob die Pistole hoch – ein 45er Colt, ähnlich wie meiner. Ich öffnete die Kammer, sie war voll. Was nichts heißen mußte. Sollte Coach den Revolver kürzlich benutzt haben, hätte er ihn ja auch wieder nachladen können. Aber ich hatte in seiner Hütte keine Munition gefunden, was natürlich nicht hieß, daß er sie nicht irgendwo anders aufheben konnte.

Ich legte den Revolver dahin, wo ich ihn gefunden hatte, und sah mich noch einmal um, ob mir etwas entgangen war. Keine Spur von Annie Sesson. Kein Liebesbrief, kein Unterhöschen, kein Hemdkragen mit Lippenstiftflecken. Das einzig Interessante in Coachs Hütte war der Revolver unter der

Matraze. Und der Fakt, daß er seinen Viehstock offenbar mitgenommen hatte.

Ich hoffte, daß Gracie nichts tat, was sie in Gefahr bringen konnte. Aber selbst mit seinem Stock hätte ich mein Geld jederzeit auf Gracie gesetzt. Ich ging durch die Vordertür und schloß sie hinter mir. Jo stand auf der Veranda und bibberte.

„Irgendwas gefunden?"

„Nicht was ich gehofft hatte. Aber dein Kumpel Coach hat einen Revolver unter seiner Matraze."

„Den braucht er vielleicht, wenn er die Kids verfolgt", sagte sie. „Ich meine, da draußen gibt's Pumas."

„Wahrscheinlich hast du recht." Ich sagte nicht, daß gegen Pumas ein 45er Colt nicht die Waffe meiner Wahl wäre. „Ist dir kalt?" Ich legte den Arm um ihre Schulter, und wir machten uns auf zu meiner Hütte.

„Jetzt nicht mehr", sagte sie. „Wenn ich dir nahekomme, steh ich in Flammen."

„Hm."

„Du glaubst mir nicht?" Sie legte die Lippen an mein Ohr, ich bekam eine Gänsehaut, sie flüsterte: „Willst du wissen, wie heiß ich auf dich bin?" Sie nahm meine Hand und legte sie auf den Schritt ihrer Jeans. „Spürst du das?"

„Jo!" Wir waren stehen geblieben, jetzt legte sie beide Hände auf meine Schultern und sah mir in die Augen.

„Cassidy James, deinetwegen möchte ich Bilder malen und Gedichte schreiben. Aber im Moment möchte ich nur mit dir schlafen. Okay?"

Mein Herz hämmerte, und meine ohnehin schwachen Knie zitterten. „Okay", sagte ich. „Aber morgen früh erwarte ich ein Gedicht." Ich ignorierte die kleine Stimme, die darauf beharrte, daß ich immer noch Zeit hatte, mich davon abzuhalten, einen neuen kolossalen Fehler zu machen.

20

Die Morgensonne strömte durchs Fenster und badete Jos goldbraune Haut. Als sie die Augen öffnete, hatten die die Farbe ruhigen Wassers. Ich fuhr mit dem Finger die Linie ihrer Wange nach. Plötzlich zog ich meine Hand zurück und setzte mich auf.

„Was ist?“ fragte sie stirnrunzelnd.

„Nichts. Es tut mir leid. Ich...“

Sie setzte sich ebenfalls auf und nahm meine Hand. „Bitte nicht. Nicht nach dieser Nacht.“

„Es ist nur...“

„Cassidy. Wie ich es liebe, deinen Namen auszusprechen. Cassidy. Warum bist du plötzlich so ängstlich?“

„Bin ich gar nicht“, log ich.

„Was dann? Was ist passiert? Eben tust du noch so, als wäre ich was ganz Besonderes, und dann kannst du gar nicht schnell genug von mir wegkommen.“ Jo stand auf und begann sich anzuziehen.

„Das bist du, Jo. Du bist was Besonderes.“

Sie sah mich an. „Es gibt eine andere, stimmt’s?“

Ich wußte nicht, was ich antworten sollte. Es stimmte und stimmte nicht.

„Warum hast du es nicht einfach gesagt? Gestern abend?“

„Es ist nicht so einfach“, sagte ich.

„Doch, Cassidy. So einfach ist es.“

Plötzlich war ich wütend. „Mag sein, daß dein Leben so einfach ist. Meins ist zufälligerweise gerade verdammt kompliziert.“ Das stimmte nicht ganz. Ich machte es kompliziert. Es mußte nicht so sein.

Sie starrte mich an. „Wie heißt sie?“ fragte sie schließlich.

Ich seufzte. „Erica. Sie hat mich verlassen, um genau zu sein. Und nicht zum erstenmal. Das macht mich wohl zur Oberidiotin.“

„Die bin wohl eher ich“, sagte Jo. Sie fuhr sich durch das zerzauste Haar. Sie sah verdammt sexy aus.

„Jo, bitte. Ich brauche nur ein bißchen Zeit zum Nachdenken. Es ist alles so schnell gekommen.“

Sie hob die Hände. „He, war mein Fehler. Ich hatte offensichtlich den falschen Eindruck. Ich hätte schwören können, so wie du mich angesehen, mich berührt hast... Sag mir einfach – warst du bloß neugierig? Wolltest du wissen, wie das ist, mit einem Cowgirl zu schlafen? Mit einer, die sich wie ein Typ kleidet?“

„Jo...“

„Das macht 'ne Menge Frauen an, mußt du wissen. Ich meine, du mußt dich deshalb nicht schämen. Ich wünschte nur, ich hätte es vorher gewußt.“

„Jo...“

Aber sie war schon gegangen. Mit vier großen Schritten hatte sie die Tür erreicht und hinter sich zugeschlagen. Ich fragte mich, wie ich das so vermasselt hatte. Es war eine perfekte Nacht gewesen und ein entsetzlicher Morgen.

Ich ging unter die Dusche, um einen klaren Kopf zu bekommen. Was mit Jo passiert war, durfte mich nicht von meiner Aufgabe ablenken, aber ich konnte mich schlecht konzentrieren. Widerstreitende Gedanken wirbelten durch meinen Kopf. Warum hatte ich nicht auf die Stimme der Vernunft gehört? Warum war ich mit einer fast Fremden einfach so ins Bett gefallen? Noch dazu einem Cowgirl! Einer Frau, die sich wie ein Cowboy kleidete, malte wie De Grazia, mit Pferden sprach und Gitarre spielte. Und warum rührte diese Frau mich so? Meine Gefühle für sie waren klar. Wovor also hatte ich Angst? Es war mehr als nur Schußangst nach den verschiedenen Pleiten mit Erica Trinidad. Und es war mehr als nur die Tatsache, daß mein Gefühl für Erica nie ganz verschwunden war.

Ich trocknete mich ab und zog mich an und zwang mich, an den Fall zu denken. Je mehr ich darüber nachdachte, um so mehr war ich überzeugt, daß das Zentrum der Geschichte irgendwie mit dem Bergwerk zusammenhing, und der einfachste Weg, mehr zu erfahren, führte durch die Maschinenwerkstatt. Ben hatte bestimmt Unterlagen über die laufenden Geschäfte. Wenn ich die einsah, erfuhr ich wahrscheinlich, was die Fernfahrer in jener Nacht aufgeladen hatten. Das warf vielleicht ein Licht darauf, was mit Miss Sesson passiert war. Vielleicht fand ich eine Blaupause über das Innere der Mine. Vielleicht gab es einen Hinweis auf die Isolation. Wer nichts wagt, gewinnt auch nichts, dachte ich. Am besten schlich ich mich während des Mittagessens in die Werkstatt, was hieß, daß ich nicht viel Zeit zur Vorbereitung hatte.

Während ich darauf wartete, daß Ben in die Pause ging, rollte ich ein langes Stück Isolierband ab und heftete es mit der Klebeseite zusammen, was ein etwa drei Meter langes Seil ergab, das ich zusammenrollte und in meine Tasche steckte. Als Ben endlich aus der Werkstatt kam, machte ich mich auf den Weg – ich hatte eine gute halbe Stunde, mich umzusehen. So wie Ben beim Essen trödelte, vielleicht länger, aber ich wollte nichts riskieren. Ich ging davon aus, daß die Vordertüren verschlossen waren, und selbst wenn nicht – ich wollte nicht gesehen werden. Auf der Rückseite war ich sicher. Den Pausenhof umschloß eine zweieinhalb Meter hohe Betonmauer, hoch genug, um die in der Werkstatt Arbeitenden davon abzuhalten, während einer Pause auszukneifen. In der Südostecke stand ein Ahornbaum.

Ich vergewisserte mich, daß niemand mir folgte, dann warf ich das Band über einen niedrig hängenden Ast, zog mich hoch und schwang mich auf die Mauer. Dort saß ich einen Moment und sah hinunter, der Hof war leer, die Tür zum Maschinenraum hielt ein Türstopper offen. Ich mußte nicht mal einen Dietrich benutzen. Ich schlang das Isolierband über einen Ast, über den ich zurückklettern konnte, und sprang hinunter.

In der Werkstatt war es unheimlich still, ein paar Deckenventilatoren bewegten die warme Luft.

In der Nähe des Ausgangs entdeckte ich eine eiserne Wendeltreppe, die ich beim letzten Mal übersehen hatte. Sie zu benutzen, war weniger auffallend als der Lift. Ich nahm also die Treppe und sah von außen in das Glasloft hinein, um sicherzugehen, daß wirklich niemand da war. Dann trat ich ein. Ein halbes Dutzend Computer flimmerte und summte. Ich setzte mich an den nächsten und drückte auf die Taste, die den Bildschirmschoner ausschaltete und den Desktop freigab. Ich klickte auf die Festplatte und überflog den Inhalt. Dieser PC diente dazu, die Maschinen im Erdgeschoß zu aktivieren. Ich ging zum nächsten, die gleiche Geschichte. Ich sah auf die Uhr und setzte mich an den letzten in der Reihe, rief das Menü auf und kreuzte die Finger.

Bingo. Aber meine Begeisterung dauerte nicht lange. Die Festplatte enthielt mehr Dateien, als ich in einem Monat würde lesen können. Ich zog ein paar Schubladen auf, bis ich eine Schachtel mit Disketten fand. Ich legte eine in den Computer und begann zu kopieren. Ohne zu wissen, was ich da bekam. Einige Dateien hatten Namen, andere waren numeriert. Ich kopierte alles, sortieren konnte ich später. Ich war fast fertig, als unten die Tür aufging. Zwei Männer kamen in die Halle. Der eine war Ben, der andere Doc.

Ich erstarrte, dann duckte ich mich, nahm die Diskette aus dem PC und schaltete ihn aus. Mein Herz pochte, ich trat von der Glasfront zurück und suchte nach einem Fluchtweg. Sie kamen mit dem Fahrstuhl herauf, aber wenn ich die Treppe nahm, würden sie mich sehen. Der Fahrstuhl hielt quietschend – viel Zeit hatte ich nicht mehr. Dann sah ich den Fenstervorhang an der Nordwand. Ich vermutete, daß dahinter ein Fenster nach draußen ging. Wenn die Fensterbank breit genug war, hatte ich eine Chance. Ich schob den schweren Vorhang beiseite – die Fensterbank war etwa fünfzehn Zentimeter breit, ich konnte gerade drauf stehen. Ich hatte mich kaum hinaufgeschwungen, als die Tür aufging.

„Was drängt denn so, daß ich nicht mal fertigessen kann, Ben?"

„Ich sagte doch, wir müssen reden."

„Aber warum hier?"

„Weil wir es nicht riskieren können, belauscht zu werden. Es wird geredet. Und diese Neue, Cassidy James, stellt Fragen über Sesson."

„Was für Fragen?"

Der Plastikvorhang hatte in den Falten einige senkrechte Risse, durch einen sah ich Doc in einem von Bens Bürosesseln sitzen. Er machte keinen übermäßig besorgten Eindruck, Ben hingegen ging nervös auf und ab.

„Sie sagte zum Beispiel, sie habe gehört, daß Annie an dem Abend draußen bei der Mine war. Findest du das nicht ein bißchen seltsam?"

Doc setzte sich auf, plötzlich interessiert. „Hat sie gesagt, woher sie das hat?"

„Nein. Aber die einzige Möglichkeit ist diese Lesbe, die bei Clutch arbeitet."

„Ja, ich hab sie zusammen gesehen. Unsere kleine Jo hat wohl eine neue Freundin."

Ben unterbrach ihn. „Doc, mir ist scheißegal, was für eine Beziehung sie haben. Der Punkt ist, deine neue Lehrerin und Jo haben miteinander gesprochen. Mir gefällt das nicht."

„Mir scheint, Ben, du leidest an einem Anflug von ganz altmodischer Paranoia."

„Ich denke, wir sollten sie überprüfen. Ich weiß, sie hat dich im Interview überzeugt, aber irgend etwas stimmt da nicht."

„Das hat Ida schon erledigt – ihre Geschichte überprüft."

„Ja, ich weiß, über ihren Lehrerjob, aber was hat sie danach gemacht. Da ist ein ziemliches Loch in ihrer Biografie."

„Was? Du hältst sie für eine Art Vertreterin der Behörden?" Doc schüttelte lachend den Kopf. „Ich weiß, das Ganze hat dich nervös gemacht, aber es war nicht zu ändern. Und für jemand in deinem Gewerbe gerätst du zu schnell in Panik. Laß es sich einfach beruhigen. In einem oder zwei Monaten erinnert sich niemand mehr an Annie Sesson."

„Und ihre Familie? Früher oder später wird jemand kommen und Fragen stellen."

„Und wir werden sie beantworten. Wir wissen nur, was sie sagte – daß es einen Notfall in der Familie gegeben habe. Und dann ging sie. Das ist alles."

„Und wenn sie ihr Auto finden?"

„Coach hat sich drum gekümmert. Vergiß es."

„Das ist auch so was. Coach hätte nie involviert werden dürfen. Noch etwas, womit er uns festnageln kann."

„Ben, das haben wir ausdiskutiert. Wir haben vor langer Zeit entschieden, daß es besser ist, Coach mit im Boot zu haben als außerhalb." Doc schob seinen Stuhl zurück und stand auf.

„Sie sagte, sie würde gern mal in die Mine hineingehen."

„Was? Wie seid ihr darauf gekommen?" Plötzlich klang Doc wieder ganz bei der Sache.

„Das versuche ich dir die ganze Zeit zu erklären. Sie hat mich in die Mangel genommen. Ich hab keine Ahnung, ob sie wirklich was weiß, aber für meinen Geschmack fragt sie zuviel."

„Was hast du ihr erzählt?"

„Daß es dort von Fledermäusen wimmelt und gefährlich ist." Zum erstenmal gestattete Ben sich ein kleines Lächeln, und Doc lachte.

„Gut. Hör zu. Ich habe ein Auge auf sie. Offen gesagt macht mir mehr Sorgen, was Maddie Boone gesehen haben könnte. Wir haben bisher nicht herausbekommen, wo sie in der Nacht gewesen ist. Und seitdem benimmt sie sich ziemlich merkwürdig."

„Warum hypnotisierst du sie nicht einfach?"

„Nicht so leicht. Sie ist verdammt resistent, aber die Zeit ist auf unserer Seite. Kümmer du dich um die Werkstatt, dann läuft alles wie geschmiert. Was macht die Produktion?"

„Prima. Läuft gut."

„Vielleicht sollten wir uns eine Weile auf die Grundlagen beschränken."

„Im August ist eine Lieferung fällig. Damit muß ich demnächst anfangen."

„Warte noch ein bißchen, Ben. Nur um sicher zu gehen."

Ben und Doc gingen. Meine Beine zitterten von der anstrengenden Position, aber ich wagte nicht mich zu rühren, bevor nicht beide im Fahrstuhl waren. Ich hörte den Lift abwärtsquietschen und zählte. Als ich keine Sekunde länger so stehen konnte, zog ich den Vorhang zur Seite und lugte hinaus. Von meinem Standpunkt aus war von Ben nichts zu sehen. Ich kletterte von der Fensterbank – und erstarrte.

Ben stand drei Meter von mir entfernt auf der anderen Seite der Glasscheibe. Er hatte mir den Rücken zugedreht. Jeden Moment konnte er sich umdrehen und zurückkommen. Meine einzige Chance war, irgendwie zur Treppe zu kommen und mich dort zu verstecken, bis er abgelenkt war.

Ich warf mich zu Boden und kroch auf die Eisentreppe zu. Als ich sie erreicht hatte, kroch ich bis zum Absatz und kauerte mich dort zusammen. Von hier konnte ich Ben nicht mehr sehen, was hoffentlich auch hieß, daß er mich nicht sehen konnte. Ich wartete, daß er in den Raum zurückging, damit ich die Treppe hinunterschleichen konnte, ohne daß er meine Schritte auf den Eisenstufen hörte. Natürlich hätte er mich sehen können, wenn er aus dem Fenster geguckt hätte, aber das mußte ich riskieren.

Endlich hörte ich die Tür gehen, ich kroch so geduckt wie möglich die Stufen hinunter. Unten angekommen, schoß ich durch die offene Tür in den Pausenhof und auf den Baum zu. Betend, das Band möge halten, zog ich mich hoch, kletterte über die Mauer und sprang auf der anderen Seite in Sicherheit, die Diskette steckte in meiner Hosentasche. Jetzt mußte ich nur noch an meinen Computer. Dann mußte ich mit Gracie und Jo sprechen und einen Weg finden, Maddie Boone aus dem Camp herauszuschaffen. Wenn wir Glück hatten, gingen wir mit ihr.

21

Madeline – elf Tage vorher

In der Nacht des vierten Mai war Maddie so aufgeregt, daß sie nicht still liegen konnte. Sie mußte aufs Klo, aber sie traute sich nicht, aus Angst, jemand könnte wachwerden. Alles war bereit, sie mußte nur noch darauf warten, daß alle schnarchten. In der Nacht zuvor hatte sie die Schrauben der Fensterriegel gelockert, und am Morgen, als alle zum Appell gestürmt waren, hatte sie das Fenster probeweise geöffnet – was gut war, denn es war ziemlich eingerostet. Nach ein paar Versuchen hatte es sich gelockert, und obwohl es immer noch ein Geräusch machte, hoffte sie, daß es bei dem Schnarchen nicht zu hören war.

Vor zwei Nächten hatte sie im Dunkeln aus einem ihrer T-Shirts einen Rucksack gemacht. Die elastische Binde konnte sie benutzen, um ihn zuzubinden und über die Schulter zu werfen, sobald sie frei war. Hinunterzukommen war der schwierige Teil, nicht weil sie nicht wußte, was sie tun mußte, sondern weil sie es vorher nicht ausprobieren konnte.

Als das Schnarchen einsetzte, holte Maddie ihre Schätze aus der Matraze, sorgfältig bemüht, keinen Lärm zu machen. Inzwischen erkannte sie die Sachen an ihrer Form, so oft hatte sie schon Inventur gemacht. Eine nach der anderen stopfte sie sie in ihren Rucksack und war angetan von dem Gewicht in ihrem Schoß. Sie lauschte ins Dunkel, starrte aus dem Fenster, wartete.

Nach einer schier unglaublichen Geduldszeit zog sie die Klamotten an, die sie unter ihrem Kopfkissen versteckt hatte. Ihre Hände zitterten, als sie sich die Schuhe zuband.

Nachdem sie sich noch mal vergewissert hatte, daß niemand sich rührte, richtete sie sich auf und schob das eine Ende der elastischen Binde durch eine Metallöse im hölzernen Fensterrahmen. Sie wußte nicht, wofür die Öse gut war, vielleicht hatte man früher das Fenster mit einem Haken festgestellt; sie hoffte nur, sie würde ihr Gewicht halten. Sie band den Rucksack an das andere Ende der Binde, dann legte sie sich wieder hin und versuchte ruhig zu werden.

Schließlich drückte sie vorsichtig den Fensterflügel auf. Das kratzende Geräusch war viel schlimmer, als sie befürchtet hatte, aus Furcht, jemand könnte aufwachen, zog sie ihre Hand wieder zurück. Aber das Schnarchen ging weiter, und nach einiger Zeit, die ihr wie eine kleine Ewigkeit vorkam, schob sie das Fenster ganz auf und atmete tief die frische Luft. Sie nahm den an der Binde festgemachten Rucksack und warf ihn aus dem Fenster. Sie hielt die Luft an, aber der Aufprall auf der Mauer war kaum zu hören.

Der nächste Schritt war schwieriger. Sie wußte, das Bett würde knarren, wenn sie sich draufstellte, aber sie hatte keine Wahl. Sie packte die Binde mit beiden Händen, trat auf das Fensterbrett, sprach ein stilles Gebet und sprang ins Nichts.

Es war weiter nichts dabei. Sie rutschte ihr selbstgemachtes Seil hinunter und kam sanft unten an. Schnell zog sie die Binde aus der Fensteröse und rollte sie im Weitergehen zusammen.

Nun kam der beste Teil ihres Plans. Sie hatte lange genug in der Werkstatt gearbeitet, um zu wissen, daß Ben nachts der Durchlüftung wegen die Fenster offen ließ. Und der beste Weg in den Pausenhof ging über den großen Ahornbaum. Sie warf ihr Seil über einen Ast und zog sich hoch. Sie blickte zum Gebäude hinüber – natürlich standen die Fenster offen, alle. Und die Tür ebenfalls. Ben rechnete offenbar nicht mit Einbrechern.

Maddie sprang von der Mauer, zog die Binde herunter und schlich auf Zehenspitzen zur Werkstattür. Dann fiel der Groschen – die Tür konnte ja auch offen stehen, weil jemand drin war. Sie spähte hinein, dann zum Glaskasten hoch. Tatsächlich, da war ein leises Flimmern. Schlief Ben oben? Oder arbeitete er noch? Oder hatte er nur die Computer angelassen?

Das Problem war, daß sie nicht nachschauen konnte. Wenn er oben war, mußte sie ihren Plan aufgeben, die Lore zu nehmen. Das Geräusch würde ihn unweigerlich wachmachen. Maddie stand in der Tür und überlegte, was sie tun sollte. Da hatte sie so lange und sorgfältig geplant, und nun war ihre ganze Flucht gefährdet durch dieses blöde Licht!

Nun, sie würde sich durch einen kleinen Rückschlag nicht aufhalten lassen. Sie mußte halt die Gleise entlanglaufen, sagte sie tapfer zu sich. Allerdings hatte sie kein Licht. Der Bergarbeiterhelm war in ihrer Höhle. Sie wußte nicht, ob ihr Mut ausreichte, im Dunkeln durch den Tunnel zu gehen. Sie war diese Strecke noch nie gegangen. Was, wenn sie ihre Höhle nicht wiederfand?

Mach dich nicht lächerlich, befahl sie sich. Die Gleise führen direkt zum Eingang der Mine. Und weiter zu deiner Höhle. Wie lange konnte das dauern?

Bevor sie es sich ganz ausgeredet hatte, rannte Maddie durch die Werkstatt dahin, wo die Lore wartete. Und dann stand sie auch schon am Eingang der Mine, atmete tief durch und trat ins Dunkel.

Es war schlimmer, als sie sich erinnerte. Sie schloß die Augen und fand, daß es egal war, ob sie sie geöffnet hatte oder nicht. Der Tunnel war schwarz und kalt und roch modrig. Irgendwo tropfte Wasser, und etwas, das sich anhörte wie leises Flügelschlagen, ängstigte sie mehr als das Rumpeln im Bauch des Bergs. Sie hätte sich beinahe umgedreht und wäre den Weg zurückgegangen, den sie gekommen war. Aber wenn sie es jetzt nicht schaffte, würde sie es nie schaffen. Vorsichtig einen Fuß vor den anderen setzend, wanderte Maddie weiter.

Sogar im Stockfinstern wußte sie, wann der Tunnel eine andere Richtung einschlug. Sie blieb entschlossen auf den Gleisen, ohne sie würde sie nie wieder herauskommen, das wußte sie. Jedesmal wenn sie zu ihrer Linken an einer Öffnung vorbeikam, blieb sie stehen und fühlte, ob eine Tür den Eingang zu ihrer Höhle wies. Sie hatte keine Ahnung, wie weit sie war. Sie hatte zu zählen versucht, aber jedesmal, wenn sie einem Geräusch nachlauschte, verlor sie den Faden. Sie versuchte zu singen, um sich Mut zu machen, aber auch das hielt nicht lange vor.

Wieder änderte der Tunnel die Richtung, und als Maddie diesmal die Öffnung untersuchte, stieß sie einen kleinen Ausruf der Erleichterung aus. Ihre Tür! Sie hatte es geschafft!

Wenn es nicht noch mehr Höhlen mit Türen gab, dachte sie und stieß vorsichtig die Tür auf. Was, wenn etwas darin wäre? Sie stand auf der Schwelle und lauschte ins Dunkel. Schließlich suchte sie in ihrem Rucksack nach den Streichhölzern. Sie strich eines über den Felsboden und schützte die Flamme mit der Hand. An der Rückwand sah sie die Umrisse des Plumpsklos. Sie hatte es geschafft. Noch nie in ihrem Leben war sie so stolz auf sich gewesen.

22

Ich war immer noch mitgenommen, als ich mich an mein Notebook setzte und anfing, Bens Daten zu sichten. Bald hatte ich sein System begriffen: Zahlen verwiesen auf Produkte, Titel auf alles andere, vom Rechnungswesen bis zur Inventur. Sonst schienen die Dateien ungeordnet, also rief ich den Befehl *Nach Datum sortieren* auf.

Für den 25. Mai war für zehn Uhr abends eine Lieferung an jemanden namens CTA terminiert gewesen. Der LKW hatte sich also keineswegs verspätet. Und noch eine Datei für diesen Tag erregte meine Aufmerksamkeit. Eine Zahl, und vor dem Datum stand ein Sternchen.

Im Unterschied zu den anderen Dateien, die aus Text oder Statistiken bestanden, war diese eine Abfolge ziemlich ausgefeilt wirkender technischer Zeichnungen, die wie Schnittmuster alphabetisch beschriftet waren. Offensichtlich waren es Zeichnungen für in der Maschinenwerkstatt hergestellte Teile, die dem Datum nach in der Nacht ausgeliefert wurden, in der Annie Sesson verschwand. Die Teile selbst waren nicht zu identifizieren.

Ich versuchte es mit den Tagen kurz vor und kurz nach dem 25., und als das nichts Erhellendes erbrachte, ging ich auf *Datei suchen* und gab das Sternchen ein. Und wurde mit einer Liste numerierter Dateien mit Sternchen davor belohnt. Ich öffnete einige und fand weitere alphabetisch beschriftete Pläne, die mich wieder an Schnittmuster erinnerten. Oder an Bausätze ohne Anleitungen. Mit ein bißchen Zeit und Glück würde ich vielleicht herausfinden, wie die Teile zusammengehörten, aber mit Anleitung wäre es einfacher.

Ich brauchte einen Drucker, entschied ich. Ich sah auf die Uhr. Der Nachmittagsunterricht sollte beendet sein. In meinem Klassenzimmer standen Drucker. Wenn ich mich beeilte, konnte ich wenigstens die Datei ausdrucken, die aus der Nacht stammte, in der Annie verschwand, und hätte immer noch Zeit, Maddie an den Ställen abzupassen.

Auf halbem Weg traf ich auf Ida Evans. Sie war in voller Reitmontur, mit Cowboystiefeln, Jeans und allem Drum und Dran. Aber trotz der Verkleidung wirkte sie ziemlich erledigt.

„Da sind Sie ja. Wo um alles in der Welt haben Sie sich versteckt?“ fragte sie.

„Ich habe eine Stunde vorbereitet, in meiner Hütte. Ich bin gerade auf dem Weg in meine Klasse.“

„Soso.“ Sie schüttelte den Kopf. „Lauter Arbeit und kein Vergnügen. Ich hörte, Sie waren gestern an der Rettung der kleinen Belinda beteiligt. Die Arme hat einen schrecklichen Bruch. Ich fürchte, sie wird eine ganze Weile nicht reiten können.“

„Ist sie wieder da?“

„Sie liegt in der Krankenstation. Solange sie schmerzstillende Mittel bekommt, will Schwester Beckett sie dabehalten. Wir würden sie ja nach Hause schicken, aber ihre Eltern sind irgendwo in Europa und nicht zu erreichen. Ist bestimmt auch besser so. Haben Sie eine Ahnung, wie sie gestürzt ist?“

Ja, dachte ich. Jemand hat ihren Sattelgurt durchgeschnitten. Aber das sagte ich Ida nicht, ich zuckte nur mit den Schultern. „Sah aus, als sei der Sattel unter ihr weggerutscht. Sie muß allein unterwegs gewesen sein, sonst hätten die anderen ja was bemerkt.“

„Wir ermahnen sie immer wieder, nicht allein auszureiten. Sie kennen die Regeln. Aber manche, die nicht hören wollen, müssen fühlen, fürchte ich.“

Und dabei hatte jemand nachgeholfen.

„Abgesehen von Belinda ist alles okay?“ fragte ich.

Idas Augen wurden für einen Moment ganz schmal, als fände sie das eine seltsame Frage. „Alles bestens", sagte sie dann. „Ich will gerade ausreiten. Kommen Sie mit?"

„Vielleicht komme ich später nach. Ich will nur diesen Gedanken zu Ende führen, solange er noch frisch ist."

„Nun gut. Aber nutzen Sie auch Ihre Freizeit, Cassidy. Jeden Tag ein bißchen frische Luft tut dem Körper gut." Damit ging sie, ihre roten Stiefel klickten auf dem Pflaster, sie schwang die Arme und pfiff eine Melodie aus einem Musical. Ob sie heute morgen ihre Medizin vergessen hatte?

In meiner Klasse warf ich den Drucker an. Ich kannte das Modell nicht, aber nach einigem Ächzen und Stöhnen spuckte er einen kontinuierlichen Strom von Zeichnungen und Zahlen aus. Während der Drucker eine Datei nach der anderen druckte, versuchte ich meine Gedanken zu ordnen. Es gab keinen Zweifel, daß Ben, Doc und Coach mit Annie Sessons Verschwinden zu tun hatten. Nur konnte ich es nicht beweisen. Coach hatte ihren Wagen beiseitegeschafft. Hatte er auch sie beiseitegeschafft? Nein. Was immer Annie passiert war, war geschehen, bevor Coach dazugekommen war. Ben hatte sein Unbehagen geäußert, daß Doc Coach hineingezogen hatte. Es hätte Coach nur noch etwas gegen sie in die Hand gegeben, hatte er gesagt.

Was sonst hatte Coach gegen sie in der Hand? War das der Grund, warum er mit Sachen durchkam, die niemand sonst sich erlauben durfte, wie die Isolation und der Viehstock? Und was hatte Doc damit gemeint, daß Ben sich eine Weile auf die Grundlagen beschränken sollte? Ben hatte von einer Lieferung gesprochen, die im August fällig war, und daß er bald anfangen müßte. Womit? Offenbar nicht die Grundlagen. Etwas, das von dieser Werkstatt nicht unbedingt zu erwarten war.

Der Drucker piepte, und ich fuhr auf. Ich faltete den Haufen Papier zusammen, nahm die Diskette heraus und überlegte, wo ich sie verstecken sollte. Seit Ben mich im

Visier hatte, war die Hütte wohl nicht der richtige Platz. Mir war aufgefallen, daß Ida ein Auge auf mich hatte, und mir gefiel die Vorstellung nicht, daß sie mich ablenkte, damit jemand meine Hütte durchsuchte.

Ich steckte die Diskette in eins der Wörterbücher im Regal. Für heute reicht das, dachte ich. Dann zog ich mein Hemd aus der Hose und preßte den Stapel Papier flach gegen meinen Rücken, anschließend steckte ich das Hemd wieder in die Hose. Zum Schluß stellte ich Computer und Drucker aus und eilte zur Tür. Zu meinem Entsetzen stand da Coach.

„Dachte mir, daß ich Sie hier finde“, sagte er. „Wollen Sie die hohen Tiere durch Überstunden beeindrucken?“

„Hab nur ein paar Unterrichtsvorbereitungen gemacht. Was gibt's?“

Der blöde Viehstock baumelte in einer Lederschlaufe an seinem Gürtel. Ich hätte ihn gern gefragt, ob er das Ding mit ins Bett nahm, aber es war wohl nicht klug, ihn ausgerechnet jetzt auf die Palme zu bringen. Wie lange hatte er schon dagestanden, und was hatte er gesehen?

„Nichts gibt's“, sagte er, als sei es selbstverständlich, um diese Zeit in der Tür zu meinem Klassenzimmer zu stehen. Er verschränkte die Arme, seine Bizeps waren zu sehen. Seine blaßblauen Augen musterten mich durchdringend.

„Nett, daß Sie vorbeigeschaut haben.“ Ich ging zur Tür, die er blockierte.

„Na, wenn das kein Korb ist“, sagte er und dachte nicht daran, Platz zu machen.

„Ich hab Ida versprochen, mit ihr auszureiten.“

„Hm.“ Er nahm seine Mütze ab und kratzte sich das kurzgeschorene blonde Haar. „Betrifft es nur mich, oder mögen Sie Männer allgemein nicht?“

Ich überlegte. „Beides.“

Zu meiner Überraschung lachte er. „Gut gegeben. Sie baggern also Frauen an.“

„Coach, oder wie immer Sie heißen, ich habe keine Lust, mit Ihnen mein Liebesleben zu diskutieren und nicht rauszukönnen."

„Sie fühlen sich behindert? Das tut mir leid. Ich wollte nur nett sein." Er trat einen Schritt auf den Flur zurück und hob beide Hände, um zu zeigen, wie harmlos er war.

„Danke", sagte ich.

„Mir macht es nichts, wenn Sie eine Lesbe sind."

„Zu gütig von Ihnen", sagte ich.

„Verdammt, sind Sie empfindlich. Was habe ich getan, daß Sie mich so hassen?"

„Ich denke, ich bin nicht beeindruckt von Ihren Methoden der Verhaltensänderung. Der Viehstock wirkt ein bißchen übertrieben."

„Das Teil hier?" Er zog den Stock aus der Schlaufe und wirbelte ihn herum. „Quatsch, Cassidy. Das tut keinem weh. Es verschafft mir nur die Aufmerksamkeit der Kids. Ich muß nicht mal laut werden."

„Schön für Sie." Ich trat aus der Tür und schloß sie hinter mir. Coach stand einen halben Meter entfernt, und ich konnte spüren, wie seine gute Laune sich in Wut verwandelte. Ich wußte, ich hätte ihn beruhigen müssen, aber ich tat's nicht.

„Sagen Sie, Coach, damals, als Sie hier Schüler waren und noch niemand an Isolation oder den Verhaltensänderungsstock dachte, wie hat man da die Kids rumgekriegt?"

Coach schien echt überrascht, daß ich von seiner Schulzeit im Camp wußte. Als er sich davon erholt hatte, kicherte er. „Verhaltensänderungsstock, das gefällt mir. So werde ich ihn von jetzt an nennen. Das wird mich immer an Sie erinnern. Und um Ihre Frage zu beantworten – sie haben die Kids rumgekriegt. Wir sind heute nur besser. Und schneller."

„Also rechtfertigt das Ziel die Mittel?"

„So was in der Art." Er stand mir immer noch im Weg. Er hatte den Viehstock in der Hand, und ich fragte mich, ob

Ben und Doc ihn schon auf meine Spur gesetzt hatten. „Von mir mal abgesehen, gefällt es Ihnen hier?“ fragte er.

Ich fand, es sei besser, ihn nicht zu reizen.

„Es gefällt mir. Und was ich über Männer gesagt habe, stimmt nicht ganz. Die meisten mag ich. Ich schlafe nur nicht mit ihnen. Und was Sie angeht, Coach, ich kenne Sie nicht gut genug, um zu wissen, ob ich Sie mag oder nicht. Kann sein, daß Sie ganz tief drin ein empfindsamer, freundlicher, rundrum netter Typ sind. Bisher habe ich allerdings nur gesehen, wie Sie Kinder erschrecken, erniedrigen und foltern.“

Er steckte den Stock in die Schlaufe zurück. „Wenn Sie das so sagen, klingt es ziemlich scheußlich. Aber ich tu sehr viel mehr als den harten Burschen spielen. Sie haben nur das Schlimmste zuerst gesehen. Ich wäre nicht hier, wenn mich die Kids nicht kümmerten.“

Ganz offensichtlich hatte ich seine Gefühle verletzt, was hieß, daß er welche hatte.

„Warum sind Sie hiergeblieben?“ fragte ich. „Die meisten können es kaum erwarten, von hier wegzukommen.“

„Oh, das sagen sie zuerst. Aber für eine ganze Reihe von ihnen ist es das Beste, das ihnen je passiert ist. So war es für mich.“ Er rieb sich über die stoppelige Wange. „Und warum sind Sie hergekommen? Erzählen Sie mir bloß nicht noch mal die Scheiße von wegen über die Erfahrung wegkommen, jemand geschlagen zu haben. Ich denke, es hat Ihnen Spaß gemacht. Und das macht es Ihnen immer noch. Ich denke, vor wenigen Minuten wollten Sie mir eine scheuern. Ich hab's in Ihren Augen gesehen.“

Ich lachte. „Ich gebe zu, ich hatte ganz kurz die Vorstellung, nach Ihrem Stock zu fassen und Sie spüren zu lassen, wie sich das anfühlt. Glücklicherweise ging das vorbei.“

„Glücklich für Sie.“ Ich wußte nicht, ob er den Macho rauskehren oder mir drohen wollte.

„Ich habe Ida wirklich versprochen, mitzukommen“, sagte ich.

„Schon gut, schon gut. Tut mir leid, Ihre Zeit vergeudet zu haben. Und meine auch."

Ich mußte lächeln. „Demnächst male ich mir einfach ein großes L auf die Stirn."

Coach lächelte ebenfalls. „Das wäre hilfreich." Er trat beiseite und verbeugte sich. Ich ging an ihm vorbei und fühlte den ganzen Flur entlang seinen Blick in meinem Rücken. Hoffentlich sah er nicht den Papierstapel unter meinem Hemd. „Sie haben jedenfalls einen hübschen Arsch", rief er, als ich an der Tür war. Ich trat ins Freie und zwang mich, nicht zu rennen.

23

„Wir müssen unbedingt reden", sagte ich, als Jo öffnete. Ein Blick, und die Ereignisses des Morgens kamen zurück und ließen mich rotwerden. Gracie lag in Jos bequemstem Sessel und wirkte erschöpft, aber bei meinen Worten richtete sie sich auf.

Jos Blick sagte mir, daß sie mehr verletzt als wütend war und daß unter der Verletzung die Leidenschaft brannte. Das war auch etwas, das mir an ihr so gefiel. Sie verstellte sich nicht. Was sie empfand, zeigte sie. Ihre Nähe zu spüren und die Emotion in ihren Augen zu sehen, ließ jeden Vorsatz, den ich vorher gefaßt hatte, sich in Luft auflösen.

„Wir sollten Maddie von hier wegbringen", sagte ich.

„Was meinst du damit?" fragte Gracie.

„Ich erklär's gleich." Ich zog die Papiere hervor und breitete sie auf dem Tisch aus. „Hast du Schere und Tesafilm?" Jo holte beides und setzte sich, während Gracie das perforierte Computerpapier in Bögen riß und ich mit der Schere arbeitete. „Nach Bens Unterlagen waren diese Teile in den Kisten, die der Lastwagen an dem Abend in der Mine abholte. Für sich genommen, sagen sie mir gar nichts, aber ich habe das Gefühl, daß sie mehr sind, als sie darstellen. Wenn wir das Ganze als dreidimensionales Puzzle begreifen, kommen wir vielleicht dahinter."

Während wir arbeiteten, berichtete ich von meinem Besuch in Bens Büro und seinem Gespräch mit Doc. Ich erzählte ihnen auch von Ida und Coach.

„Glaubst du, er hat gesehen, wie du die Diskette versteckt hast?" fragte Gracie.

„Keine Ahnung. Er benahm sich nicht so, als hätte er Verdacht geschöpft. Entweder wollte er mich wirklich anmachen, oder er hat es gut gespielt. Wenn er es gespielt hat, dann vermutlich, um jemandem die Zeit zu geben, meine Hütte zu durchsuchen. Als ich zurückkam, sah aber alles ganz unberührt aus."

Jo schüttelte den Kopf. „Du mußt dich irren, Cass. Es ist ganz undenkbar, daß Doc in etwas Illegales verwickelt ist. Ich meine, ich kann mir vorstellen, daß er Coach deckt, aus väterlicher Fürsorge oder so, aber nicht, was du denkst. Erzähl Gracie, was Pat über Coach in Annies Hütte gesagt hat."

Ich wiederholte die Geschichte für Gracie. „Nach dem, was Doc sagte, daß Coach sich um Annies Wagen gekümmert hat, muß ich annehmen, daß Coach es auch war, der ihre Hütte aufgeräumt hat."

„Klingt logisch", sagte Gracie. „Aber wenn einer von ihnen Annie getötet hat, was haben sie mit ihr gemacht?"

„Das muß Maddie uns sagen. Einen anderen Weg gibt es nicht. Sie werden bald auf meiner Spur sein, wenn sie es nicht schon sind. Ben ist zu mißtrauisch. Ich kann nicht weiter herumfragen. Die Sache ist nur, daß wir keinen Beweis für ein Verbrechen haben. Nur Maddie kann uns helfen, diesen Beweis zu finden."

„Okay.“ Gracie stand auf. „Ich stimme zu. Wir sollten sie holen und verschwinden.“

„Das Problem ist, sobald sie entdecken, daß wir mit ihr fort sind, werden sie jeden Beweis vernichten. Dann steht Maddies Wort gegen ihres. Und sie ist eine jugendliche Straftäterin. Wir brauchen Belege.“

Jo ging auf und ab, offensichtlich nicht bereit, Doc für mitschuldig zu halten.

„Jo, ich weiß, du willst das alles nicht glauben. Aber wir können uns nicht erlauben, einem von ihnen jetzt noch zu trauen.“

Jo holte tief Luft und atmete langsam aus. Ihre Augen waren die eines betrogenen Kindes. „Wie wollt ihr sie herausholen? Kennt ihr den Code für das Tor?“ Sie sah von Gracie zu mir, wir zogen beide die Schultern hoch. „Ich auch nicht. Nur ganz wenige kennen den Code, aus Sicherheitsgründen.“

„Scheiße“, sagte Gracie. „Und nun?“

„Wir müssen an eine Fernbedienung kommen“, sagte ich. „Coach hat an dem Tag, als ich ankam, eine benutzt. Gracie, wie haben sich Coach und Belinda auf der Fahrt in die Stadt verhalten?“

„Jedenfalls nicht wie Verliebte. Coach hat kaum mit ihr geredet.“

„Ich habe nachgedacht. Und was, wenn Belinda an dem Abend gar nicht Coach treffen wollte, sondern Clutch? Jo sagte, sie hätte Clutch ins Camp zurückkommen sehen. Und auch, daß Belinda mit Clutch flirtete.“

Jo schüttelte den Kopf, sagte aber nichts.

„Okay. Und wenn es so wäre, was hilft uns das?“

„Sagen wir, Annie Sesson sieht Belinda um ihre Hütte streichen und schließt daraus, so wie wir, daß Belinda sich mit Coach treffen will. Sie hat sowieso schon den Verdacht, daß Coach eine andere trifft, also beschließt sie, ihnen nachzugehen. Sie sattelt ihr Pferd, weiß aber nicht wohin, weil

Belinda eben nicht zu den Ställen gegangen ist, sondern sich irgendwo mit Clutch getroffen hat. Annie reitet über die Weide, sieht, daß bei der Mine Licht brennt, und beschließt nachzusehen."

„Das schließt unsere Theorie einer Konfrontation im Wald irgendwie aus", sagte Gracie.

„Genau. Ich denke, was immer Annie passiert ist, ist da geschehen, wo Maddie es sehen konnte. Und Maddie hatte sich nicht im Camp versteckt. Sie war auch nicht im Wald, glaube ich. Ich denke, Maddie hatte sich in der Mine versteckt."

„Aber der Eingang ist elektronisch gesichert", sagte Jo, offensichtlich entschlossen, meine Theorie zu widerlegen.

„Nicht von der Werkstatt her. Da steht die Lore. Du mußt nur einsteigen und losfahren."

„Aber warum sollte jemand in die Mine flüchten?" fragte Gracie. „Das ergibt doch keinen Sinn."

Jo seufzte und rieb sich die Arme, als fröre sie plötzlich. Gracie und ich sahen sie erwartungsvoll an.

„Ich kannte ein Mädchen, das es mal versucht hat", sagte Jo. „Damals, als ich hier zur Schule ging. Sie war die Tapferste, die ich je kennenlernte. Und frech wie Rotz. Ich war schrecklich in sie verknallt. Ihr Plan war, sich im Bergwerk zu verstecken und erst wegzulaufen, wenn niemand mehr nach ihr suchte. Das Problem war nur, sie hielt es nicht aus. Sie kam von sich aus ins Camp zurück."

„Wie Maddie", sagte ich. „Sie kam ebenfalls von sich aus wieder. Aber vielleicht hat ihr nicht das Bergwerk Angst gemacht, sondern was dort geschah."

„Was, glaubst du, ist passiert?" fragte Gracie.

„Ich glaube, Ben oder Doc brachten Annie um, weil sie etwas gesehen hat, was sie nicht sehen sollte. Dann, glaube ich, beauftragten sie Coach, die Leiche wegzuschaffen. Wir wissen, daß er ihr Auto weggeschafft hat. Vielleicht hat er sie vorher hineingesetzt."

„Wenn ich jemand in der Mine umgebracht hätte, würde ich die Leiche einfach auf die Lore packen und auf die Müllhalde werfen. Das wäre das Sicherste“, sagte Gracie.

Ich starrte sie an. Sogar Jo nickte.

„Stimmt“, sagte sie. „Vorausgesetzt, es ist überhaupt passiert.“

„Es wäre das Einfachste“, sagte ich. „Und es heißt, daß wir eine Chance haben, unseren Beweis zu finden. Wenn Annies Leiche auf der Müllhalde liegt, sollten wir sie finden.“

„Nicht so einfach“, sagte Jo. „Es geht senkrecht hinunter. Du brauchst Seile und wahrscheinlich diese Dinger, die man in den Felsen treibt, um die Seile gespannt zu halten.“

„Kletterhaken“, sagte ich. „Im übrigen glaube ich, ich weiß, was Annie gesehen hat und nicht sehen sollte.“ Die Zeichnungen hatten endlich einen Sinn ergeben, und als ich erst eine Vorstellung hatte, wurde das Zusammenfügen der Teile einfacher. „Guckt mal.“ Ich hielt die zusammengeklebten Teile hoch, und Jo wurde blaß.

„Sieht aus wie eine Halbautomatik.“ Gracie kam näher und besah das Ergebnis. „Siehst du den Patronenrahmen? Ziemlich genial, wie sie die Einzelteile anonymisiert haben.“

„Sogar der Lauf besteht aus sechs Teilen“, sagte ich. „Für sich genommen, sehen sie ganz harmlos aus. Aber sie sind wahrscheinlich ganz einfach zusammenzusetzen.“

„Vielleicht sind sie ja ganz was anderes“, sagte Jo. „Ich meine, es könnten ja Nachbildungen sein.“

Wir sahen sie an. „Aber wenn wir davon ausgehen, daß sie real sind“, meinte Gracie, „an wen wurden sie dann verkauft?“

„Aber Gracie. Im ganzen Land existieren so viele verrückte Gruppen, die Waffen horten, daß es wahrscheinlich einen Auftragsüberhang gibt. Diese Gewehre sind illegal hergestellt, was heißt, daß sie nicht zu orten und deshalb viel wert sind. Ich wette mit dir, daß es das ist, was Coach gegen Ben und Doc in der Hand hat. Irgendwie muß er das mit den Gewehren entdeckt und sie überzeugt haben, ihn mitmachen zu lassen."

„Ob Ida und Clutch Bescheid wissen?" fragte Gracie.

„Ausgeschlossen", meinte Jo. „Selbst wenn ihr recht habt, Ida würde nichts zulassen, was den Ruf des Camps ruiniert. Und Clutch fühlt das gleiche wegen der Ranch. Wenn dies wirklich Gewehre sind, muß Ben dahinterstecken. Die anderen würden es nicht dulden."

„Trotzdem, Jo, wäre es sicherer, wenn wir erst mal keinem von ihnen vertrauten", sagte ich.

„Bist du sicher, daß du mir vertraust?"

Auf Jos Frage folgte verlegene Stille, dann sagte ich: „Ich weiß, daß das hart für dich sein muß."

„Das weißt du nicht, Cass. Doc hat mein Leben gerettet. Ida und Clutch sind wie meine Familie. Du kommst hier hereingeschneit mit wilden Vorstellungen von Mord und Gewehren und erwartest, daß ich die Menschen, die ich liebe und denen ich vertraue, für böse halte?"

„Ich habe nicht gesagt, daß jemand böse ist, Jo. Aber etwas geht hier vor, und Maddie könnte in Gefahr sein. Und wir brauchen dringend deine Hilfe."

Jo sah mich an, schließlich seufzte sie. „Ich bin dabei", sagte sie. „Und sei es nur, um dir zu beweisen, daß du dich irrst."

„Dein gutes Recht." Ich sah zu Gracie. „Wir sollten uns aufteilen. Du siehst zu, wie wir Maddie von hier wegbekommen, und Jo kann mir helfen, das Kliff zur Schutthalde abzusteigen. Falls wir dabei erwischt werden, wäre Maddie nicht ohne Schutz. Bis jetzt verdächtigt dich noch niemand."

Gracie grinste. „Wir werden ausreiten. Ich erzähle Maddie, wer ich bin und was wir machen. Ich zeige ihr ein Bild von ihrer Mutter, das müßte sie überzeugen. Wenn Coach merkt, daß sie verschwunden ist, sind wir schon auf der Straße. Er mag sich ja für einen guten Verfolger halten, aber er hat noch nie eine Indianerin verfolgt."

„Hast du einen Fotoapparat?“ fragte ich Jo.

„So eine Wegwerfkamera. Warum?“

„Wenn wir Annie Sessons Leiche finden, sollten wir ein Foto davon machen. Als Beweis.“ Ich sah auf die Uhr. „Du gehst jetzt besser“, sagte ich zu Gracie. „Die Pause ist gleich vorbei. Wenn die Glocke ertönt, ist es für heute zu spät. Du solltest auch das Gewehrpuzzle mitnehmen. Wenn du in der Zivilisation ankommst, könntest du Beweise brauchen. Vor allem, falls Jo und mir was passiert.“

„Sollten wir nicht lieber alle zusammen reiten?“ fragte Gracie.

„Sobald wir wissen, ob Annie auf der Halde liegt, kommen wir nach. Irgendwie komme ich schon an diese Fernbedienung. Ich halte es für das beste, wenn Jo und ich uns verhalten, als sei alles ganz normal. Wir werden zusammen in die Cafeteria gehen und uns wie Verliebte benehmen, dann wundert sich niemand, wenn ich die Nacht in ihrer Hütte verbringe. Wenn es dunkel ist, gehen wir zum Schuttplatz. Wenn alles gut läuft, sind wir zurück, bevor es hell wird. Ihr wartet in Portsmith Grove auf uns. Wir treffen uns dort im Hotel.“

„Okay, Chef. Aber spiel nicht den Helden. Festnahmen sind die Aufgabe der Polizei.“

„Keine Bange“, antwortete ich.

Gracie steckte die Unterlagen in die Tasche und machte die Tür auf. „Hoffentlich krieg ich die kleine Rotznase dazu, mitzukommen.“ Mit langen Schritten machte sie sich auf den Weg.

Jo und ich sahen ihr nach. „Jo“, sagte ich. „Wegen heute morgen...“

Sie legte einen Finger auf meinen Mund. „Nicht jetzt, Cass. Laß uns zuerst das hier erledigen.“

24

Madeline – drei Tage zuvor

Maddie saß in dem Plastiksessel vor Docs Büro und klopfte nervös mit dem Fuß auf den Boden. Sie wollte sich nicht mehr mit Doc treffen. Das letztemal hatte sie behauptet, sie fühlte sich nicht gut. Das konnte sie nicht noch mal benutzen. Er beharkte sie immer noch wegen der Klauerei, sie sollte sagen, was wirklich dahintersteckte. Er hatte sie überreden wollen, sich hypnotisieren zu lassen, aber das wollte sie auf keinen Fall. Wer weiß, was sie dann sagen würde. Vielleicht fragte er sie sogar nach der Nacht, als sie weggerannt war. Das durfte auf keinen Fall passieren.

Die Tür öffnete sich. „Da bist du ja, Madeline. Komm rein, bitte." Er behandelte sie wie einen seltenen Gast und nicht wie eine Gefangene in seiner Versuchsschule. Es war wichtig, mitzuspielen. Für heute hatte sie beschlossen, ihm einen Knochen hinzuwerfen, ein paar nicht so bedeutsame Geheimnisse zu enthüllen, vielleicht zusammenzubrechen und ein bißchen zu weinen.

„Wie geht es dir, Madeline?"

„Ganz gut, glaube ich."

„Keine Fluchtgedanken mehr, hoffe ich."

Maddie fand, es sei besser, halbwegs ehrlich zu tun. „Nur manchmal."

Doc lehnte sich zurück und lachte. Ein ehrliches Lachen, nicht so verlogen wie die meisten Erwachsenen. Maddie fand sich ziemlich gut.

„Aber du fühlst dich wohler. Ich sehe dich mit anderen zusammen. Mit der Neuen, Rebecca Patterson, scheinst du gut klarzukommen."

„Ja“, stimmte Maddie zu. Seit ihrem fehlgeschlagenen Fluchtversuch klebten Rebecca und sie ständig zusammen. Zwei waren stärker als eine, fand Maddie.

„Und hast du noch mal über dein Stehlen nachgedacht?“

Maddie atmete tief ein. Doc wartete. Er war sehr geduldig. Er fand die größte Scheiße heraus. Sie würde ihm einen Teil der Wahrheit erzählen müssen.

„Ich denke, ich habe geklaut, weil ich sauer war.“

„Sauer auf wen, Madeline?“

„Auf alle!“ sagte sie zu ihrer Überraschung. Sie warf den Kopf zurück und rutschte auf ihrem Stuhl. Aus irgendeinem Grund war es heute noch unangenehmer als sonst.

„Das sind eine ganze Menge Leute. Vielleicht sollten wir uns heute auf einen oder zwei konzentrieren. Auf wen bist du am meisten sauer, Madeline?“

Großer Gott, dachte sie. Er hat nicht vor, loszulassen.

„Was ist mit deiner Mutter? Bist du auf sie sauer?“

„Ich kenne meine Mutter nicht. Sie ist im Gefängnis.“ Es war das erstemal, daß sie das aussprach. Es klang scheußlich, und ihr Mund fühlte sich trocken und schmutzig an.

„Und wie geht es dir damit?“

„Ich weiß eigentlich gar nichts davon. Es hieß, sie wäre fort. Wahrscheinlich schämten sie sich zu sagen, daß sie eine... daß sie jemand umgebracht hat. Ich sollte denken, daß sie tot ist. Aber sie ist nicht tot. Sie ist im Gefängnis. Ich habe gehört, wie meine Großmutter das zu jemand gesagt hat. Alle außer mir wissen es!“

Gegen ihren Willen rollte eine Träne über ihre Wange. Sie brauchte nicht mal so zu tun, merkte sie. Eine zweite Träne folgte, und sie wischte sie mit der Hand weg.

„Weinen hilft, Maddie.“ Doc reichte ihr ein Papiertaschentuch. Sie nahm es und knüllte es zusammen. Das Geflenne sollte nicht zur Gewohnheit werden.

„Du bist also böse auf deine Mutter, weil sie dich verlassen hat?“

Sie zuckte die Schultern. „Ich sagte doch, ich erinnere mich nicht an sie. Und wer braucht schon eine Mutter, die eine Mörderin ist?"

„Hm." Doc rutschte in seinem Sessel. „Und dein Vater? Warum bist du auf ihn sauer?"

„Weil er sich nicht um mich kümmert. Er weiß überhaupt nichts!" Maddie klang hysterischer, als sie beabsichtigt hatte.

„Was weiß er nicht, Madeline?"

„Nichts." Sie merkte, wie sie sich verschloß. Für heute war es genug. Sollte der Doktor andere aushorchen.

„Was weiß er nicht? Erinnerst du dich?"

Maddie schüttelte den Kopf. Beinahe hätte sie schon wieder geweint.

„Du weißt noch, daß wir über Hypnose gesprochen haben. Das kann dir helfen, dich an die Dinge zu erinnern, die du verdrängst. Wenn du dich an sie erinnerst, wird es leichter, darüber zu reden, darüber hinwegzukommen. Und das müssen wir tun, glaube ich."

Maddie schüttelte heftig den Kopf. „Ich will aber nicht."

„Was? Dich erinnern?"

„Hypnotisiert werden."

„Davor mußt du keine Angst haben, Maddie. Es ist absolut sicher. Du fühlst dich doch sicher bei mir?"

Nein! wollte sie schreien. Aber das durfte sie nicht. Es war wie die Wahl zwischen zwei schrecklichen Übeln. Sie wollte nicht über die Wahrheit sprechen, aber sie konnte auch nicht zulassen, daß Doc sie hypnotisierte.

„Mein Großvater", flüsterte sie. So leise, daß er nicht wußte, ob er richtig gehört hatte.

„Sprich weiter, Madeline."

Es kam ihr vor, als säßen sie eine Stunde lang schweigend da. Schreckliche Szenen wiederholten sich in ihrem Kopf, und ohne es zu merken, fing sie wieder an zu weinen. Sie vergrub ihr Gesicht in ihrem Schoß und weinte sich die Seele aus dem Leib. Endlich sagte sie: „Er hat mich mißbraucht. Er hat mich mißbraucht, und sie haben ihn nicht gestoppt." Sie rutschte auf den Boden.

„Aber, aber", hörte sie ihn sagen und merkte, daß er neben ihr auf dem Teppich saß. Er tätschelte ihren Kopf, als wäre sie ein Hund, einen Augenblick war es fast tröstlich, aber dann fiel ihr ein, daß sie ihm nicht traute, und sie wich zurück. Doc nickte, als verstünde er, warum sie nicht wollte, daß er sie berührte, er stand auf und setzte sich wieder.

„Das war sehr tapfer, was du gerade getan hast. Es muß sehr schwer für dich gewesen sein."

Sie hatte einen kleinen Schluckauf und war so erschöpft, daß ihr fast die Augen zufielen.

„Wir sprechen ein andermal weiter. Du mußt jetzt sehr müde sein. Du bist ein starkes Mädchen, Madeline. Und du wirst dich besser fühlen, wenn du ein bißchen geruht hast. Möchtest du dich vor dem Essen ein bißchen hinlegen?"

Maddie nickte, unfähig zu sprechen. Er stand auf, und sie folgte ihm, blind einen Fuß vor den anderen setzend. Sie legte sich auf die harte Plastikcouch – sie hatte viel dafür bezahlt, von Dr. Biscane nicht hypnotisiert zu werden, und war nicht sicher, ob es das wert war.

25

Die nächste Stunde verbrachten Jo und ich damit, eine Liste aufzustellen und unseren Plan durchzugehen. Wir paßten auf, uns nicht zuviel anzusehen und auf keinen Fall anzufassen. Nachdem wir alle Einzelheiten erschöpfend behandelt hatten, beschlossen wir die Sattelkammer zu plündern, während die Rancharbeiter beim Essen waren. Ich öffnete die Tür, da kam Gracie den Weg herauf.

„Was ist passiert? Wo ist Maddie?"

„Kam nicht. Offenbar hatte sie eine Therapiestunde."

„Scheiße. Ist sie immer noch da?"

„Nein. Gesund und munter mit den anderen im Speisesaal. Aber ich kann sie von dort ja schlecht entführen. Ich fürchte, wir müssen bis morgen warten. Aber so können wir uns besser vorbereiten. Und ich kann dich und Jo heute nacht begleiten. Ich kann euch den Rücken freihalten. Wenn jemand kommen sollte, ihn ablenken. Es wäre einfach sicherer."

„Das ist eine gute Idee", sagte Jo von der Tür her. „Du weißt nie, ob nicht jemand am Abend ausreiten möchte."

„Meinetwegen." Mir wäre es lieber gewesen, Gracie und Maddie auf halbem Weg nach Portsmith Grove zu wissen, aber solange Maddie in einer Gruppe war, war sie vermutlich in Sicherheit.

„Jo und ich lassen uns jetzt in der Öffentlichkeit sehen, und du kümmerst dich um die Sachen, die wir für unsere Klettertour brauchen. Es ist wahrscheinlich das Beste, wenn du nicht mit uns zusammen gesehen wirst." Ich sagte Gracie, was wir brauchten, und Jo erklärte ihr, wo sie was fand. Gracie machte sich auf den Weg zu den Ställen, Jo und ich gingen zum Speisesaal.

Während des Essens machten wir soviel Aufhebens, daß wir die Aufmerksamkeit unserer Kollegen erregten, ohne die wenigen Schülerinnen und Schüler, die noch im Saal saßen, zu irritieren. Das Kollegium saß bei Kaffee und Kuchen an einem großen Tisch zusammen, Jo und ich suchten uns einen Tisch für zwei, und unser Auftritt wurde durchaus registriert. Jo legte mehrfach ihre Hand auf meinen Arm, und obwohl ich wußte, daß wir eine Schau abzogen, hatte es einen beunruhigend erotischen Effekt auf mich. Coach verschränkte die Arme über der Brust und grinste mich quer durch den Saal an. Pat, die hinter dem Tresen den Abwasch überwachte, winkte uns zu und zwinkerte. Ich sah Doc etwas zu Ida sagen, die sich wiederum Clutch zuneigte und ihm etwas ins Ohr flüsterte. Clutch schaufelte ungerührt weiter Torte in sich hinein, riskierte aber einen Blick in unsere Richtung. Als ich Jo über die Wange strich, siegte in Lacy Godfrey die Neugier, sie kam herbeigeschlendert und setzte sich an unseren Tisch. Erst als Jo sie begrüßte, schien Lacy zu realisieren, daß Jo eine Frau war, sie wurde rot und glotzte unverhohlen.

„Lacy, Sie kennen Jo? Sie arbeitet bei den Pferden."

„Ich bin nicht so pferdebegeistert", antwortete sie. „Aber ich hab Sie schon mal gesehen."

„Erfreut, Sie kennenzulernen." Jo schüttelte Lacys Hand.

„Jo ist, was man einen Pferdeflüsterer nennt", sagte ich.

„Wirklich?" Lacy hielt das wohl für einen anderen Ausdruck für Lesbe, denn sie wurde wieder rot. Offensichtlich versuchte sie herauszufinden, was ich mit einer Frau tat, die sich wie ein Cowboy kleidete. Ihr Blick wanderte von Jo zu mir und zurück. „Hab mich schon gefragt, wo Sie die ganze Zeit stecken", brachte sie schließlich heraus. Offenbar hatte sie endlich zwei und zwei zusammengezählt.

„Jo hat mich ein bißchen herumgeführt."

„War nett, Sie kennenzulernen, Jo."

„Ganz meinerseits." Jo schenkte Lacy ihr rätselhaftestes Lächeln, worauf Lacy beim Aufstehen über ihren Stuhl stolperte.

„Ich glaube, wir haben erreicht, was wir wollten." Jo grinste mich an. Endlich. Die Kollegen waren aufgestanden und brachten ihre Tabletts zum Tresen.

„Heute abend summt die Gerüchteküche", sagte ich. „Und Ida wird mir wahrscheinlich eine Predigt halten, wie ich mich im Unterricht zu verhalten habe."

„Ich weiß nicht. Kann nicht mal sagen, ob sie verblüfft war oder amüsiert. Doc schien nicht überrascht. Er weiß seit meinem fünfzehnten Lebensjahr, daß ich lesbisch bin. Er war der erste Mensch, dem ich es gesagt habe."

„Ich kann mir denken, wie schwer es für dich ist, dir vorzustellen, daß er nicht der aufrechte Bürger sein könnte, für den du ihn gehalten hast."

Jos Augen blitzten, sie stützte die Ellbogen auf den Tisch. „Das muß erst noch bewiesen werden."

„Schon gut, schon gut." Ich hob beide Hände.

„Aber wenn du recht haben solltest", fuhr sie fort, „dann gibt es dafür eine Erklärung. Clutch und Ida erzählten uns damals, wie wertvoll ehrliche Arbeit ist, ich habe ihnen geglaubt und glaube es heute noch. Wenn diese Dinge wirklich Gewehre sind, dann will ich wissen, was sie mit ihnen machen. Und wer dahinter steckt."

„Auch wenn das Doc mit einschließt?" fragte ich.

Jo warf mir einen warnenden Blick zu.

„Selbst wenn er nichts damit zu tun hat", sagte ich, „kann das, was wir möglicherweise entdecken, alles ändern. Du weißt das, oder? Es könnte das Ende der Schule sein."

Jo nickte. „Ich hoffe immer noch, daß du dich irrst. Aber wenn nicht, ich meine, wenn hier Böses geschieht, weiß ich, was ich zu tun habe."

Ich sah sie an. Ihre Augen waren wie tiefes Wasser. Ich wollte ihr sagen, daß meine Feigheit am Morgen mir leid tat. Ich wollte mehr als sonst etwas auf der Welt sie in meine Arme nehmen und festhalten. Aber bevor ich das eine oder das andere tun konnte, stand Jo auf.

„Komm. Bringen wir es zu Ende, bevor ich meine Meinung ändere."

Wir gingen zuerst zu meiner Hütte, und ich sah sofort, daß jemand drin gewesen war. Ich hatte, bevor ich gegangen war, den alten Trick benutzt und eine Kiefernnadel oben auf den Türrahmen gelegt. Sobald die Tür geöffnet wurde, mußte die Nadel herunterfallen. Sie lag auf der Fußmatte.

„Warte hier", sagte ich und machte vorsichtig auf. Ich hatte ein Haar aus meiner Bürste auf das Notebook gelegt. Nicht nur das Haar war weg, sondern auch der Computer.

Ich sah hinter den Kommodenschubladen nach – Revolver und Mobiltelefon klebten an ihren Plätzen. Jemand hatte die Schubläden durchsucht und unter der Matraze nachgesehen, aber nichts gefunden. Wenn sie nicht wußten, wie die Dateien, die ich vor meiner Ankunft von der Festplatte entfernt hatte, wiederhergestellt werden konnten, hatte ich etwas Zeit. Wenn sie sie wiederherstellen konnten, war leicht herauszufinden, daß ich als Privatdetektivin arbeitete.

Ich legte mein Schulterholster an und zog eine Jacke über, um es zu verbergen, steckte das Telefon in die Tasche und kam zu Jo zurück.

„Alles in Ordnung?“ fragte sie.

„Jemand hat meinen Computer ausgeliehen. Aber die meisten Dateien hatte ich entfernt.“

„Ich dachte, Doc hatte Ben gesagt, er brauche sich keine Sorgen zu machen.“ Jo klang plötzlich selbst besorgt.

„Stimmt. Aber der kleine Bruder scheint nicht zugehört zu haben. Ich wette, er hat Coach geschickt, sich umzusehen. Laß uns gehen. Ich habe das Gefühl, wir werden beobachtet, und das nicht aus Neugier über unsere Romanze.“

Jo und ich passierten den Appellplatz, wo ein Teamspiel namens Vertrauen gespielt wurde. Schwester Beckett leitete es, und ein paar Lehrer beobachteten. Wir sahen einen Moment zu, wie Teenager mit verbundenen Augen sich rückwärts in die Arme ihrer Mitschüler fallen ließen. Ich bemerkte, daß Ida uns beobachtete. Gar nicht schlecht, dachte ich. Solange alle glaubten, ich sei voll mit Jo beschäftigt, machten sie sich hoffentlich keine Gedanken, was ich sonst noch treiben könnte.

Gracie war fleißig gewesen. Über einen verdächtig aussehenden Haufen auf Jos Bett hatte sie ein Tuch gebreitet, darunter befand sich unsere Ausrüstung. Taschenlampen, Taue, eine Axt mit kurzem Stiel, eine Schachtel mit Eisenhaken, Lederhandschuhe und eine Schaufel. Dazu eine lederne Satteltasche und ein Rucksack aus Nylon.

Während Jo am Fenster stand und aufpaßte, daß wir keinen ungebetenen Besuch bekamen, ordnete ich die Dinge. Ich war schon mal geklettert und wußte, daß unser Rüstzeug größeren Anforderungen nicht standhielt. Aber es mußte reichen. Danach blieb uns nur noch zu warten. Jo und ich setzten uns auf die Veranda, sie hatte ihre Gitarre dabei.

„Du hast nicht nach deinem Lied gefragt", erinnerte sie mich. „Willst du es hören?"

„Bitte."

Sie räusperte sich, schlug ein paar Akkorde an und fing an zu singen. Ihre Stimme war heiser und doch wohlklingend. Die Melodie war ein wenig melancholisch, bis sie zum Refrain kam, der beschwingt und seltsam erhebend klang.

You reached right in and pulled me down
Now, I don't want to get up again
cause you reached right in and showed me how
to love again, to love again

You took me up so high, so fast
I'm a little afraid to look down again
afraid to fall so far, so fast
to fall, to fall in love again

Als sie fertig war, öffnete sie die Augen, und ich war nicht überrascht, Tränen darin zu sehen. In meinen standen ebenfalls Tränen.

„Wie schön", sagte ich. „Es ist vollkommen."

„Wirklich?"

„Wirklich." Ich merkte, wie ich mich verkrampfte. „Tut mir leid, daß ich heute morgen so blöd war. Ich hatte Angst."

Sie legte die Gitarre weg. „Und jetzt nicht mehr?"

Im Mondlicht sah ich ihre ernsten Augen.

„Jetzt habe ich noch mehr Angst."

„Vor mir?"

„Vor meinen Gefühlen. Ich hoffe, es geht vorüber."

„Was du fühlst?"

„Nein, die Angst. Ich bemühe mich."

Sie lachte und griff wieder nach der Gitarre und spielte ein Lied, das vom Reiten im Wind handelte.

Ich hatte einen Menschen wie sie bisher nicht kennengelernt. Sie war unkompliziert und unprätentiös, hatte jungenhaften Charme und überraschende Anmut, ausgeprägten Geschmack und einfache Bedürfnisse. Sie war nicht mein Typ, sie war nicht wie Diane, Erica oder Maggie. Aber das machte nichts. Bisher hatten mich elegante Frauen angezogen. Und nun hatte ich mich in ein Cowgirl verliebt. Der Gedanke brachte mich zum Lachen, Jo unterbrach ihr Spiel.

„Was ist?"

„Nichts. Spiel weiter, bitte. Mir ist gerade was klar geworden, das ist alles."

„Und was?"

„Daß ich mich schon lange nicht mehr so glücklich gefühlt habe."

Sie spielte weiter, und wir warteten darauf, daß es Mitternacht wurde.

26

Madeline

Seit ihrer Flucht war eine Woche vergangen, und sie war so nervös, daß sie kaum stillsitzen konnte. Eine Sitzung mit Doc unterbrach ihre Zeit mit Schattentänzer – gestern hatte er zugelassen, daß sie ihn striegelte, und Clutch hatte gesagt, daß sie mit ihm arbeiteten und sie ihn ganz bald würde reiten können. Der Gedanke machte sie traurig, denn sie wußte, daß es dazu nicht kommen würde.

„Guten Tag, Madeline. Wie geht es dir heute?"

„Okay."

„Wie fühlst du dich nach unserem letzten Gespräch?"

„Okay."

Er lachte in sich hinein. „Ich denke, wir müssen noch einmal über deine Gefühle zu deiner Mutter reden."

„Meine Mutter? Was hat sie damit zu tun? Ich erinnere mich nicht mal an sie."

„Wie alt warst du, als sie verhaftet wurde? Vier? Ich bin sicher, du hast Erinnerungen an sie. Sie sind nur vergraben. Ich denke, es ist wichtig, daß wir sie ausgraben."

„Warum? Ich will mich nicht an sie erinnern." Was nicht ganz stimmte. Sie hatte schon oft versucht, das Bild festzuhalten, das ihr manchmal durch den Kopf ging. Das Bild von langem schwarzem Haar, liebevollen Augen, einer herzlichen Umarmung. Sie hatte das Bild geträumt, wenn sie wach war, war es nur ein Schatten. Manchmal glaubte sie eine Ahnung dieses Schattens im Spiegel zu erhaschen.

„Was denkst du, Madeline?"

„Warum interessieren Sie sich plötzlich für meine Mutter?"

„Wir können auch von etwas anderem reden, wenn dir das lieber ist. Früher oder später kommen wir doch darauf. Der Mißbrauch durch deinen Großvater, das Versagen deines Vaters, zu erkennen und zu stoppen, was geschah, deiner Mutter Verzicht. Manchmal hilft es, am Anfang anzufangen. Aber es ist deine Entscheidung."

Maddie war noch nicht soweit, sich auf die Mißbrauchsgeschichte einzulassen. Es tat noch zu weh. Sie sah auf die Uhr an der Wand. Noch vierzig Minuten.

„Okay. Was ist mit meiner Mutter?"

„Träumst du manchmal von ihr?"

Maddie nickte, unsicher, wohin das führen sollte.

„Kannst du dich an irgendwas erinnern? Einen Geruch? Ein Geräusch? Wie sich ihre Haut anfühlte, wenn sie dich im Arm hielt?"

Wieder nickte Maddie, überrascht, wie sehr sie, kaum hatte er es erwähnt, sich an einen Geruch erinnerte. Das Haar ihrer Mutter hatte nach Äpfeln gerochen.

„Schließ die Augen, Maddie. Kannst du sie sehen?"

Sie schüttelte den Kopf, die Augen weit offen.

„Du mußt die Augen nicht schließen, wenn du nicht willst. Manchmal sehen wir mit geschlossenen Augen besser, aber egal. Hör einfach auf meine Stimme und versuch dich zu entspannen, und bald wirst du sehen, was du sehen willst, aber du mußt nichts sehen, was du nicht sehen willst. Okay?"

Maddie nickte und strengte sich an, die Augen offenzuhalten.

„Gut. Wenn ich dir beim Entspannen helfe, wirst du dich auf alles, was du willst, konzentrieren können, aber im Augenblick, während du dich auf deinem Stuhl entspannst, spürst du einfach nur deinen Körper, spürst, wie deine Hände auf den Sessellehnen liegen, du spürst vielleicht, wie schwer sie sind, weil du dich entspannst und dich um gar nichts kümmern mußt. Du kannst alles hören, meine Stimme, die Uhr, deinen Atem, der ein bißchen schwerer wird, weil du immer entspannter wirst. Du atmest leicht und langsam, gleichmäßig und fest, weil es nichts gibt, das Sorgen macht, alles ist gut, und sogar dein Herz schlägt langsam und regelmäßig, du spürst, wie es ruhig wird, weil du alles spürst, sogar wie deine Muskeln entspannen, wie deine Hände und Füße schwer werden, als wären sie eingeschlafen, aber auf angenehme Weise, und es ist fast, als fühltest du dich jetzt so wohl, daß du nicht mal Lust hättest, einen Muskel zu rühren, obwohl du es natürlich könntest, wenn du wolltest, aber du willst es gar nicht, du fühlst dich so wohl und entspannt, so wunderbar faul, als hätte jede Zelle in deinem Körper losgelassen, und du würdest endlich in den entspanntesten Zustand sinken, den du dir vorstellen kannst. Da bist du jetzt. Spürst du es?"

Maddie hörte Docs Stimme, aber sie war nicht sicher, ob sie ihren Kopf heben könnte, um zu nicken.

„Das ist in Ordnung, Madeline. Jetzt bist du ganz entspannt, nichts kann dich aufregen oder ängstigen, und wenn ich bis zehn zähle, wirst du auf meine Fragen ohne Angst oder Schmerz antworten können. Du wirst dich an alles erinnern, das ich frage, es wird kein bißchen Angst machen. Du wirst dich kontrolliert und entspannt fühlen. Bist du soweit?"

Wieder wollte sie ihren Kopf bewegen, aber er war zu schwer. Doc zählte langsam und sagte dazwischen, daß sie sich bei jeder Zahl mehr konzentrieren könne, so daß sie, wenn er bei zehn angekommen sei, mit ihm sprechen könne. Es war, als sinke sie auf den Grund eines kühlen Teichs. Keineswegs unangenehm. Als er bei zehn ankam, holte sie tief Luft und stellte überrascht fest, wie leicht und klar sie sehen und atmen konnte.

„Du kannst jetzt deine Augen öffnen. Wie fühlst du dich?"

„Fein. Gut."

„Gut. Und jetzt, Madeline, wirst du dich weiter entspannen, während ich dich nach deiner Erinnerung frage. Du wirst alles sehr klar sehen, und nichts wird dir Angst machen. Wir fangen mit etwas Einfachem an. Erinnerst du dich, wann du das letztemal Eis gegessen hast?"

Sie runzelte die Stirn, dann nickte sie.

„Erzähl mir davon."

„Es war hier im Camp. Pat gab mir zwei Kugeln, weil ich ihr so gut geholfen hätte. Es war Schokolade."

„Sehr gut, Maddie. Erinnerst du dich, wann du dich zum letztenmal gefürchtet hast?"

Sie wollte antworten, dann schüttelte sie den Kopf.

„Es ist in Ordnung. Du mußt jetzt keine Angst haben. Du erinnerst dich bloß. Du bist absolut sicher und entspannt. Du erinnerst dich an alles, was ich frage, und es macht dir kein bißchen Angst. Erinnerst du dich an die Nacht, in der du fortgerannt bist? Hattest du da Angst?"

Maddie nickte und biß sich auf die Unterlippe.

„Erzähl es mir, Madeline. Erzähl mir alles, was passiert ist, als du weggerannt bist."

Es war überhaupt nicht schwierig, die Einzelheiten zu erinnern. Sie hatte sie viele Male durchlebt, seit sie von ihrer fehlgeschlagenen Flucht zurückgekommen war. Sie lachte, als sie Doc erzählte, wie sie nicht wirklich fehlgeschlagen war. Sie war absichtlich zurückgekommen. Sie wartete nur auf den richtigen Moment, dann würde sie endgültig fliehen.

„In der Nacht, in der du zurückkamst, ist also nichts passiert, das dich zum Camp zurückgebracht hat? Denk nach, Madeline, versuch dich zu erinnern. Auch wenn du es verdrängt hast, kannst du dich jetzt dran erinnern. Du kannst mir alles sagen."

Maddie nickte. Sie fühlte sich so sicher und entspannt. Und es machte Spaß, davon zu erzählen. Sie hatte es bisher keiner Menschenseele anvertrauen können.

„Ich hatte eine geheime Höhle", begann sie. Sie schloß die Augen, lehnte sich zurück, und die Geschichte entfaltete sich, als wäre sie gestern passiert und nicht vor einer ganzen Woche.

Maddie wachte auf, eine Minute lang wußte sie nicht, wo sie war. Das Feuer war bis auf ein paar glühende Kohlen heruntergebrannt, die Höhle war kalt. Ein Geräusch im Tunnel ließ ihr Herz schneller schlagen. Es war nicht das tiefe Stöhnen, an das sie sich fast schon gewöhnt hatte. Dann erkannte sie das Klappern der Lore, die auf den Gleisen zum Eingang fuhr. Von der Tür aus sah sie sie vorbeituckern. Sie schätzte die Geschwindigkeit – wenn sie nebenherrannte, würde sie locker aufspringen können. Und sie hatte genügend Zeit, das Joggen neben den Schienen zu trainieren.

Es mußte Morgen sein, dachte sie plötzlich. Ben belud die Lore jeweils am Ende des Arbeitstages und schickte sie am nächsten Morgen als erstes auf die Reise durch den Tunnel. Sie hatte die erste Nacht überstanden! Bald würde Coach sich auf den Weg machen und sie in den Wäldern suchen. Lächelnd dachte sie, wie sie sie alle reingelegt hatte. Hier würde niemand nach ihr suchen. Sie mußte nur Geduld bewahren.

Sie hatte Nahrung für eine Woche. Sie hatte Licht. Sie hatte Feuer. Sie hatte fließendes Wasser und ein Plumpsklo. Und sie konnte die Zeit nutzen und sich ausmalen, was sie tun würde, wenn sie frei war. Jedenfalls würde sie nicht zu ihren Großeltern zurückgehen. Das war schon mal sicher.

Ein Problem, das ihr inzwischen bewußt war, bestand darin, daß sie ohne Uhr und ohne Tageslicht die Zeit nicht bestimmen konnte. Bevor sie erschöpft auf der kratzigen Decke zusammengesunken war, hatte sie nahe dem Feuer einen Kratzer an die Wand gemacht, das Zeichen für die erste Nacht in der Höhle. Nun setzte sie sorgfältig einen längeren Kratzer daneben und überlegte, wie sie ihren ersten Tag auf der Flucht verbringen wollte.

Als erstes ordnete sie ihre Vorräte in der hinteren Höhle, wo sie sich auch die meiste Zeit aufhielt. Sollte Coach wider Erwarten doch hier nach ihr suchen, würde er sie nicht sehen. Im Schein der Lampe auf dem Bergmannshelm versuchte sie an der Rückwand, dort, wo das Wasser heruntertropfte, ein Feuer zu machen. Dort schien es ebenfalls einen Lufthauch zu geben, und wenn es funktionierte, konnte sie zwischen den beiden Höhlen hin und her wechseln. Wichtiger noch, das Feuer wäre von der Isolationshöhle aus nicht zu sehen. Zufrieden sah sie, daß der zweite Feuerplatz fast genauso gut arbeitete wie der erste. Sie säuberte den alten und machte sich auf den Weg in den Tunnel, Holz zu holen.

Nachdem sie, wie es ihr vorkam, stundenlang Holzscheite aus den morschen Schwellen gebrochen und in ihre Höhle geschleppt hatte, war sie müde und hungrig. Sie stapelte das Holz in der Ecke und setzte sich neben ihr Feuer und frühstückte. Sie hatte extra gewartet, bis sie richtig hungrig war, damit ihre Vorräte so lange wie möglich reichten. Die Erdnußbutterkekse schmeckten wunderbar, dazu das eiskalte Wasser aus der leeren Dose, die sie für diesen Zweck mitgebracht hatte. Das Wasser in der Flasche wollte sie aufheben für den Marsch durch den Wald.

Nach dem Frühstück wusch sie sich mit dem Stückchen Seife, das sie aus dem kleinen Waschraum der Köchin mitgenommen hatte. Einige Eisenbahnschwellen waren klebrig von Teer, und sie hatte schon gelernt, daß die nicht gut brannten, weil sie zu sehr qualmten. Dann machte sie sich wieder auf den Weg in den Tunnel. Mit dem Bergmannshelm auf dem Kopf war das geradezu ein Vergnügen. Nicht länger in Angst und Schrecken versetzt wegen des Ächzens und Stöhnens, wagte Maddie in die dunklen Ecken zu schauen – manche reichten weit in den Berg hinein, andere bildeten Gänge, die in alle Richtungen mäanderten. Sich dicht an den Schienen haltend, riß sie mit dem Messer Scheite aus den Schwellen, die sie auf dem Rückweg einsammelte. Schließlich war sie so müde, daß sie beschloß, auszuruhen.

Sie schlief ein, und als sie aufwachte, hatte sie keine Vorstellung, wie spät es war. Sie hatte Hunger, wahrscheinlich hatte sie die Mittagszeit überschlafen. Sie gestattete sich ein Stück Dörrfleisch und kaute langsam, damit es möglichst lange hielt. Dann beschloß sie einen Trip zum Eingang, um zu schauen, ob es Tag oder Nacht war.

Der Weg durch den Tunnel war inzwischen ein alter Hut. Von Zeit zu Zeit hörte sie ein leises Flattern, aber bisher hatte sie noch keine Fledermaus gesehen. Sie war auch nicht besonders erpicht darauf. Sie ließ die Lampe brennen, bis sie aus der Biegung des Tunnels schließen konnte, daß sie fast am Eingang war. Da machte sie sie aus und ging im Dunkeln weiter.

So sehr sie sich auf das Tageslicht gefreut hatte, daß es dunkel war, wies auf einen besonderen Sieg: Sie hatte ihren ersten Tag überstanden. Durch die Gitterstäbe des elektronischen Tors konnte sie zwar den Mond nicht sehen, aber Sterne funkelten über den Baumwipfeln, und sie sah ihnen zu und war froh, ihrer Höhle für einen Moment entkommen zu sein.

Sie wußte, es war gefährlich, aber sie konnte der Verlockung, ein wenig herumzuschnüffeln, nicht widerstehen. Beim Herumgehen in dem großen Raum fiel ihr auf, daß die Kisten höher gestapelt waren als beim letztenmal, ein Gabelstapler, wie es ihn auch in der Werkstatt gab, stand daneben. Die Lore stand bereit für die Ladung am nächsten Morgen. Sie ging zur Kiste, in der Coach Decken und Kekse aufbewahrte. Auch diesmal war sie nicht verschlossen. Maddie überlegte, ob sie einen weiteren Helm mitnehmen sollte. Irgendwann würde ihre Batterie leer sein. Auch von den Werkzeugen war bestimmt das eine oder andere zu gebrauchen. Da hörte sie ein Geräusch und erstarrte. Am Eingang tauchte ein Buggy auf.

Maddie war wie an den Boden genagelt, obwohl ihr Verstand sagte, sie sollte davonlaufen. Sie hörte das Summen des Türöffners und warf sich in die Ecke, in der die blauen Plastikplanen lagen. Sie zog eine über sich und lauschte.

Zu ihrer Überraschung war es nicht Coach, sondern Doc und sein Bruder Ben. Sie diskutierten über eine Verladung. Und bald war auch das Rumpeln eines LKWs zu hören, der sich der Mine näherte. Ben dirigierte den Laster rückwärts in den Eingang, und jemand startete den Gabelstapler. Bei dem Quietschen konnte sie kaum hören, was die Leute sagten, während sie die Kisten auf die Ladefläche schafften.

„Woher wissen wir, was wir da kaufen?“ sagte einer der Fahrer. „Ich sehe nur lauter Einzelteile.“

Ben klang wütend. „Weil ich es sage. Wenn euch das nicht reicht, können wir die Übergabe auch abbrechen.“

„Aber, aber, Ben“, sagte Doc. „Er wollte niemand beleidigen. Zeig ihm die Bauanleitung. Kommt hierher, hier sieht man besser.“

Die Schritte entfernten sich, und Maddie riskierte es, einen Zipfel der Plane zu lüften und hinauszuspähen. Ben hatte eine Kiste geöffnet und eine Plastikhülle herausgenommen. Der Fahrer, ein bulliger rotgesichtiger Mann mit dicker Nase, hielt einige Blatt Papier in der Hand und sah mißtrauisch zu, wie Ben die Hülle öffnete.

„Sieht ganz normal aus, oder?" fragte Ben in einer Mischung aus Beleidigtsein und Stolz. „Wir beginnen mit dem Schaft. Auf Ihrer Anleitung 1A, 1B undsoweiter. Lauter harmlose Teile aus Plastik und Metall. Und jetzt..." Er schüttelte eine Handvoll Schrauben aus einem Plastiksäckchen und begann die Teile mit geübten Griffen zusammenzufügen. Gleich darauf hielt er etwas in der Hand, das verdammt nach einem Gewehrschaft aussah.

„Das ist schon fast alles, Kumpel. Du fängst mit den Einsen an, dann die Zweien und so weiter bis zum Schluß. Und dann sieht es so aus." Er drehte den Container um und nahm aus dem Boden eine fertig zusammengesetzte halbautomatische Feuerwaffe heraus. „Na, was sagst du nun?"

Ben warf dem Fahrer die Waffe zu, der wog sie in der Hand, hob sie an die Schulter und zielte auf den Haufen blauer Plastikplanen. Maddie hielt die Luft an.

„Macht 'nen guten Eindruck", sagte der Mann. „Was für Munition?"

„Kaliber .223, aber das ist eure Sache, haben wir so besprochen."

„Und sie sind nicht nachzuweisen?"

„Es hat sie nie gegeben", antwortete Ben. „Solange sie nicht zusammengesetzt sind, sind sie absolut harmlos. Deshalb bleibt dieses auch hier." Er nahm dem Fahrer das Gewehr aus der Hand.

„Zufrieden?" fragte Doc. Er hatte inzwischen eine Tasche untersucht, die der Mann auf den Boden gestellt hatte.

„Voll und ganz. Haben Sie es gezählt? Alles absolut sauber."

„Ich zähle es später. Ich bin sicher, daß alles stimmt. Sieht aus, als verstündet ihr was vom Geschäft."

Der Mann, der den Gabelstapler bedient hatte, war fertig und schloß die Ladeplanke. Er kletterte auf den Fahrersitz, der andere schüttelte Ben und Doc die Hand.

„Macht Spaß mit euch, Kumpels", sagte er grinsend.

„Gleichfalls", sagte Doc. „Ich sage am Tor Bescheid, daß ihr auf dem Weg seid. Fahrt vorsichtig."

Der Laster rollte aus der Einfahrt.

Ben und Doc räumten auf und machten ein paar Witze, und Maddie hatte sich gerade ein bißchen entkrampft, als ein Schuß fiel. Das Herz blieb ihr stehen. Ben und Doc erstarrten und spähten ins Dunkel.

„Großer Gott, was hast du getan?" Das war Docs Stimme.

„Ich hab sie erwischt, wie sie euch nachspionierte", sagte eine rauhe Stimme, die Maddie bekannt vorkam. „Sie hat das Gewehr gesehen."

„Du hast sie getötet?" fragte Ben ungläubig. „Mit einem einzigen Schuß?"

„Sie hat sich den Kopf an den Schienen geschlagen, als sie zu Boden ging. Ich hatte keine Wahl, Ben. Was sollte ich deiner Meinung nach machen? Mich zu ihr setzen und ihr erklären, warum ihr illegale Waffen herstellt?"

„Hört auf, alle beide. Geh zu Bett. Ben und ich kümmern uns drum." Docs Stimme hallte von den Wänden wider.

Maddie hörte Schritte, die sich entfernten. Doc stieß einen Seufzer aus. „Ben, hol eine Plane. Wir wickeln die Leiche hinein und werfen sie auf die Schutthalde."

„Nicht mehr heute abend", sagte Ben. „Der Laster hat wahrscheinlich das halbe Camp wachgemacht. Irgend jemand wird sich fragen, warum wir den Müll abends wegschaffen statt wie sonst am Morgen."

„Du hast recht. Hilf mir mal."

Ben holte von dem Stapel eine Plastikplane – Maddie, die sich ganz klein gemacht hatte, bemerkte er nicht.

„Mach es morgen ganz früh, bevor die Cowboys wach sind“, befahl Doc. „Und paß auf, daß keine Spuren bleiben. Vergiß die Gleise nicht. Sie hat geblutet wie ein Schwein.“

„Wohin gehst du?“ fragte Ben.

„Bis morgen ist noch 'ne Menge zu tun.“

Gleich darauf lag die Mine wieder im Dunkeln. Maddie blieb noch eine Weile unter ihrer Plane. In der Lore lag eine Leiche, keine zehn Meter von ihr entfernt, und sie hatte keine Ahnung, wer es war.

Vielleicht war es besser, wenn sie es nicht wußte? Vielleicht konnte sie einfach zu ihrer Höhle zurückrennen und vergessen, was passiert war. Aber etwas trieb sie vorwärts, sie kletterte auf die Lore und knipste die Lampe auf ihrem Helm an. Plötzlich lag die Plane in vollem Licht. Maddie schlug einen Zipfel zurück und starrte in das Gesicht ihrer Lehrerin. Und dann hätte sie fast geschrien. Miss Sesson zwinkerte.

27

Jo holte gleich nach Mitternacht die Pferde, in allen Hütten war es dunkel. Außer uns war niemand mehr wach – bis auf Gracie, die irgendwo aufpaßte, daß uns niemand folgte.

Ich gab Jo die Satteltasche, die wir in einen Rucksack verwandelt hatten, dann kletterte ich auf mein Pferd, den mit Seilen gefüllten Nylonbeutel auf dem Rücken. Der Mond schien hell, und die Sterne funkelten. Aus irgendeinem Grund waren die Pferde nervös. Vielleicht spürten sie Gefahr. Jo sprach mit ihnen. Ich mußte zugeben, ich hatte auch Angst. Die 45er, die gegen meinen Brustkorb stieß, war eine gewisse Beruhigung.

Als wir uns der Schlucht näherten, wurde der Wasserfall lauter, und die Pferde wurden noch unruhiger. Die Schutthalde lag direkt unterhalb des Hangs, wo die Gleise endeten. Ich sah im Mondlicht, wie die Schienen im Bogen auf die Schlucht zuführten, in die wir hinuntersteigen mußten.

„Wir können die Pferde hier anbinden", sagte Jo und stieg ab.

Wir legten unsere Rucksäcke an den Rand der Schlucht, ich leuchtete mit der Taschenlampe hinunter. Knorrige Bäume wuchsen hier und da auf der Felsoberfläche, sie würden uns Halt geben, an einigen war beim Hinunterstürzen Abfall hängen geblieben.

„Du wartest besser hier", sagte ich. „Ich denke, ich schaffe es allein. Dank der Bäume brauche ich wahrscheinlich nicht mal die Haken."

„Ich gehe mit dir, Cass."

Es war klar, daß sie darüber nicht verhandeln würde, also besprachen wir noch einmal unser Vorgehen, während wir das Gepäck schulterten und Handschuhe anzogen.

Ich schlang das erste Seil um einen Baumstumpf am Rand der Schlucht und ließ mich vorsichtig über die Kante, Jo leuchtete von oben, so daß ich beim Hinunterklettern sah, wohin ich trat. Als ich einen guten Standplatz erreicht hatte, leuchtete ich ihr von unten, damit sie nachkommen konnte. Das Manöver wiederholten wir viermal.

Der Abstieg wurde schwieriger, je weiter wir hinunterkamen, denn in unserem Weg lagen immer mehr Hindernisse, viele rasiermesserscharf und rostig. Beim letzten Abschnitt stieß Jo gegen ein Stück Metall, das von einem Zweig verborgen war, und schnitt sich den Arm auf. Als sie bei mir ankam, war ihr Hemdsärmel bereits blutdurchtränkt.

„Zeig mal", sagte ich.

„Es ist nichts. Wir kümmern uns drum, wenn wir zurück sind. Suchen wir erst, weshalb wir gekommen sind." Ich merkte, daß sie es nicht fertigbrachte, *Leiche* zu sagen.

Wir standen am Boden der Schlucht und leuchteten mit unseren Taschenlampen über Metall und andere Abfälle.

„Wie oft wird abgeworfen?“ fragte ich.

„Ich habe nie drauf geachtet. Ich glaube, jeden Morgen. Wenn die Lore voll ist, denke ich.“

„Dann kann sie noch nicht lange hier sein – wenn sie hier ist. Fangen wir da drüben an, wo es am höchsten ist.“

Vorsichtig kletterten wir auf den höchsten Haufen.

„He“, sagte Jo plötzlich. „Was ist das, Cass?“

Ich leuchtete in die Richtung, in die sie zeigte, und sah ein Stück blauer Plastikplane.

„Gehört irgendwie nicht hierher“, sagte sie.

Gemeinsam gruben wir die Plane aus. Fast erwarteten wir, darunter die Leiche zu finden, aber da war nur Abfall. Und zwei Wolldecken, die auch nicht hierhergehörten.

„Sieh mal“, sagte ich und leuchtete auf einen dunklen Fleck auf der Plane.

„Was hältst du davon?“ fragte sie.

Ich roch an dem Fleck, dann zog ich einen Handschuh aus und kratzte daran. „Eindeutig Blut. Aber von ihr? Verdammt. Sie muß hier irgendwo sein. Sie kann nicht weit weg von der Plane sein, wenn sie darin eingewickelt war.“ Ich überprüfte die Wolldecken, aber sie waren fleckenlos und sauber.

Wir gruben weiter, gaben aber bald auf. Ich sah auf den Schutt und Abfall und wußte, daß unsere Chancen in der Dunkelheit nicht größer wurden. Wir hätten die Leiche gefunden haben müssen, wenn sie in die Plane gewickelt war. Und wir mußten auch noch wieder hinaufklettern.

„Nehmen wir wenigstens die Plane mit“, sagte ich. „Vielleicht können wir damit und mit dem Ausdruck der Bauanleitung die Polizei dazu bringen, herzukommen. Vielleicht finden die sie ja, wenn es hell ist.“

Jo widersprach nicht. Wir hatten getan, was wir konnten. Wir hatten alle Seile bis auf eins aufgebraucht, mein Rucksack war fast leer. Mit Jos Hilfe verstaute ich die Plane darin, vorsichtig, um den Fleck nicht zu beschädigen. Dann machten wir uns auf den Rückweg.

Als ich oben ankam und mich über den Felsrand zog, sah ich ein Pferd im vollen Gallopp auf uns zukommen. Als Jo neben mir stand, hatte ich bereits den Revolver in der Hand.

„Es ist Gracie“, sagte Jo.

„Bist du sicher?“

„Es ist ihr Pferd.“

Sie war es. „Maddie ist weg“, rief sie, während sie abstieg.

„Woher weißt du das?“ fragte ich.

„Vor ungefähr einer halben Stunde kam Coach in seinem Buggy. Er weckte Clutch, der herauskam, um zu sehen, was los war, und ich schlich näher, so daß ich sie hören konnte. Coach sagte zu Clutch, daß er wieder hinter Maddie hermüßte.“

„Scheiße“, sagte ich.

„Das ist noch nicht alles“, fuhr Gracie fort. „Clutch ging ins Haus zurück, und dann meldete sich Coachs Walkie-Talkie. Es war Docs Stimme, er sagte, Ben bewachte den Fabrikeingang und er ginge jetzt zu Bett, wenn Coach glaubte, sie würden es mit ihnen alleine schaffen.“

„Mit ihnen?“

„Genau. Was hältst du davon?“

„Ich meine, daß Annie Sesson vielleicht noch lebt.“ Ich berichtete Gracie von der Plane ohne Leiche.

„Wenn sie noch lebt, dann vielleicht nicht mehr lange“, sagte Gracie. „Aber mir ist nicht klar, was wir tun könnten. Ich kam eben am Eingang der Mine vorbei, das Tor ist geschlossen. Und Coachs Buggy parkt davor.“

Falls ich noch Hoffnung gehabt hatte, jetzt war sie verschwunden. Uns blieb wohl wirklich nichts anderes übrig, als selbst in den Berg zu gehen.

28

Madeline

„Du machst das sehr gut, Maddie. Als du sie blinzeln sahst, mußt du dich sehr erschreckt haben. Was geschah dann?" Docs Stimme klang beruhigend. Maddies Augen waren geschlossen, sie sah es vor sich, als passierte es gerade eben. Sie holte tief Luft und erzählte weiter.

Miss Sesson lebte! Maddie sah, daß sie schwer verletzt war, aber sie atmete! Sie holte eilig eine Flasche Wasser aus der Holzkiste, hielt sie Miss Sesson an die Lippen und flehte sie an, ein wenig zu trinken. Das Wasser tropfte über Miss Sessons Gesicht, aber ihre Augen fokussierten sich ein wenig, was Maddie hoffen ließ. Maddie zog die Plane beiseite und starrte mit aufgerissenen Augen auf den sich schnell vergrößernden Blutfleck.

„Sie müssen aufstehen, damit ich Sie in Sicherheit bringen kann", wiederholte Maddie immer wieder. Endlich schien Annie Sesson sie zu hören – sie richtete sich mühsam auf.

„Was ist passiert?" fragte sie.

Für Erklärungen war keine Zeit. „Sie sind verletzt. Wir müssen von hier weg. Können Sie stehen?"

Annie sah auf das Blut an ihrem Hemd, und ihre Augen wurden wieder glasig. Sie schwankte, aber Maddie stützte sie. „Bitte versuchen Sie es", flehte sie. Etwas in ihrer Stimme mußte Annie erreicht haben, denn plötzlich kniff sie die Augen zusammen und zwang sich auf die Knie. Maddie half ihr aus der Lore. Annie brach auf dem Boden zusammen.

„Es muß aussehen, als wären Sie noch da drin", sagte Maddie, ohne zu wissen, ob Annie sie hörte. Sie holte zwei grüne Wolldecken aus der Kiste und rollte sie zusammen.

Dann schlang sie die blutige Plane um die Decken, wie sie vorher Annie umhüllt hatte. Sie sah sich noch einmal um, bückte sich und zog Annie auf die Füße. Sie schlang Annies Arm um ihre Schulter und schleppte sie praktisch durch den Tunnel zu ihrer Höhle.

Es dauerte eine Ewigkeit. Annie mußte immer wieder ausruhen, manchmal brach sie zusammen und konnte nicht aufstehen. Aber Maddie hatte nicht nachgegeben, und nun lag Annie auf der Decke in der hinteren Höhle, schlief fest, und Maddie kümmerte sich um ihre Wunden.

Die Verletzung am Kopf war viel schlimmer als die in der Seite, wo die Kugel durch eine Schicht Fett gegangen war und offenbar keine Organe getroffen hatte. Aber der Kopf, mit dem sie beim Fallen auf die Schienen geschlagen war, blutete heftig, Maddie zupfte an dem verklebten Haar und überlegte, daß sie die Wunde säubern müßte, bevor Annie sich infizierte. Mit der winzigen Schere an ihrem Schweizer Armeemesser schnitt sie das blonde Haar weg. Dann betupfte sie mit den antiseptischen Tüchern die klaffende Wunde.

Es gab nichts, womit die Wunde genäht hätte werden können, statt dessen faltete Maddie sorgfältig einen Packen Toilettenpapier und legte die so entstandene Bandage auf die Wunde, dann schnitt sie ein großes Stück von der elastischen Binde ab und wickelte es um Annies Kopf, damit der Verband nicht verrutschte.

Daß Miss Sesson während all dem weiterschlief, beunruhigte Maddie sehr, mehrmals sah sie nach, ob ihre Lehrerin noch atmete. Nachdem sie das Möglichste für die Wunde getan hatte, kümmerte sie sich um das Feuer und brachte es zum Lodern, dann füllte sie die Thunfischdose mit sauberem Wasser aus der Flasche und setzte sie aufs Feuer.

Maddie hatte außer im Kino noch nie ein durch eine Kugel erzeugtes Loch gesehen, aber sie wußte, Wunden mußten sauber sein, also ließ sie das Wasser, nachdem es gekocht hatte, ein wenig abkühlen und goß es dann direkt in die offene Wunde. Annie Sesson fuhr hoch und schrie. „Entschuldigung“, murmelte Maddie und tupfte die Wunde ab.

Annie sah um sich, aufs äußerste verwirrt. Sie schien sich nicht zu erinnern, wie sie mit Maddies Hilfe in die Höhle gekommen war. Aber ihre Augen waren fokussierter, merkte Maddie. Sie versuchte zu erklären, und Annie Sesson hörte zu. Maddie beschrieb ihre Flucht und ihren Plan und erzählte so ruhig wie möglich, was sie gehört und gesehen und was Doc und Ben mit Annie vorgehabt hatten.

Annie nickte langsam, als täte die Bewegung ihr weh, trank einen Schluck Wasser und begann flüsternd zu sprechen. „Ein Schüler hatte mir gesagt, er habe den Verdacht, daß seine Freundin sich mit Coach trifft. Ich versprach ihm zu helfen, und als ich das Mädchen aus dem Schlafsaal kommen sah, beschloß ich dazwischenzugehen.“ Das Sprechen strengte sie sichtlich an. „Ich dachte, wenn ich mit Coach reden könnte, könnte ich ihn zur Vernunft bringen. Als ich das Licht im Bergwerk sah, dachte ich, das sei er. Ich band mein Pferd an und ging das letzte Stück zu Fuß und hoffte, daß das Mädchen nicht schneller gewesen war als ich. Dann sah ich die Geländewagen und wußte, daß es nicht Coach sein konnte, und dann kam der Lastwagen.“ Sie schloß die Augen, und Maddie dachte schon, daß das Reden sie fertiggemacht hatte, da verzog sie das Gesicht und sprach weiter. „Ich duckte mich in den Schatten und beobachtete aus der Entfernung. Dann ging ich näher. Ben setzte irgendwas zusammen, und dann sah ich, was es war. Ich wollte verschwinden, aber ich hatte Angst, sie würden mich sehen, und versteckte mich doch lieber. Das nächste, das ich weiß, ist, wie du mich den Tunnel entlanggeschleppt hast.“ Vorsichtig tastete sie nach ihrem Kopfverband.

„Wir müssen von hier weg“, sagte Maddie.

Annie schüttelte den Kopf. „Bin nicht kräftig genug. Du gehst.“ Sie war kreidebleich.

Maddie schüttelte den Kopf. „Ich kann Ihnen helfen."

Annie zwang sich in eine sitzende Haltung und öffnete die Augen. „Es war wunderbar, wie du mich zusammengeflickt hast, Maddie, aber ich habe viel Blut verloren. Ich muß mich ausruhen. Aber du mußt noch heute nacht ins Camp zurück. Wenn du dort bist, bin ich hier eine Weile sicher."

Maddie wußte, daß Miss Sesson recht hatte. Es ging nicht mehr darum, daß sie davonrannte, sondern daß jemand versucht hatte, ihre Lehrerin umzubringen. Vielleicht geschah ja wirklich nichts ohne Grund, dachte sie und versuchte tapfer zu wirken. Wenn sie nicht diese Höhle gefunden und genügend Nahrung für eine Woche gehortet hätte und zur rechten Zeit am Eingang der Mine gewesen wäre, wäre Miss Sesson jetzt wahrscheinlich tot. Und wenn nicht jetzt, dann morgen früh, wenn sie die Ladung der Lore auf die Halde kippten. Miss Sesson konnte hierbleiben, bis sie wieder bei Kräften war, und dann könnten sie gemeinsam fliehen. In der Zwischenzeit mußte Maddie so tun, als wäre nichts passiert. Sie würde sagen, sie sei zurückgekommen, weil sie sich im Wald gefürchtet, und daß sie ihre Lektion gelernt hätte. Das alles sagte sie Miss Sesson, die nickte, obwohl ihre Augen geschlossen waren und Maddie sich nicht sicher war, ob sie alles mitbekam.

„Kannst niemandem trauen", murmelte Miss Sesson.

„Ich könnte Dad mailen, daß wir Hilfe brauchen."

Annie schüttelte den Kopf und wimmerte vor Schmerz. „Sie überwachen die E-mail. Es ist nicht sicher. Wir müssen warten, bis ich kräftig genug bin."

„Aber woher weiß ich, daß Sie wieder okay sind?"

Annie dachte nach. Maddie spürte, wie die Panik in ihr aufstieg, sie unterdrückte die Angst und versuchte, so ruhig und bestimmt wie möglich zu klingen.

„„Ich arbeite gerade in der Werkstatt. Ben belädt die Lore jeden Abend und schickt sie am nächsten Morgen los. Sie kommt während der Morgenschicht leer zurück. Ich glaube, daß ich jeden Tag einen Blick hineinwerfen könnte. Ich muß nur sehen, daß ich während der Pausen saubermachen muß. Dann sind die anderen draußen, und Ben raucht."

Annie schien nicht zu begreifen.

„Sehen Sie die roten Steine in der Ecke dahinten?" Maddie wartete, bis ihre Lehrerin in die richtige Richtung sah. „Wenn Sie jeden Tag einen in die Lore werfen, weiß ich, daß alles in Ordnung ist. Wenn ich keinen sehe, weiß ich, daß es Probleme gibt. Sie müssen nur an der Tür stehen und einen Stein in die Lore werfen. Sie fährt ziemlich langsam. Haben Sie das verstanden?"

Miss Sesson nickte, und Maddie fühlte sich gleich besser.

„Sehen Sie den großen Stein? Den gefleckten? Wenn Sie soweit sind, werfen Sie den rein. Dann komme ich, so schnell es geht. Wenn ich eine Woche von Ihnen nichts gehört habe, komme ich in jedem Fall am achten Tag." Ihre Stimme klang fest; sie wollte nicht, daß Miss Sesson ihr den Plan ausredete. „Okay?"

„Okay, Maddie. Wenn du bis dahin den großen Stein nicht gesehen hast, kommst du am achten Tag." Annie lehnte sich zurück.

Maddie sah sich um, ob Miss Sesson alles hatte, was sie brauchte. Dann ging sie hinaus in den finsteren Tunnel und zurück ins Camp.

„Und seitdem hast du sie nicht gesehen?" fragte Doc.

„Nein. Ich warte immer noch auf den großen Stein." Maddie runzelte die Stirn.

„Du scheinst besorgt, Madeline. Stimmt etwas nicht?"

„Die Woche war heute zu Ende."

„Das ist in Ordnung, Madeline. Und nun wirst du tief einatmen. Wir reden noch eine Minute über etwas anderes, und dann bringe ich dich langsam ins Wachsein zurück. Du wirst dich nicht erinnern, worüber wir gesprochen haben, und du wirst kein bißchen Angst haben. Hast du verstanden?"

„Ja.“

„Möchtest du dich an das Gesicht deiner Mutter erinnern, bevor wir aufhören?“

„Ja.“

„Gut, Maddie, schließ die Augen und geh weit zurück. Siehst du sie? Sie ist ganz nahe.“

Das Bild ihrer Mutter erschien für einen Moment, und Maddie war voller Sehnsucht und wollte sie anfassen.

„Siehst du sie?“

„Ja.“

„Gut, Madeline. Das Bild kannst du mit dir nehmen. Es wird das einzige aus dieser Sitzung sein, woran du dich erinnerst. Hast du verstanden?“

„Ja.“

„Sehr gut. Ich zähle jetzt langsam von zehn bis eins, und mit jeder Zahl wirst du wacher und wacher werden, und bei eins wirst du dich vollkommen erholt und entspannt fühlen und dich an nichts erinnern außer an das Gesicht deiner Mutter. Bist du soweit? Zehn... neun... acht...“

Als Maddie erwachte, fühlte sie sich gut. Und zum erstenmal seit Jahren konnte sie sich erinnern, wie ihre Mutter ausgesehen hatte. Erst später, nach dem Abendbrot, fragte sie sich, was sie Doc sonst noch während der Hypnose erzählt haben mochte. Aber es war keine Zeit, lange darüber nachzudenken. Um Mitternacht begann der achte Tag.

29

Gracie hatte kaum gesagt, daß Maddie wieder weggelaufen war, da saßen Jo und ich schon im Sattel.

„Die Werkstatt“, sagte ich. „Wir müssen uns beeilen!“

Wir galoppierten zu dritt über die Wiese, ein paar Pferde schreckten auf, als wir durch die Dunkelheit donnerten. Als wir zu den Hütten kamen, hielten wir an und stiegen ab. Unsere Pferde waren außer Atem und schwitzten, und wir ließen sie ihren Weg zu den Ställen allein finden und gingen den Rest unseres Weges zu Fuß.

Ich ging voran, wir schlichen hinter den Hütten entlang und rannten dann auf die Mauer zu, die den Pausenhof hinter der Werkstatt umgab. Mit dem Isolierband, das ich immer noch in der Tasche hatte, schwang ich mich wieder auf den Baum. Gracie und Jo folgten, und lautlos sprangen wir zu Boden. Zu meiner Überraschung sah ich ungefähr sieben Meter entfernt von uns an der Hintertür das Glimmen einer Zigarette. Ben hatte uns den Rücken zugedreht und beobachtete den Eingang zur Mine.

Ich schlich an der Mauer entlang, dann quer über den Hof. Ich preßte meinen Rücken gegen die Hauswand, zählte bis drei und sprang mit gezogenem Revolver in die offene Tür. Ben hatte mich nicht kommen gehört.

„Gewehr runter!“ sagte ich. Er wirbelte herum. Einen Augenblick lang schien es, als wollte er die Halbautomatik, die er lässig in der Hand hielt, auf mich richten, aber ich spannte den Abzug meines Revolvers, der direkt auf seine Stirn zielte, und Ben legte seine Waffe vorsichtig auf den Boden.

„Gute Entscheidung, Ben. Wo ist Coach?“

„Woher soll ich das wissen? Was tun Sie überhaupt hier?“ Seine Augen wurden groß, als Gracie und Jo hinter mir auftauchten. Gracie trat vor und hob die Halbautomatik auf.

„Soll Coach sie hier heraustreiben?“ fragte ich.

„Ich weiß nicht, wovon Sie reden.“

„Doch, das tun Sie, Ben. Doc befahl Ihnen, diesen Eingang zu bewachen. Coach ist durch den anderen gegangen. Ich möchte nur wissen, ob Sie Teil der Aktion sind oder nur ein Sicherheitsventil.“

„Ich weiß nur, daß ein Kind weggelaufen ist und Doc glaubt, sie könnten in der Mine sein. Ich halte bloß Wache, mehr nicht."

„Hiermit?" Gracie richtete die Halbautomatik auf ihn. „Bißchen schwere Artillerie für ein dreizehnjähriges Mädchen."

„Es ist, wie ich's sage. Ich weiß nicht mal, um wen es geht."

„Sie sind ein schlechter Lügner, Ben. Das ist mir schon bei unserem ersten Gespräch aufgefallen. Sie haben unruhige Augen. Es wird interessant sein zu sehen, was sie tun, wenn die Polizei Sie fragt, woher dieses Gewehr kommt. Ganz besonders wenn sie die Bauzeichnungen sehen, die ich von Ihrem Computer kopiert habe."

Jetzt quollen ihm buchstäblich die Augen aus dem Kopf.

„Also werden Sie uns freiwillig helfen, oder muß Gracie deutlicher werden?"

„Ich sagte Ihnen doch, daß ich nicht weiß, was Coach mit ihnen vorhat."

„Aha, plötzlich fällt Ihnen ein, daß es sich um zwei handelt. Seit wann wissen Sie, daß sie lebt, Ben?"

Sein Gesicht war aschfahl. „Ich habe keine Ahnung, wovon Sie reden."

Ich sagte zu Gracie: „Ich habe wirklich keine Zeit für diesen Scheiß. Du?"

„Ich auch nicht", sagte sie. Schneller als der Blitz packte sie seinen Arm und drehte ihn Ben auf den Rücken, Ben quasi vom Boden lüpfend. Aus ihrer Tasche zog sie das gedrehte Isolierband, mit dem wir auf den Baum gekommen waren, und mit wenigen gekonnten Handgriffen hatte sie Ben geknebelt und gefesselt wie ein Kalb beim Rodeo. Sie nahm das Walkie-Talkie von seinem Gürtel und warf es Jo zu, griff in seine Taschen und förderte ein großes Schlüsselbund zutage, das sie einsteckte, sowie eine der Fernbedienungen für die Elektrotore.

„Die öffnet das vordere Tor?“ fragte sie.

Er schloß die Augen und ignorierte die Frage.

„Er gehört dir“, sagte Gracie.

„Auf denn“, sagte ich und winkte mit meinem Revolver Richtung Tunneleingang. Ben machte große Augen. „Vielleicht helfen ein paar Stunden im Bergwerk Ihrem Gedächtnis nach.“ Ich stieß ihn, und er stolperte vorwärts. Aber als wir ins Bergwerk traten, merkte ich: Ich war diejenige, die versteinerte. Der Traum kam zurück, und ich fühlte förmlich, wie mir die Luft ausging.

„Schneller“, sagte ich. Glücklicherweise hatte ich noch die Taschenlampe. Selbst damit war der Gang über die Gleise tückisch. Ben murmelte etwas Unverständliches. Er kotzte mich nicht nur an, er kostete auch noch Zeit.

„Ben, Sie können es sich aussuchen“, meine Stimme klang mutiger, als ich mich fühlte. „Wir werden Sie hier zurücklassen, bis morgen früh die Polizei kommt. Alles, was ich über Fledermäuse weiß, ist, daß sie nicht besonders gut sehen, aber sehr gut riechen können und daß Blut sie anzieht. Wir können Sie unverwundet hier lassen, das wäre Ihre erste Wahl. Sie müssen mir nur sagen, wo Coach ist und was er vorhat Die zweite Möglichkeit enthält sehr viel Blut.“

Ben murmelte etwas, und Gracie lockerte den Knebel.

„Sie verstecken sich in der Isolation. Mehr weiß ich nicht. Was Coach mit ihnen macht, ist seine Sache.“

„Wo ist diese Isolation?“ fragte ich.

„Weiß ich doch nicht. Immer den Schienen nach.“

„Steck ihm den Knebel wieder rein, und binde ihn an die Schienen. Dann kommst du nach, okay?“

„Geht“, antwortete sie. Beim Klang ihrer Stimme fiel mir plötzlich wieder ein, daß nicht nur ich Angst hatte, sondern daß sie ebenso klaustrophobisch war. Aber Gracie war tapfer, und das machte auch mir Mut.

Jo und ich gingen los, wir bewegten uns in der Dunkelheit, so schnell es ging. Vor uns tanzte das Licht der Taschenlampe auf den Schienen. Alle paar Meter blieben wir stehen und lauschten. An jeder Biegung des Tunnels lauschten wir, bevor wir weitergingen. In einer solchen Kurve holte Gracie uns ein.

Mit jeder Minute, die verstrich, wurde meine Angst um Maddie größer. Coach hatte einen zu großen Vorsprung. An einer Biegung blieben wir stehen, um Atem zu schöpfen. Da hörten wir vor uns das Echo einer Stimme.

„Ich faß es nicht, daß du immer noch hier bist. Ich dachte, du wärst längst auf und davon! Leg den Knüppel weg, Annie. Ich tu dir nichts. Ich suche nur das Mädchen."

„Bleib, wo du bist, Coach. Komm ja nicht näher."

„Annie, was ist passiert? Sag bloß nicht, du warst die ganze Zeit hier unten in der Mine."

Wir schlichen näher, so nahe wie es irgend ging, ohne daß Coach uns sah. Er war noch jenseits der Biegung vor uns, aber ich sah bereits den Widerschein der Lampe auf seinem Helm an den Wänden tanzen.

„Ich sagte, bleib, wo du bist. Wenn du dir so viele Sorgen um mich machst, dann geh und laß uns allein."

„Ich versteh nicht. Traust du mir nicht? Nach allem, was zwischen uns war, glaubst du, ich sei gekommen, dir weh zu tun? Ich kann dir helfen, wenn du Probleme hast."

„Ich weiß nicht, was ich glauben oder wem ich vertrauen soll." Annies angespannte Stimme klang, als lasse ihr Widerstand nach.

Ich trat in ihr Gesichtsfeld. Mein Revolver war auf Coach gerichtet. „Laß den Viehstock fallen und schieb ihn hierher."

Coach sah auf, sein Gesicht verzerrte sich haßerfüllt. „Verschwinde!" zischte er.

„Wer sind Sie?" fragte Annie. Sie stand an der Tür zu einer Höhle und schützte Maddie Boone mit ihrem Körper. Coach war nur wenige Schritte von den beiden entfernt.

„Sie können ihm nicht vertrauen, Annie. Er ist der, der Ihre Hütte ausgeräumt und Ihren Wagen beiseitegeschafft hat, so daß es aussah, als wären Sie weggefahren. Nur hat er den Quilt Ihrer Großmutter draußen hängen lassen und die Pillen unter der Schublade nicht gesehen."

Ich weiß nicht, wer mehr schockiert wirkte, Annie oder Coach. Gracie und Jo traten hinter mich. Für Coach mußte es aussehen, als wartete hinter der Kurve noch eine endlose Menge von uns.

„Sie lügt", sagte Coach. „Wenn hier eine Verschwörung abläuft, sind die da ein Teil davon."

„Woher weiß ich, daß Sie die Wahrheit sagen?" Annie blickte von mir zu Coach.

„Maddie hat ihrem Vater einen Brief geschrieben, mit einer versteckten Botschaft. Ihr Vater hat es nicht kapiert, wohl aber ihre Mutter."

„Sie lügen!" schrie Maddie. „Meine Mutter sitzt im Gefängnis."

„Nicht mehr." Gracie trat vor. „Deine Mutter ist meine Cousine. Sie ist vor ein paar Wochen entlassen worden. Sie möchte dich sehen, Maddie. Dein Vater hat ihr deinen Brief gezeigt, und sie ist dahintergekommen. Deshalb sind wir hier. Um zu helfen."

„Glaub ihnen kein Wort, Maddie", sagte Coach. „Von dem Brief wissen sie, weil Doc alle E-mails prüft, bevor sie rausgehen. Annie, komm zu mir, solange noch Zeit ist. Ich helf dir hier rauszukommen."

„Wollen Sie wirklich einem Typ vertrauen, der bei Kindern einen Viehstock benutzt?" fragte ich.

„Halt's Maul, Lesbe. Komm, Annie. Die Zeit wird knapp."

„Sagen Sie ihm, er soll den Stock wegwerfen, Annie. Wofür braucht er ihn, wenn er Ihnen nichts tun will?"

„Zum Schutz gegen Sie!" rief er. „Sie haben schließlich den Revolver."

Annies Blick ging unschlüssig von Coach zu mir und zurück. Coach streckte ihr eine Hand entgegen. Grace machte einen Schritt vorwärts, und Coach hielt warnend den Viehstock vor sich. Mit einer unerwarteten Bewegung griff er nach Annie, die unwillkürlich zurückwich. Coach packte Maddie bei den Haaren und zog sie mit sich in den Tunnel.

„Bleibt zurück, oder ich röste sie“, sagte er.

„Tun Sie's, und ich schieße Ihnen direkt in die Eier.“ Ich zielte auf ihn.

„Dann treffen Sie das Mädchen“, sagte er.

„Wenn Sie ihr etwas tun, breche ich Ihnen das Genick“, sagte Gracie. „Und dann kann Cass soviel auf Sie schießen, wie sie will. Vielleicht muß sie ein paarmal schießen, aber sie wird die richtigen Körperteile schon treffen.“

Coach hatte seinen Arm um Maddie geschlungen und drückte den Viehstock gegen ihren Magen, aber sein Blick war auf Gracie gerichtet, die langsam auf ihn zuging. Von der anderen Seite näherte sich Jo.

„Noch einen Schritt, und ich verpaß ihr eins.“ Maddie stand stocksteif und wagte kaum zu atmen.

„Nicht wenn dir dein Leben lieb ist.“ Gracies Stimme war eiskalt – Maddie, die eben noch zu Tode erschreckt schien, sah ehrfürchtig zu ihrer Tante auf.

Gracie legte ihre Hand auf Coachs Arm. „Geben Sie ihn mir, Coach. Bevor Sie etwas tun, das Ihnen für den Rest Ihres Lebens leid tun wird.“

Coachs Augen schossen von Gracie zu mir zu Jo und wieder zu Gracie. Er konnte dem Kind eins verpassen, aber wenn sie umfiel, hatte ich freies Schußfeld. Er konnte Gracie eins verpassen, aber daß die so leicht umfiel, war nicht so sicher. Und Jo stand direkt neben ihr. Er konnte uns nicht alle erwischen. Und außerdem: Wenn er Maddie umlegte, würde Annie ihm kein Wort mehr glauben. Nach Abwägung aller Möglichkeiten griff er nach seinem Walkie-Talkie. „Ben. Komm rein. Ben.“

Zu seiner Überraschung hörte er den Widerhall seiner Stimme kaum einen Meter entfernt. Jo zog lächelnd Bens Walkie-Talkie aus der Tasche.

„Glaub bloß nicht, daß Ben dir eine große Hilfe sein wird“, sagte sie. Und dann tat Coach etwas, womit keine von uns gerechnet hätte. Er stieß Maddie in Gracies Richtung und packte Jo, verdrehte ihren Arm, bis sie das Walkie-Talkie fallen ließ, dann zog er mit einer einzigen schnellen Bewegung einen Revolver aus seiner Tasche und hielt ihn Jo, die er wie einen Schild vor sich hielt, an die Schläfe.

„Los, schieß doch, Lesbe.“

Jo war ein besserer Schutz für ihn als Maddie. Langsam entfernten sich die beiden. Gracie wollte ihnen folgen.

„Versuch's doch“, zischte Coach sie an. Sein Lachen hallte von den Tunnelwänden, und ich sah hilflos zu, wie er um die Kurve verschwand und Jo und das Licht von seinem Helm mit sich nahm.

Plötzlich hallte ein Schuß durch den Tunnel, so laut, als wäre direkt neben uns eine Kanone losgegangen. Gleich darauf kam ein zweiter, und wir warfen uns zu Boden, denn die Kugel prallte von den Tunnelwänden ab. Gracie warf sich über Maddie, nur Annie war in Sicherheit in der Höhle. Ich war direkt in der Feuerlinie.

Ich ließ mich zur Seite rollen und sah hoch, keine fünf Meter entfernt stand eine Gestalt und zielte mit einem Gewehr in unsere Richtung.

Ich richtete meine 45er auf die Gestalt.

„Laß es fallen, Mädchen“, befahl eine Stimme. Die von Coach war es nicht. Wer konnte so gut im Dunkeln sehen?

„Ich kann nicht“, antwortete eine andere Stimme. „Sie machen alles kaputt.“

„Ist schon gut, Liebes. Gib mir das Gewehr. Dann gehen wir nach Hause und nehmen unsere Medizin. Es wird alles gut.“ Plötzlich wurde es hell, ich war fast geblendet, und Clutch Evans, einen Helm mit Lampe auf dem Kopf, ging auf seine Frau zu.

„Du verstehst nicht“, sagte sie und zielte immer noch mit zitternden Händen auf uns. Langsam senkte ich meinen Revolver, legte ihn auf den Boden und hob die Hände über den Kopf. Ida schien es nicht mal zu bemerken.

„Alles fällt auseinander. Annie hat die Gewehre entdeckt, und ich konnte sie doch nicht damit durchkommen lassen." Ida sprach abgehackt und dumpf.

„Was für Gewehre?" fragte Clutch. Er hatte die Hand nach Ida ausgestreckt, aber keinen Schritt auf sie zu gemacht.

„Du solltest es nicht erfahren", sagte sie. „Doc meinte, du würdest nicht dazu stehen. Selbst wenn es für einen guten Zweck wäre." Sie schwang ihr Gewehr rhythmisch zwischen Gracie und mir hin und her. Der Singsang ihrer Stimme folgte der Bewegung.

„Was für ein guter Zweck? Wovon redest du, Ida?" Clutch machte einen kleinen Schritt auf sie zu,

Sie schien wütend und am Rand der Hysterie. „Von den Gewehren, Clutchie. Ben und Doc rüsteten in den Siebzigern irgendwelche blöden Freiheitskämpfer mit Waffen aus. Sie versuchten einen korrupten Diktator zu stürzen oder so. Doc dachte, er könnte die Welt retten. Mehr weiß ich nicht und will ich auch nicht wissen. Sie sagten, es sei für einen guten Zweck, und ich glaubte ihnen. Aber dann erfuhren die falschen Leute davon, und als nächstes wurden sie erpreßt. Danach geriet die Sache außer Kontrolle. Und nun fällt alles auseinander! Nach allem, was ich getan habe, damit es zusammenbleibt." Ihre Augen waren glasig, die Pupillen nicht zu sehen.

„Und du wußtest das? O Gott, Ida! Warum hast du mir nichts gesagt?" Clutch bemühte sich, seine Stimme ruhig zu halten, vergeblich. Ida sah ihn an, als hätte er sie geschlagen.

„Wir brauchten das Geld, Clutch! Das Camp trug sich nicht allein. Bis vor kurzem wußte ich nicht, warum das Geld nicht mehr wurde, aber es war so. Endlich fand ich es heraus. Doc hat die Gewinne eingesteckt. Damit ich nichts gegen sie unternahm, verstehst du? Sie wollten, daß ich glaubte, die Schule würde ohne die Gewehre eingehen. Doc sagte immer, nur noch diesmal. Und dann kam das nächstemal, und er sagte, das sei bestimmt das letztemal. Wo war das Geld, fragte ich mich. Die Schule lief gut, und mit dem Zusatzeinkommen durch die Gewehre hätten wir reich sein müssen. Willst du wissen, warum wir nicht reich sind?"

„Warum?" fragte Clutch folgsam.

„Weil Doc uns bestohlen hat. Er und Ben. Und Coach steckte mit ihnen unter einer Decke, er hat sie erpreßt. Er hat verdient, was er bekam. Er wollte alles kaputtmachen, wofür wir geschuftet haben."

„Ist gut, Ida. Laß uns nach Hause gehen und ein bißchen ausruhen. Ich rede mit Doc. Wir kriegen das Geld zurück."

„Verstehst du denn nicht?" heulte sie. „Doc ist fort! Mit dem Geld! Und wir sollen hinter ihm aufräumen!" Idas Schwanken und ihr Herumfuchteln mit dem Gewehr hatten bedrohliche Ausmaße angenommen. „Wir müssen sie alle töten, Clutchie! Nur so können wir die Schule retten."

„Das meinst du nicht wirklich, Ida", sagte er und warf uns einen besorgten Blick zu. „Aus dir spricht bloß deine schlechte Hälfte. Ich hol dir deine Pillen und du wirst dich gleich besser fühlen."

Sie schüttelte wild den Kopf. „Ich muß dich beschützen", schrie sie hysterisch. „Dich und die Ranch."

Clutch schien erst jetzt zu bemerken, daß ihr Baumwollhemd Blutflecken hatte. Coach oder Jo hatten es nicht bis nach draußen geschafft. Vielleicht beide nicht. Clutch trat unwillkürlich einen Schritt zurück, aber seine Stimme blieb leise und beruhigend.

„Und Belinda Pitt? Hast du auch ihren Sattelgurt durchgeschnitten, um mich zu beschützen?"

Ida warf ihm einen wilden Blick zu. „Sie hat es verdient, Clutch. Ich weiß, es war nicht deine Schuld. Ein Mann hat Bedürfnisse. Ich verstehe das. Aber sie hatte kein Recht, sich zu nehmen, was mir gehört."

„Du glaubst, ich hätte eine Sechzehnjährige gebumst? Großer Gott, Ida! Ich habe versucht, sie davon abzuhalten, sich Coach an den Hals zu werfen, mehr nicht."

„Du hast sie an dem Abend getroffen." Sie richtete das Gewehr auf Clutch, ihre Stimme hatte neue Kraft.

„Damit sie in ihr Bett zurückgeht. Sie wollte Coach folgen. Ich habe sie zurückgehalten. Und jetzt gib mir das Gewehr, bevor du alles noch schlimmer machst."

Mit drei Schritten war er bei ihr, aber Ida drückte ihm das Gewehr auf die Brust und fummelte am Abzug. „Wenn du nicht für mich bist, Clutchie, bist du gegen mich."

„Das ist nicht wahr, Ida. Bitte leg das Gewehr weg."

Meine Füße schienen wie am Boden festgenagelt. Es war genau wie im Traum – dieses Gefühl hilfloser Ohnmacht. Dann sah ich den Wahnsinn in ihren Augen und wußte, daß Ida sich nicht mehr selbst aufhalten konnte.

„Achtung! Hinter Ihnen!" rief ich. Ida drehte sich um, wild das Gewehr schwingend, und ich sprang auf sie zu. Der Schuß löste sich, Ida fiel auf die Knie, ich warf mich auf sie und griff nach der Waffe, aber sie wehrte sich mit aller Kraft. Mit Clutchs Hilfe konnte ich schließlich das Gewehr und mich befreien. Clutch umarmte sie und hielt sie, sie zitterte am ganzen Körper.

Ich sah, daß er weinte. „Es ist besser, Sie gehen jetzt", flüsterte er. „Nach den beiden sehen." Sein Blick ging in den Tunnel, und fast unhörbar fragte ich: „Jo auch?"

Clutch nickte.

Ich raste um die Kurve in die Dunkelheit. Im Schein seiner Helmlampe sah ich Coach auf die Schienen gestreckt. Jo lag unter ihm. Ich konnte ihr Gesicht nicht sehen, aber überall war Blut.

„Jo?" flüsterte ich.

Langsam drehte sie den Kopf und sah mich an. „Cass? Gott sei Dank. Ich dachte schon, sie kommt zurück, um mir den Rest zu geben. Kannst du ihn wegziehen?"

Vor Erleichterung weinend, zog ich Coachs Leiche beiseite und half ihr beim Aufstehen.

„Du bist nicht verwundet?“ fragte ich staunend über soviel Blut.

Ich hörte die anderen nicht kommen. Clutch schien so erleichtert wie ich, daß Jo in Ordnung war.

„Jo, ich wußte nichts davon“, sagte er.

Ihre Blicke trafen sich, und sie sah so traurig aus wie er.

„Ich habe keine Minute an dir gezweifelt, Clutch.“

Gracie holte aus der Tasche die Fernbedienung, die sie Ben abgenommen hatte. „Das öffnet das Außentor?“ fragte sie.

„Das öffnet alles“, antwortete Clutch. „Mein Wagen steht draußen. Sie können ihn haben, wenn Sie wollen.“

Wir wollten. Wir würden unsere Autos am Morgen holen, nachdem die Polizei ihre Arbeit getan hatte. In diesem Augenblick wollten wir alle nur noch weg von hier. Maddie ging voran, der Bergmannshelm auf ihrem Kopf war mindestens drei Nummern zu groß. Als wir den Eingang erreicht hatten, holte ich tief Luft, überrascht, wie leicht ich mich fühlte. Als wäre ein schweres Gewicht von mir genommen. Alle Angst war verschwunden.

Wir kletterten in Clutchs Pickup, Gracie und Maddie saßen auf der Ladefläche, und Maddie erklärte, daß sie nicht die Absicht habe, zu ihren Großeltern zurückzukehren.

„Ich glaube, wir zwei haben uns viel zu erzählen“, sagte Gracie. „Willst du ein Bild von deiner Mutti sehen?“ Sie holte eins aus der Hosentasche, und Maddie starrte lange auf das Foto, obwohl es trotz der Sterne zu dunkel war, viel zu erkennen.

„Ist sie wirklich eine Mörderin?“ fragte sie mit ganz kleiner Stimme.

„Deine Mutti? Sie ist eine der liebsten und tapfersten Frauen, die je gelebt haben. Sie hat einen großen Fehler gemacht, Maddie. Sie ist mit dem Auto gefahren, als sie es besser gelassen hätte, und hat einen Unfall gebaut. Aber die Leute, die sie angezeigt hatten, haben auch einen Fehler gemacht. Und nun hat der Richter sie freigesprochen. Deine Mutter hat für ihren Fehler bezahlt. Und sie will dich sehen."

Ich kletterte auf den Fahrersitz. Hinter mir schniefte ein kleines Mädchen vor Erleichterung. „Wollen Sie vorn sitzen?" fragte ich Annie Sesson.

„Ich geh auch nach hinten. Nach einer Woche im Berg brauche ich frische Luft fast noch mehr als ein Bad."

„Wahrscheinlich willst du auch draußen sitzen", sagte ich zu Jo.

„Auf gar keinen Fall." Jo schlüpfte auf den Beifahrersitz. Als ich aus Camp Turnaround herausfuhr, legte sie ihre Hand in meine.

Ich war müde und zufrieden. Maddie war in Sicherheit. Annie Sesson lebte. Und Jo Bell saß neben mir.

Einen Augenblick schien es, als sei die Welt in Ordnung. Aber irgendwo da draußen war Doc unterwegs, Clutch und Ida waren immer noch im Tunnel, Coach war tot, Ben lag gefesselt im Bergwerk, und morgen früh würden sich gut achtzig Jugendliche fragen, was die vielen Polizisten in ihrem Internat wollten. Ich seufzte. Am liebsten wäre ich mit Jo direkt ins Portsmith Grove Inn gefahren, aber wir hatten noch eine lange Nacht vor uns.

Epilog

Sheriff Tom Booker setzte den Pferdetransporter rückwärts den steilen Hang hinunter, eine Hand am Steuer, die andere auf die Lehne des Beifahrersitzes gestemmt, den Hals verdreht, um nach hinten zu sehen.

„Links aufpassen", rief ich durch das offene Fenster.

„Das kann er nicht haben", erklärte Rosie kopfschüttelnd. „Und wenn er dabei über die Felskante fährt. Lieber würde er den Transporter ruinieren, als sich was sagen lassen. Ich kann's nicht mit ansehen. Komm, Maddie. Du kannst mir bei den Tamales helfen."

„Ganz bestimmt nicht!" sagte Maddie. Dann schien ihr aufzugehen, daß das unhöflich war. „Ich meine, ich komm gleich. Aber erst muß ich das sehen. Sheriff Booker hat gesagt, daß er nicht alle Tage ein neues Pferd bekommt."

Rosie lächelte, als hätte sie nichts anderes erwartet. „Und was ist mit dir, Connie?"

„Tut mir leid, Rosie. Maddie hat recht. Der Sheriff bekommt wirklich nicht jeden Tag ein neues Pferd." Connie wirkte fast so aufgeregt wie ihre Tochter. Seit sie bei Booker auf der Farm arbeitete, sah sie schon viel besser aus als damals auf meiner Veranda.

„Das reicht, Tom", rief Jo. Sie und Gracie waren vor dem Transporter gegangen und hatten Booker dirigiert. Booker hielt und stieg aus, und Jo hatte schon die Klappe des Pferdetransporters nach unten geklappt und redete beruhigend auf das Tier drinnen ein.

„Guter Junge. Was für ein feines Fohlen du bist. Komm schon, mein Junge. Hier geht's lang. Ganz einfach. Immer ein Schritt nach dem anderen. Ganz einfach. Guter Junge."

Das Fohlen kam rückwärts aus dem Transporter. Zuerst der glänzend schwarze Schweif, dann die bebenden Flanken, die muskulösen Beine, die seidige Mähne und schließlich das schwarze Gesicht mit der Blesse auf der Nase.

„Schattentänzer!" flüsterte Maddie mit großen Augen.

Jo lachte, und Connie klatschte in die Hände vor Aufregung.

„Ist er es wirklich?" Aber das wußte Maddie ja. Sie war schon hingesprungen, und obwohl das Fohlen unruhig war, ließ es zu, daß sie mit den Fingern über die Blesse fuhr.

„Ich... ich... ich kann es nicht glauben", stotterte sie.

„Er gehört dir, wenn du willst", sagte Booker. „Vorausgesetzt, du sorgst gut für ihn. Deine Mutter hat hier schon genug zu tun. Um ihn mußt du dich allein kümmern."

Maddie hatte Tränen in den Augen. Sie blickte von Booker zu ihrer Mutter, zu ihrer Tante Gracie, zu Jo und konnte sich nicht entscheiden, wem sie danken sollte. Schließlich warf sie dem Hengst die Arme um den Hals und verbarg ihr Gesicht in seiner Mähne.

„Ich glaube, das war's", sagte Jo lächelnd.

„Den Eindruck habe ich auch", stimmte Booker zu. „Connie, wie wär's, wenn ihr zwei, du und Maddie, diesem Fohlen sein neues Zuhause zeigt? Ich brauche jetzt ein kaltes Bier. Wer leistet mir Gesellschaft?"

Ich sah zu, wie Connie und Maddie das Fohlen zu den Ställen führten. Jo legte ihre Hand in meine, und wir folgten Booker und Gracie auf die Veranda, wo Rosie kalte Getränke servierte.

„Ich danke Ihnen für alles, was Sie für die beiden tun." Gracie trank Booker zu.

„Ich kann die Hilfe brauchen. Außerdem wird es nett sein, ein Kind hier zu haben. Und die alte Hütte da drüben war fast am Zusammenfallen. Connie hat sie schon ganz schön hergerichtet."

„Wenn Sie trotzdem irgendwann eine Hand zusätzlich brauchen, wissen Sie, wo Sie anrufen müssen."

„Danke, Gracie. Und was ist mit Ihnen, Jo? Haben Sie über mein Angebot nachgedacht?"

Seit Booker gesehen hatte, wie Jo mit Pferden umging, hatte es sich bei ihm festgesetzt, daß sie sich zusammentun sollten. Er wollte seine Zucht vergrößern, aber er hatte erst genügend Zeit dafür, wenn er in Pension ging.

„Ich denke, ich kann so gut in Oregon wie in Washington malen", sagte Jo. „Es regnet genauso viel."

Booker lachte. „Das mag wohl stimmen."

„Was meinst du?" fragte Jo mich. Wenn sie den Job bei Booker annahm, dann bestimmt nicht nur, um Pferde zu züchten.

„Kann mir denn niemand bei diesen Tamales helfen?" rief Rosie aus der Küche.

Wir standen alle vier auf und marschierten gehorsam ins Haus.

„Nun?" fragte Jo noch einmal.

Ich wartete auf die kleine Stimme, die mir raten würde, auf Nummer sicher zu gehen, es langsam angehen zu lassen, vernünftig zu sein, auf Distanz zu achten, aber die einzige Stimme, die ich hörte, war meine, die Jo ins Ohr flüsterte: „Laß uns morgen zum Camp fahren und deine Sachen holen."

Kate Calloway

Erster Eindruck
ISBN 3-88104-292-X

Zweite Geige
ISBN 3-88104-299-7

Dritter Grad
ISBN 3-88104-304-7

Vierter Anlauf
ISBN 3-88104-315-2

Fünftes Rad
ISBN 3-88104-322-5

Sechster Sinn
ISBN 3-88104-327-6

Siebter Himmel
ISBN 3-88104-338-1

Achter Tag
ISBN 3-88104-354-3

im Verlag Frauenoffensive

Claire McNab

Die Carol-Ashton-Krimis

Tödliches Eisen
ISBN 3-88104-353-5

Unter Verdacht
ISBN 3-88104-349-7

Der Trick
ISBN 3-88104-332-2

Überfällig
ISBN 3-88104-321-7

Kettenbrief
ISBN 3-88104-309-8

Geheimer Kreis
ISBN 3-88104-290-3

Marquis läßt grüßen
ISBN 3-88104-277-6

Bodyguard
ISBN 3-88104-264-4

Das Ende vom Lied
ISBN 3-88104-242-3

Ausradiert
ISBN 3-88104-217-2

Tod in Australien
ISBN 3-88104-214-8

Die Denise Cleever-Thriller

Mord undercover
ISBN3-88104-337-3

Mord inklusive
ISBN 3-88104-343-8

Roman

Stummes Herz
ISBN 3-88104-269-5

im Verlag Frauenoffensive

Offensive Krimis – eine Auswahl

Angelika Aliti

Die Sau ruft

ISBN 3-88104-297-0

Kein Bock auf Ziegen

ISBN 3-88104-310-1

Heißes Herz

ISBN 3-88104-333-0

Shirley Seul

Kopflos

ISBN 3-88104-311-X

Schwamm drüber

ISBN 3-88104-336-5

Bella Fall

Kein Sonnenaufgang in Afrika

ISBN 3-88104-348-9

Merrilee Moss

Fedora geht

ISBN 3-88104-342-X

Janet McClellan

Kansas City-Bomber

ISBN 3-88104-305-5

Kim Engels

Späte Rache

ISBN 3-88104-316-0

Karen Saum

Mord ist relativ

ISBN 3-88104-209-1

Kitty Fitzgerald

Die Frau gegenüber

ISBN 3-88104-222-9

Verlag Frauenoffensive